物质时代

王重希 著

新的时代，需要新的思想
新时代的人，需要更高的智慧与精神

中国文联出版社
http://www.clapnet.cn

图书在版编目（CIP）数据

物质时代／王重希著. －北京：中国文联出版社，2016.6
ISBN 978-7-5190-1710-1
Ⅰ.①物…　Ⅱ.①王…　Ⅲ.①杂文集-中国-当代　Ⅳ.① I267.1
中国版本图书馆 CIP 数据核字（2016）第 151615 号

物质时代

作　　者：王重希				
出 版 人：朱　庆				
终 审 人：奚耀华		复 审 人：柴文良		
责任编辑：周小丽		责任校对：田　伟		
封面设计：程　钰		责任印制：陈　晨		

出版发行：中国文联出版社
地　　址：北京市朝阳区农展馆南里 10 号，100125
电　　话：010-85923036（咨询）85923000（编务）85923020（邮购）
传　　真：010-85923000（总编室），010-85923020（发行部）
网　　站：http://www.clapnet.cn　　http://www.claplus.cn
E - mail：clap@clapnet.cn　　zhouxl@clapnet.cn

印　　刷：北京市媛明印刷厂
装　　订：北京市媛明印刷厂
法律顾问：北京天驰君泰律师事务所徐波律师
本书如有破损、缺页、装订错误，请与本社联系调换

开　本：787×1092		1/20	
字　数：280 千字		印张：14	
版　次：2017 年 4 月第 1 版		印次：2017 年 4 月第 1 次印刷	
书　号：ISBN 978-7-5190-1710-1			
定　价：42.00 元			

卷首语

　　新的时代，需要新的思想，新时代的人，需要更高的智慧与精神。

目 录 CONTENTS

CONTENTS

目录 CONTENTS

CONTENTS

目录 CONTENTS

CONTENTS

目录 CONTENTS

CONTENTS

目录 CONTENTS

社会部

CONTENTS 目录

目录 CONTENTS

CONTENTS 目录

目录 CONTENTS

目 录

引 述

　　人类社会发展至今，大致可分为几个阶段，第一个阶段，即是人类社会的起始阶段，也为原始之初。这一时期，人类刚与自然之中的其它物类有所区别，也被称之为古猿人。刚与自然动物界逐渐脱离的古猿人，获取食物和生活的方式，当然还是很原始，也几乎完全依存于自然，以狩猎和采摘为主。而后经过漫长的发展演化，逐渐步入了农耕时代。根据现代考古而推测，人类于史前百万年之前已发明和使用简陋的工具，这为人类步入农耕时代打下了基础，这又是一个漫长的过程，直到史前万年左右，农耕文明才步入快速的发展阶段。在距今五六百年左右，工业文明又迅速的崛起，并以很快的速度取代了农耕生产的地位。

　　从各个阶段的社会特征来看，人类社会的最早期阶段，一开始就呈现出一些理想社会的特征。最古老的原始先民们，他们的生活环境其实并非一般所想象的那么艰难和困苦，相反，拥有丰裕的物质资源和空间，完全能够满足他们的物质需求。为何丰裕？与动物界逐渐脱离的原始先民们，数量极少，无论是辽阔的草原，或是莽莽的密林之中，只有极少的族群。而那时候，地上有数不清奔跑的动物，水里挤满了各种各样的鱼，树上结满了果子。辽阔的森林和草原，只有为数不多的古猿人族群在其中生存和生活，想要吃肉就一起去围猎，想要吃鱼水里的鱼多得数不清，要吃果子就爬上树摘，大家团结协作，并无生存和食物之忧。而古老的原始先民们，主要是以血缘关系为纽带，也会相互爱护和信任。没有生活之忧，又相互爱护和信任，自然可形成为理想的环境氛围。

但是，这种理想的状态并没有持续多久。

随着族群里的人越来越多，由具有血缘关系的小家族逐渐发展成为大家族，由大家族逐渐发展成为小部落，由小部落逐渐发展成为大部落，甚至，一片森林或草原里也会有几个大部落，于是，问题和矛盾也随之而来，原始先民们虽已成为了森林和草原的主导者，但是，他们需要面对的，却是越来越大的生存和生活压力，一片草原或森林，已经逐渐不能满足越来越庞大的部族群体对于物质方面的需求。于是，原始部落社会也逐渐的发生变化，既有内部的变化，也有外部的变化，原来不会存在的生存生活压力也越发明显，而为生存和生活，则开始争斗，即有内部的争斗，也要对抗外来的侵犯。

随着生活和生存的压力越来越大，先民们依然还是依靠着原始的方式，一切几乎还是依赖于自然之中而得，但是，能够获取到的食物和资料却越来越有限，于是，逼迫着先民们去寻求和发展新的获取方式和生产方式。此处也反映出人类的一种性格缺陷：安不思危，危而思变。而这一时期，先民们还是团结的，因只有大家齐心协力，一同的采摘、狩猎、获取、才可能不会挨饿，如只是依靠个人的力量则是难以维持的。为了能够生存，大家就形成为一种自觉，自觉的团结和协作。

然而，这种自觉是由于一些外在因素所促成，如不能团结协作，就难以生存下去。在此也需要理解，外因促成的自觉与自我自觉的区别，与外因促成所不同，自我自觉主要是通过自我内在的感悟和领悟，而觉悟。觉悟而自觉，则不依靠外力，也为自我内在因素的转化作用，这需要更高的领悟和智慧，然而，更高的领悟和智慧，刚与动物界脱离的原始先民们尚难以具有。

随着发展，先民们掌握的生产技能也逐渐的提高，于是，有时候也会有些剩余。因有了剩余，一些人就开始产生了据为己有的想法，这又成为引起人心和社会变化的又一重要因素，由前期团结协作而生存和生活，逐渐转化为物质利益而相互争夺和争斗，也随着变化而愈演愈烈。于是，原始社会也经历了几个演化阶段；最初为理想时期，其后为团结协作的平和时期，而随着利益争夺愈为激烈，部落社会愈趋向于不公和野蛮，则步入了野蛮时期，这一段野蛮的时期，也应是人类经历的一段最为残暴和血腥的阶段，这一时期的人类，即有动物的野蛮，又初具人的狡诈，为了争夺利益，相互残害和杀戮，而成为最为凶残愚暴的生物。经历了一段无理野蛮的时期，先民们都深受其害，也逐渐的意识到，需要寻找新的出路，需要和平和安宁，这为人类步入文明埋下了伏笔。

从人类的一些历程，也可见到一种现象：不公的产生，主要是源于物质和利益之争，而引起相争，不是在物质丰裕之时，却也不是在缺衣少食的时候，而是有了一定的剩余，又不是很丰裕之时而生。丰裕之时，大家无须担忧生存和生活，则无须为物质利益而相互争斗，这不难理解。在缺衣少食之时，人们只有团结协作，才能够生存和生活下去。而有了一定的剩余，成为引发相争的主因，值得去思考。

如转换一种角度，从相争之中看到了问题和矛盾，但是，也能够看见希望。因为围绕着物质利益的争夺和争斗，及由此而产生的相关社会问题，不是在物质丰裕之时，也不是在物质缺乏之时，而是在有了一定剩余之后而生，这说明围绕着物质利益的相争相斗，也许只是一种表像，也许并不仅仅只是因为物质的原因而造成，这与人们长久以来形成的习惯性认识是不同的。

由来已久，许多人已然形成了一种固化思维，认为物质利益是引起社会相争的主因，或是由于物质缺乏而造成。其实，物质是自然的产物，人也是自然的产物，人类无法凭空创造出物质，只能在自然的基础之上进行加工或改造，如物质真的缺乏，那是无法改变的。但事实却并非如此，仅为眼见的宇宙，就有一个无比博大的物质世界，岂会容不下区区的人类。如果物质因素只是一种表象，那么，其外的原因是什么？更深层的原因在于哪里？如能够找寻到物质之外的一些更为深层的原因，并与物质因素结合起来，那么，人类社会长久以来围绕着物质利益而争夺和争斗不休，并由此所形成的物质之困，就具有了解决的希望。

既然不完全是物质的原因，或只属于一种外因，更深层的原因来自于哪里？其中的重要部分当然来自于人的自身，或来自于自身之中存在的缺陷。因社会是由人构成的体系，人的缺陷又构成为社会缺陷。于是，也指出了一个方向，

引　述

需要认识缺陷，对于一些存在的问题，不应只是去寻找其外的原因，也需要关注自我及内部。而许多人，对于事物的认识和态度，往往惯于寻找外在的原因，而难于找寻内在及自我原因。同样，认识自我，认识社会和世界也是如此，不应只是找寻外在的原因，也需要把目光转向内在，转向自身。如此才能更为清晰，更为全面地认识事物，才能朝向更为正确的方向。内因和外因，也在不停地相互影响和转化。

实际情况，除了人类社会的最初期阶段之外，无论是原始社会，古代社会，还是现代社会，及未来还将延续的一段时期之内，都具有一个共同特征：即社会体系为物质所主导，社会的大部分活动都是围绕着物质利益而展开。于是产生了强大的物性力量，也可把这一阶段称之为人类社会的"物质时代"，构成为人类社会的阶段性特征，由此产生了具有物性特征的人性和社会特征：注重物质，而缺乏精神，缺乏真正的智慧，缺乏看破物质蒙蔽的眼睛和清晰的心灵。

本书稿主要也是基于此而出发，结合"物质时代"所造就的社会特征和人性特征，对于自我及社会之中存在的一些具有普遍性或具时代特性的事实和问题，进行立体式的思想和揭示，探寻自我及外在所存在的一些内因和外因，以期待能够更为清晰地认知缺陷、认知自我、认知社会和世界。如此，则能宽广视野，提升智慧，建筑精神。此不仅关乎自我，也关乎众人，也关乎未来。

序　言

对于每一个人，即使对于世事漠不关心，但是，偶尔也会不自觉地去思索一些复杂的问题，如世界从何而来？又要何去？我们从何而来？又要何去？生命的价值和意义等此类问题。这些问题也许难以透彻，但还是会去想，似乎很远却又很近，因为与平日里的衣食住行似乎离得很远，但是，却又不远，而且愈来愈近，即使是衣食住行，中间的许多事物其实也已经超出了单纯的衣食住行概念，厨师能够把吃的东西做的色香味全，杰出的建筑师能够建造出美观舒适的建筑和住所等。当然，这只是感官上的，而更为重要，已渐为文明，渐与愚蛮愈远的人类已经认识到，仅只是衣食住行已经不够，那只属于一种低级的本能需求状态，几乎每一个具有正常思维能力的现代人都会说："我们要有更高的追求。"更高的追求指的是什么？来源于哪里？其实它就是人的本能之外所具有的另一种本质：精神本质。本能源于物性，主要表现为动物性，所以，人类同时具有动物本能和精神本质的属性，也属于一种对应的存在。动物本能因其无自主自制而为低级，精神本质则为提升，以精神之力来实现自我控制，来达到自主和自觉，也为自我完善的途径。所以，精神之力越强，则愈为完善，愈为高级，由于受惯性的物性思维影响，我们在平日里却往往忽视了这种精神之力。

精神之力被忽视的主要原因并不在于个人，而在于社会所处于的阶段，因为人类社会到目前为止，还没有解决根本的物质问题，还是有许多人食不果腹，衣不蔽体，为物质利益你争我夺。所以，物质是基础，没有基本的物质保障，更为高级的精神建筑当然只是空中楼阁。而《物质时代》所包涵的一些思想也正是致力于此：基于物质，而建筑精神。把物质与精神结合起来认识，来探讨和解读人性及与相关的一些社会问题和现象，而不仅仅只是限于物质层面，或者只是虚无的精神导引，也创建性的提出：人类社会现正处于物质时代的转折时期，人类也必将跨越物质时代，步入更为高级的状态。而此类具有创建意义的思想和预言，可以举出一些例子来理解。

第一个例子：《物质时代》中有篇章以宏观的视角预言了人类社会将会超越物质时代，而步入更为高级的生命状态和社会形态，这个大胆的预言即是基于人类的精神之力，而我们习惯性的思维，以及绝大多数的思想引导，包括一些知名的思想理论，大都只是限于物质的层面来探讨人类和社会的未来，而忽视了人类所具有的精神本质，这往往会走入一种误区，围绕着物质，总是在物质中打圈，限于其中，则难于跳出其外，那么就永远也走不出物质的迷宫，也不能真正解决困扰着人类的物质问题。而《物质时代》的思想则提供了一种方向：基于物质，结合精神，而跳出物质，以更高远的视野来看待和对待物质的问题。这也应是人类社会解决物质问题的一种正确态度和方向。

第二个例子：关于思想和智慧，其中也有一些篇章进行了简明和立体的解读，其中就说明思想不等同于智慧，智慧来源于正向的观念和行为，于是，也把真正的智慧与一般思想区分，也与狡诈奸猾区分。由于利益的争夺，人们形成了扭曲的思想观念，往往把狡诈奸猾所表现的所谓聪明也视为智慧，则带来了多少的罪恶和不幸，而带来不幸和罪恶当然不是智慧，而是愚昧。

第三个例子：《物质时代》之中，完善的思想观念贯穿始终，完善人性，完善社会，完善世界，也为一体。因为如不具有完善的意识和行为，即使再为美好的设计和方向，都会扭曲，都会偏离。

第四个例子：关于神的解读，其实关于神的解读在《物质时代》之中的占比很小，我如果不在此提出，可能多数的读者都会忽略，说到神，可能大都会想到一些神话或宗教中的神灵，也是传统意识神的概念，然而《物质时代》对于神有一种全新的解读，不否定神的存在，却又非实体，也不是大家意识中神灵的概念，而是一种精神的存在力量，可称之为神性，神性其实就是精神之力。所以，具有精神，则具有神性，精神之力愈强则神性愈强，反之则愈弱，或神性愈强，或丧失神性。如何获得神性，即建筑精神。而精神之力来自于哪里？来自于纯净，杂则不聚，不聚则无力，对于人来说，真善则是纯净的一种重要方式。

第五个例子：本能与本真，本能为动物性本能，为物性，本真纯净，为精神本质，也为神性的来源。

第六个例子：关于人的劣性，得意而忘形，乐而不知苦，愚而不自知，无制而无度等。

第七个例子：规则与道德，原则性与灵活性等，都可结合起来理解。

第八个例子：《物质时代》中出现了一种新的文体：补文。简单的说即是文章的补充，其灵活多样的补充形式丰富了文章的表现力和内涵，也可为思想文学创作和理解提供一种新的形式和体验。

……

所举的一些例子只是作为一种阅读的导引，事实上，《物质时代》之中所表述的诸多主题，如"工作生活、家庭婚姻、经济科技、文化艺术、自我意识行为"等，既贴近生活，而立意高远，也多为创建性的观念，或破除一些不合理的桎梏，或为正向的导引，如此才符合智慧，才能真正的提升精神，才能面向未来。

自然部

时间是王者

时间，它带走一切，它即将带走一切。

时间，一切都会过去，却已留在我的心里。

生命的颜色

浩淼的星河，有一颗特别的星球，生机盎然，神秘又美丽，它叫地球。

从天空俯瞰，地球是蔚蓝的，蓝蓝的海洋，绿绿的植被，交汇成为繁衍和庇护生命的颜色，里面隐藏了多少的生机和秘密。

而其中，有一种叫做人类的生物，有着较强的繁衍力，也拥有相对较高的智力，然而，至今为止，他们似乎还是不懂得如何去运用自身拥有的优势和理智，甚至走向了反面。

人类的活动、人类的需求、人类的贪欲、人类的破坏，让这颗本充满生机和魅力的星球，让象征生命和庇护生命的颜色，逐渐消退，逐渐变色。曾经蔚蓝的海洋，曾经碧绿的草原，还有那郁郁葱葱的森林，日渐浑浊，日渐灰暗。

自然明净的色彩，让人赏心悦目，浑浊灰暗的颜色，让人沉闷压抑。纯净的色彩，象征生机与活力。浑浊沉闷的颜色，象征荒芜和生命的退化。如人类还不能止步，还不能清醒，还要继续在地球之上制造浑浊和灰暗，那么，将是地球之上所有生命的灾难和不幸，人类自身也无法逃脱。

自然部

领悟和修行

不为外物所迷，则需自我更为清晰。如何清晰？需不断感悟和领悟万事万物所蕴含的道理。领悟了道理，而后行之，为人生之修行。

道为道理，为来由，为知解，为善行，而来自于哪里？来自于万事万物的出处，来自于自然，所以，自然为道。根据人类的思维意识，道可由大及小，则可分为天道、地道和人道。天道自然，为万事万物的根源，为道理的来由，所以，也为宇宙世界的根本，也为万事万物发生运行的统领。所以，天道为大，万事万物，遵循自然，则为根本。

地道则具有时空概念，万事万物皆于时空之中显现，皆于时空之中运行发展，如无时空之界，则无显现和变化。所以，地道表现为存于时空之中的现实世界。既为时空，则有来去，则有空间，则有位置。所以，地道在于时，在于位。

人道，为人之道。人有思维意识和行为表现，人的意识行为，根源于自然，形成于社会，于内外交互反应，产生对于自我、社会、及世界的认识和态度。所以，人道也为自我与外在关联的综合反映。

自然大道，万物并存，有序而和谐，人道也当和谐。如何做到？则在于真与善，真善则正心，心正则无邪，无邪则纯净，纯净则透彻，透彻则少障碍，才能与自然顺畅相通，才能更为真实地感悟自然及道理。领悟更多的道理，则更为清晰明晰，而得智慧。所以，人道重于心，心正得智慧。

补：青云墨韵评论：道法自然，心法取正！

兽性规则

自然之中的动物界，存在着弱肉强食的现象，一些人以为这是自然法则，其实不然。动物只是自然界中一个生物种类，只是存于自然之中的一类渺小生物，而一些动物的行为和表现，怎能等同于自然之法则，怎能以微末盖广大。也如一台精密巨大的机器，附于其上的一点灰尘，怎能等同于机械的本身和运行之规律。

弱肉强食，本是低级动物的一种生存行为表现而已，为何低级？因受控于本能，而蒙蔽，而无精神之提升，以恃强凌弱，巧取豪夺等方式来求得生存，而不知创造，不知贡献，有己而无他，则为低劣，也是低级动物的行为标签，如要把这种现象称之为规则，可称之为"兽性规则"。

人类虽也是一种动物，由低级逐渐向高级进化，以初具精神，以精神而见人性，人之所以为人，因具人性，以人性而区分，以人性别于兽性，人性愈显，则兽性愈隐，反之，则性情愈劣。所以，人性之高低，见人之高低。

你见那自然化育万物，你见那大地承载万物，你见那太阳普照万物，……都在奉献，永远默默无言，万物因受恩泽，而在其中孕育生长，在其中运行变化，在其中领悟完善，这符合自然之法则。

（参看《本能、本真》《具有精神》等）

唯一的价值

无论是谁，都无须高看自己，离开你，太阳照常升起，地球照常转动，人间照常运转。

当然，也无须低看自己，因为在这个世界，你就是唯一，每个人都是唯一，唯一的价值不可替代。所以，你也当知你的价值，当知释放你唯一的价值，而不是随波逐流，无制无度，或为外物恶欲所控所迷。

领地

自然造化万物，容纳万物，化育万物，万物皆有其中的归属和领地。人类有人类的领地，其他物类也有它们的领地。

当人类无休止的扩展领地，当动植物只有在公园里才能见到，当钢筋水泥、垃圾荒芜，在地球的各个角落到处散布之时，这颗本充满生机的星球，已满目疮痍，也在渐渐地失去活力。

造成这一切的人类，应当反思，不当总是以人类自身的生存和生活作为借口，不当总为自我的愚昧寻找理由，使得那些无辜的物类也受到牵连，人类在破坏大家共同的领地之时，也在渐渐的失去美丽的家园。

补：读者评论："如地球不能居住，可向其他星球移民。"我说："如一个地球家园都不知善待，而要毁坏，走到哪里也一样，只是破坏者，只是寄生物，只是带来灾害和不幸的低劣生物。如只是缺乏智慧的破坏者和寄生物，自会毁灭，也难以达到星际移民的那一天。"

（参看《如有外星人光临地球》）

自我

生于天地之间，又独立于天地之外。
天地维系着我，又给予自由的空间。
补：人为何失自由自在，因愚劣之性。

本能、本真

本真为上，本能为下。
弥坚之真，意可通神。
补：为了短暂的满足，却失去恒久精神完善的机会。

真爱与真情

自然而发的情为真情。
自然而发的爱为真爱。
那至真至纯，才真正高贵。

自然部

聚集精神

人何为万物之灵，因精神聚集。

多欲则神散，少欲则神聚。

散则浊，聚则清，浊沉而清上。

补：若无精神，则懈怠，则庸俗，则低劣。

（参看《无形与有形》等）

变化

变化是物质世界的本质属性，变化的意义在于是否合理。

不同的时空

年少时一天是三天，壮年时一天是一天，老年时一天是半天。

苦难时一天如一年，欢乐时一天如一刻。

不同的岁月，不同的心境，造就不同的时空。

梦境

有一次，做了一个梦，梦见自己来到一个地方，这里云雾环绕，似虚似实，圣洁无比，前面不远处有一尊光影隐隐而显，我知道那是"神"。我说："神啊！什么时候我能够回到这里，回到这圣洁之地，回到您的身边。"从光影中发出声音："什么时候能够洗清你的污浊，就可回到这里。"说完就不见了，我也醒了过来。

补：来自洁净，于污浊之中历世，能否洁净的回归？

一读者看了此篇之后说："我不信神，那是脆弱的表现。"

我说："此神非彼神，不为求保佑，而是精神的来源，为心灵的圣洁宁静之处，如失神性，则蒙蔽丑陋。"

（参看《尊严》等）

思维的极限

无论是谁，都无法忽略一种存在：神意的存在（区别于宗教意义上的神）。神意包涵了一切的来由，一切都在神意的观照之下，这与科学的观念并无冲突。如进化理论认为人类是由更为低级的生物进化而来，更低级的生物则是由更为简单的细胞结构进化而来，但是，构成细胞基因的分子、原子、粒子等，又从何而来？又如何生成？如有理论认为宇宙起源于大爆炸，如是那样，依然不是宇宙产生的终极认识，依然属于阶段性探寻，因为宇宙大爆炸之前的世界，大爆炸之前的那个基点，又如何产生？又如何存在？当然，这只是一种推测。

自然部

　　所以，人类的认识和推测，只是阶段性的，局限的，也难于找寻到终极的答案，人类的局限于此，人类的思维也局限于此，也是人类思维的极限之处。但是，也正因为如此，才有了永恒和希望。所以，人类不要低估自己，也不应高估自己，唯有去感受神意，才不易于迷失，才能找寻到真正的心灵归宿和家园。

　　补：人无信仰，则无精神，无精神，则昏乱低劣，终极之信仰只存于自然。

（参看《梦境》《尊严》等）

如有外星人光临地球

　　如有外星人，哪一天光临地球，人类该如何面对？

　　首先，他们所掌握的技术水平当高于人类，否则，他们到达不了遥远的地球，由此可以推测，其文明程度也应高于地球之上的人类文明。文明是智慧的结晶，能够拥有更高文明的世界，一定具有更高的智慧，否则，其文明则不能长久的延续和发展，或已自行毁灭，也就没有外星人光临地球的可能。

　　来自于外星更高的智慧文明，与人类现有的文明比较，主要体现于几个方面；他们不会像现在地球之上的人类这么的狭隘，长久以来已然形成为固化的利益思维，并由此而争斗不休，往往只是顾忌自我的利益、局部的利益、短浅的利益，缺乏大局和长远的目光智慧，因此，也缺乏共建美好家园，缺乏人类一家，地球一家的大局观念。他们也不会像现在地球之上的人类如此相争相斗，或者已经过渡了相互争斗的阶段。他们知道，无理无休的争斗，只是愚昧，只会带来灾难和不幸，所以，他们信奉和平。

　　因不彼此无理争斗，而相互信任和睦，带来了更为合理美好的环境，也让他们的文明得以更好地延续和发展。所以，如有哪一天，真有外星人光临地球，人类其实无须太多的担心和害怕。他们拥有更高的智慧与文明，他们信奉和平，他们应是友善的。

（参看《未来的人》等）

奉献

太阳奉献阳光，照耀万物，泥土奉献养分，滋养万物，石头奉献骨架，承载万物……

万物都在奉献，都在奉献之中显现价值，也可知，自然之道在于奉献，在于舍，而不在于得。

每一个人，从生下来，本不带来什么，而需吃穿，需居用，而有更多的需求，都由自然和社会之中而得，都由万物奉献之中而得。所以，你不能只想得到，不能只为索取而不知奉献，如此，则不失真善，才符合自然，才能显现存在的价值与意义。

生命体

宇宙是一个能量体，包含万物及生命体，也包含了意识、精神诸类肉眼所不能见的能量形式。宇宙也是一个统一体，万物统一于宇宙能量之中产生共振，形成为一个个相对独立，又相互影响的能量体。

生命体则是一种较为特殊的能量形式，是由可见的物质元素与看不见的精神元素形成的结合体，它们的结合，形成为一种内动力，让这种特别的能量体能够产生一种相对独立的运行力量，并形成了相对的自我意识，于是，也就有了诸如感知、智力、情感、情绪等意识感受表现，于是，生命体就出现了。

自然部

当然，结合只是一个过程，结合之后还须分离，不同性质的能量形式总不能恒久地结合，终归向本原回归，所以，生命只是一个短暂的过程。这就如满地的尘沙，忽然刮来了一阵大风，一些沙尘就随风飘扬起来，风的力量，给予沙尘一种暂时延续的惯性力量。所不同的，沙尘飞扬是受了风的外力作用，风力一停就会落下，生命体则是物质元素与精神元素的结合，则具有内在的力量。

有了感知的能量形式希望认识万化的世界，有了感知的能量形式希望自我能够更长久的留存，有了感知的能量形式希望自己愈为完美……诸如此类意识越强，生命体的思想愈趋于复杂，如人类即是如此。

既然生命只是一种能量形式，只是一个过程；既然万物都源自于自然，统一于自然，也蕴含着自然的"道理"，可称之为"道"。所以，既然有一个生命存在的过程，既然有了感知，就具有了领悟"道"的条件和机会，所以，当知珍惜，否则稍纵即逝。领悟"道"，即是领悟宇宙自然蕴含的道理，领悟万事万物蕴含的道理，领悟更多的"道"，才能不断地减少蒙蔽和无知，才能更为清晰，也是自然赋予每一个生命过程的重要意义。

那些领悟更多"道理"的生命体，不再那么的懵懂和迷惘，万事万物在它们的心里更为清晰起来，这多么有意义！也因为领悟了更多的"道"，已有别于其他的能量形式，"道"让它们懂得更多，让它们明晰，也让它们产生了自我完善的意识和动力。那些不断领悟的生命体，那些不断完善的生命体，那些更为完美的生命体，所领悟的"道"，并不会随着生命形式的结束而消失，回归本原，"道"也将与之恒久相存。

而在一个生命过程结束之后，在尘沙归落之后，还会有再次风起飞扬之时。当再次风起飞扬的时候，那些领悟"道"的能量体，那些愈呈完善的能量体，也将会以更高和更为显耀的形式出现，因为它们已经领悟了许多，也将领悟更多。它们愈呈完善，也愈为完美。

人的一生，即是一个不断领悟和完善的过程。

自然的意志

一

我们所见的世界，所能见的宇宙万物，无论是时空贯穿，冷暖交替，还是宇宙星河，微尘粒子，都显现出相对稳定的秩序和规律，这一切都是偶然吗？

如你经过某地，忽然有一个皮球飞了过来，落在你的身上，你回头来看，原来附近有几个孩子在玩球，不小心踢过来的，这是偶然，也是无规律的。如你每次经过此地，都有一个皮球朝你飞来，成为一种规律，那还是偶然吗？当然不是，而是有人或是顽皮的孩子每次见你经过，故意踢过来的。这说明一个道理：规律的背后，存在着某种意识或意志的支配，否则就不会形成为规律。如宇宙万物是偶然的产物，那么，就不会呈现出井然有序的秩序和规律，而是混乱无序的。所以，虽尚不明了万物因何而现，却可以从万物运行所呈现出相对稳定的秩序和规律，而感受到万物的背后，存在着某种意志或意识，在支配和维系着宇宙世界的秩序和运行。

也如所见的不同物类，都具有相对稳定的生长和遗传规律，桃树的种子不会长成李树，猴子不会生下山羊，石头总能恒久。也如宇宙星河之中无数的星体，或极微如分子原子，都有自己的运行轨迹，都有自身独特的性质。虽繁复无比，却井然有序，从极微到极广，从极简到极繁，从无有到无极，都遵循着某种规律，都在有序变化中统一。如此繁复无比的宇宙世界，虽难以想像，却可以感知，由万事万物所存在的秩序和规律，而感知维系万事万物有序运行发展的意志。于是可知，宇宙万物并不是偶然而现，或只是凭空而来，而是存在着背后的意志。既然不是偶然或凭空而来，是如何而来？是何种超然的意志和

自然部

力量，能够创造出如此神奇无比的宇宙世界，能够维系和支配宇宙世界的存在和运行。

同样，人类作为自然造物的一个种类，也具有一定的思想意志，既然自然造物之中的人类都具有相对的意志和思想，那么，创造和维系万物的造就者及力量，所具有的思想意志则更不能被否定。

二

这是怎样的意志，宇宙万物因此而现，宇宙万物受其支配维系，如何想象也不足。

你也许会想：能够创造和支配宇宙万物的力量和创造者，该是多么的神奇，该是多么的完美，只有如此神奇而完美无缺的创造者，才可能创造出如此奇妙无限的宇宙世界。限于人类局限的认识，确实很难理解和想象宇宙万物因何而现，但是，如因宇宙世界的无比神奇，而认为万物的造就者是完美无缺的，恰恰也是一种思维上的误区。因万物的出现，恰恰说明创造者也不是完美的。如是完美，意味什么？绝对的完美，意味不会有任何变化，也不需要任何变化，意味着达到了终极的结果。没有变化就不会有过程，没有过程就不会有存在的表现，没有存在的表现，也就不会有我们所能见到的万物和世界，包括人类自身以及难以捉摸的意识精神等。万物从出现到消失，从生到死，从一种状态转化为另一种状态，都是过程的表现，都在表现着过程。过程的表现，意味着宇宙世界及万物都在不断的运行变化，也正是运行变化的过程，让我们真实的感受到自身及万物的存在。所以可以理解：因不完美，因有"缺陷"，才有了神奇无比的宇宙世界。

三

万物因"缺陷"而现，当然，这与通常意义的缺陷完全不同。通常意义的缺陷，意味着缺点或弱点，这不过只是限于人类自身的局限而已。而显现万物的"缺陷"，该是多么的神奇和无法想像！

同样，万物源于"缺陷"，那么，万物本身也会存在着缺陷。既然万物都存有缺陷，意味着不完美，既然都不完美，那该如何，当然需要不断的修正和完善。修正和完善，也正是"缺陷"赋予万物存在的一种重要内涵和意义。

四

万物皆有缺陷，人类作为自然之中的一个物类，也不会例外。限于人类本身的局限，缺陷往往以弱点或愚劣之性的形式表现出来，所以，人类的意识行为，也常常会出现失误和错误。但是，自然却赋予了人类另一种能力，它是由智力和情感等诸多元素所组成，而形成的感受力和辩识力，也为自我意识产生的基础。人类具有了感受力和辩识力，就能够去感知万事万物，并从中去感受辩识，于是，也就产生了是非对错，善恶美丑等辩识观念。

人类通过不断的感知和辨识，而不断的认识世界，认知万事万物，也包括自身，而认识到不足，认识到缺陷，于是，也就产生了修正完善的意识和动力，这使得人类具有了一种完善和创造性的力量，并通过这种力量不断的修正，不断的完善，不断的创造，而不断的完善自身和世界。这也是自然所赋予的能力和灵性，而这是多么崇高的赋予，让人类这一寓居于宇宙一角，本极为渺小的一种生物，竟然具有了投射到无限广博的宇宙自然中去认识、去发现、去创造、去完善的意识和动力。

人类通过自然赋予的灵性和能力来感知世界，来认知宇宙万物和自身，来感悟万事万物存在的道理，而认知和觉悟，而让自我得到不断的完善和提升，这也成为完善世界的一部分。每个人都在寻找自我的价值和意义，这也正是自然赋予生命价值的重要所在。

五

自然赋予了人类的意识和灵性，让人的生命价值找到了方向并得以显现；自然赋予了人类的灵性和能力，让人类能够相对独立的思想和行为，让人类成为一种存于自然之中，又具有相对独立意识行为的生物种类。于是，人类也拥有了相对的自我和自由空间。当然，只能是相对的，因作为自然之中的一种物类，人类任何的思想和行为之源头，都源自于自然，都依托于自然，都维系于自然，也不可能脱离自然的维系。就如树从土里生长，如缺乏水土的维系，就会失去生存和生长的依存。所以人类的意识行为也不可能超出自然之外，或凭空的想象和创造，更不可能脱离自然以某种超然的形式而存在，超然的存在，只有超出自然之外的事物，只有万物自然之外的力量和造就者。有些自大的人，有时会膨胀的自以为可以超越或征服自然，其实是多么无知和愚昧的想法。

六

人类的意识和灵性源自于自然，也为维系万物的神奇造就者所赋予，所以，人的思维意识，具有和自然造就者相类似的意志属性。神奇的造就者赋予人类与自身相类似的意志属性，这是多么崇高的赋予，也是神性的赋予。于是人类也就相对的具有了自然赋予的神性，自然赋予人类这种本极为渺小的生物予神性，人类难道还不知珍贵!? 难道还不知珍惜!? 于是，从中也可感受到万物的造就者对于人类的"善"，当然，不只是对于人类表现了"善"，神奇的创造者，它的"善"无处不在，它创造万物，也创造一个能够容纳万物，化育万物的神奇世界，让万物在其中存有化育，让万物在其中运行发展，让万物在其中领悟完善，还有什么可与之相比？还有什么能与之相比？这是多么大的"善"，所以，万物也源于"善"。

既然超然的创造者怀有"善"，万物源于"善"，也说明"善"多么的有道理，也是超然思想的组成，也为宇宙思想的基本构成。所以，"善"普泽万物，也给予人类以启示，一些人却因为不明白这个道理，而不知去感知"善"，不愿去接受"善"，这多么的不智。那些不知感知和接受"善"的人，他们竟然置宇宙自然的基本思想和道理而不顾，如不能理解和感悟基本的思想和道理，那么来到这个世界，还能理解什么？还能领悟什么？还能明白什么？所以，无感知基本的思想，也就不懂得基本的道理，则不知从自然之中得到启示，则不能清晰的认识世界和理解世界，也不知合理的运用自然所赋予的灵性和能力，那么，就会迷茫，就会迷失，就会蒙昧，而失去自我完善和提升的意识和动力，而让自身存在的缺陷和弱点愈为放大和恶化，这即是自我的恶化，也辜负了神性的赋予，也迷失了寻找生命价值和意义的方向。

补：因存有缺陷，所以有一部分是不可预见的，但不改大的方向。

无害

万物源于"善"，"善"为宇宙思想的基本构成，人类作为一种具有感知和智能的自然造物，有何理由不去体会和感悟源自于自然的思想和道理。如不能感悟，而非善行善举，则为不明。不明而蒙蔽，蒙蔽而无理，无理而混乱，既违背了自然，也失去了完善的途径。

感悟了善，该如何去做，其实只需要做到两个字："无害"。凡事想想害益，无害则行，有害则止。"无害"当由大及小，无害于自然，则无害于社会；无害于社会，则无害于人；无害于人，则无害无己。心不存害，才能真正利人利己。

也需理解："害虽不及我，于我必有害，善虽不及我，于我必有益"。就是说：害虽然没有直接针对我，但终究会通过传导而影响到我。释善于人和物，善也在传导，终究会让自己受益。

— 17 —

社会也如同一张大网，人于这张大网之中，每个人的行为，无论好坏，善恶，害益，都会相互传递和影响。也如一池水，往里面丢进一颗石子，就会产生波浪和涟漪，只是轻重程度不同而已，小石子泛起了涟漪，大石头则激起更大的波澜。相互的传导和影响，也会影响到你和最亲近的人，甚至你的子孙后代。所以，要记住"无害"，无害才能减少有害，才能增益。无害于世界，无害于人，则无害于己。

（参看《自然的意志》等）

万物皆有不同

那莽莽的群山，没有两棵完全相同的树；那遍野的山花，没有两朵完全相同的花；那山川湖海之中无数的石头，也没有完全一样的。没有一样的树，没有一样的花，没有一样的石头，也不会有完全一样的人，为自然之抉择。

既然没有一样的人，所以，你不应该希望别人也和你一个样。而你每天都要面对不同的人，有这样的，有那样的，有你喜欢的，也有你不喜欢的，都该平静地面对，因符合自然。

万物皆有不同，万物皆具个性，如所有的树都一个样子，所有的花都一个样子，所有的人也一个样子，世界万物没有了差异，那会是怎样的世界？没有差异，则无变化，如无变化，则无未知，无未知，则无未来，无未来，则无希望，无希望，则无生机，一个缺乏希望与生机的世界，那是怎样的世界？

自然之美

一切的美，在大自然的面前，都黯然失色，都那么微不足道。

那里有最美的色彩，那里有最动听的声音，那里隐藏着最神奇的造化。

你见那不远处的树林，随风轻微摆动，几个小孩在草地上追逐嬉闹，笑声不断，他们的快乐是真正的快乐。

自然啊！永恒的谜，永恒的未知，也是永恒的希望。

当夜幕渐渐降临，世界渐渐的安静，当曙光初现，一切又将显现出来。

过去、现在和未来

过去很远，是不可逆转的距离，过去很近，转瞬即逝。无数过往的岁月，宛如昨日。

现在，是此刻的感知与思想，此刻有多长，它已是过去，无法留住。

将来很远，它令人期待，又充满未知；将来很近，它马上来到，又即刻过去。

未来已是现在，现在已为过去，永恒的时间找不到其中的间隙。

过去，而有记忆，现在，而有感知，未来，而有期待。

能够握住的，只是现在，只有此刻。

自然部

符合自然

无论是个人、群体、或社会体系，都一定程度的存在着不明和扭曲，主要是由于自身存有的缺陷而造成。如要减少诸多不明和扭曲，则需认识缺陷，认识缺陷，才能更为明晰，才能找寻到更为正确的方向，才能不断的进步和完善。如何来判断方向的正确，有一种重要的方式：即"符合自然"。

如人类生存和生活的环境资源空间，如不能合理的利用，而是无度的索取和破坏，那么，总有一天会打破了平衡，造成难以逆转的灾害。

如人的自身，人也本为自然之产物，存于自然，则当于自然之中去领悟和完善，也如自然之中的万物运行，生长更替，有序变化中平衡，由此而感悟源于自然本原的律动，来反观自我的内心，而得到启迪和智慧。

社会体系的扭曲，一个重要的表现在于出现群体性的错误，如大家都犯同样的错误。但是，并不能因为大家都犯同样的错误，就不是错误。大家都犯的错误，才是最难纠正的错误。如在古代，有一种陋习，女子以小脚为美，于是，许多女子，从女童时就开始裹脚，因为从小裹脚，而没有得到正常的发育生长，连走路都变得很困难，甚至有人为了一双小脚而削脚，这当然违背了自然的生长规律，又是多么愚昧和残酷的行为。违背了自然，则产生扭曲和畸形，出现诸多愚昧的行为和习性。而在很长的一段时期里，这种行为却为社会广泛接受和推崇，甚至受害者本人，多数的女子，也同样认同，如有哪个女子不裹脚，反而会被视为不正常，这是一种典型的群体错误和扭曲表现，因不符合自然。

群体的错误往往造就群体的愚昧，于是产生了更强的蒙蔽性，也更容易为大家所接受，而形成为习惯，或为习俗。于是，更多的人参与其中，则更难于自醒和揭示，于是，大家都犯同样的错误，都受了蒙蔽，如有清醒的人站出来，试图指出或纠正，反而会引起多数人的不满，所以，一些正确的事物和道理往往可能引起更多人的反感和不满，也成为诸多丑恶陋习难以更改的重要原因之一。

所以，无论是个人、群体、或社会体系，当知遵循自然循序之道，否则，则容易走向扭曲、愚昧和极端等。如诸多的表现，人与人之间的残酷争斗，群体与群体之间的残酷争斗，群体性亢奋，群体性沉默，群体性虚假，群体性一致等状态，都非正常的状态，因不符合自然。

有一种情况，在极为过度或扭曲的状态之下，如非强力而难以纠正，扭曲太过，则需某种强力作用而能回归，如此，也是一种矫枉过正的修正方式。但是，强力的方式，只是迫不得已而为之，也只能起到短暂的作用，而非解决问题之根本，在达到一定效果之后，如依然不能建立符合自然循序之规律，则不能长久，则生新的扭曲。

尊 严

万物来自于哪里，来自于未知，也包括人类。未知的来源，存有神性，所以，万物也源于神性。万物源于神性，皆由神性而出，所以，万物也被赋予神性。

神性是至上的，至上的神性无比尊严，所以，万物皆被赋予尊严。神性之下，万物平等，包括每一个人，都具有天赋的尊严。

神性为天赋，而为本真，为根本，所以，你不能丢弃。如因贪欲、无知、无制，而丢弃神性，则会失去本真，即使得到了，满足了，失去的本真却难以挽回。失去本真，则失根本，则无所依，则难以回归，则沉沦，则堕入黑暗。

你具有天赋的神性，别人也同样具有。你具有天赋的尊严，别人也同样具有，所以，你也当知尊重。对于人的尊重，尊重万物也是对于神性的尊重。如不知尊重，也是不尊重神性。

自然部

不尊重神性，对于神性无感知，那么，就会离弃神性，离弃了神性，则失本真，则无所依，则沉沦，则堕入黑暗。

（参看《梦境》等）

平衡

一

一富人，本已万贯家财，尚不知足。为赚取更多的钱财，而偷工减料，弄虚做假，其建造一项目，因严重的质量问题而造成了重大事故，于是因贪生害。

有人评论："如此富有尚不知足，还想赚更多黑心的钱，可谓贪婪卑劣至极。"

有人评论："此人如此之贪，竟想一世之时赚取几世几财，今世即使暴富，如有来世，未免受穷。"

有人追加评论："世上无良的富翁和乞丐一样多，今世的乞丐莫非是前世贪婪的富翁。"

有人评论："利令智昏，自取其祸。"

其实何止贪财，其他贪图者，多少人求之而不知进退，求之过甚，往往自取其祸，过之，实则失去"平衡"。

"平衡"一说，古来有之，如"阴阳五行，相生相克"等观念，都是古人对于"平衡"的理解和表述，在道家文化中也有重要的体现。包括一些著名的宗教，其教义原理几乎都是以平衡思想为基础，此处不一一列举。

随着现代科学技术不断的发展，也在进一步揭示隐藏于自然之中"平衡"的奥秘，如经典物理学提出"物质不灭与相互转化"等理论，这能够在许多常见的事物之中得以佐证，即使被视为最无用的废料，也可运用，或作为肥料，让花草树木更为茂盛的生长。一种物质状态的消失，并不意味着真正的消失，而是相互转化，或以另一种形式出现，这是维持物质世界平衡的基本形式。如更前沿的科学理论所提出的暗物质、反物质、白洞、黑洞等，莫不都是平衡之说的现代表述方式。而与人更为紧密，是自我的身体和心灵。如中医理论之基础也是源于平衡之论，《黄帝内经》认为：人的健康与平衡息息相关，如人得病了，实际也是因为身心失去了平衡。

宇宙万物都是在平衡之中运行发展，无论是动与静，黑与白，冷与热，生与灭等，无一不是平衡的表现形式。即使我们尚不能够完全理解"平衡"在于宇宙之中确切的涵义和意义，但无可否认，"平衡"是我们所能见的物质世界，是万物运行发展存在的一种基本规律，如缺失平衡，一切都将趋于混乱。

二

平衡并非只是静止，绝对的静止会产生绝对的平衡，但能见的世界见不着绝对，绝对平衡意味着什么？意味着绝对的静止，绝对静止，就不会有任何动静，不会有任何变化，没有变化，就不会产生过程，没有过程，就不会有存在的显现，就不会有我们所见的世界和万物运行，所以，我们所谈的平衡，实际是一种动态的平衡，也是相对的平衡。

动态的平衡，"于平衡之中趋于变化，于变化之中趋于平衡"，是一种动静相宜的循环发展过程，由此可以理解，平衡的过程为："平衡至变化，变化至平衡"，如此不断的循环往复，不断的运行变化。也如平静如镜的水面，有人往里面丢进一颗石子，就会激起浪花和一串串涟漪，但涟漪过后还是会渐渐趋于平静。实际上，这也是一个不断更替变化的过程，因为世界及万事万物，都在变化，也需要变化，如此才有显现，才具有了发展和完善的条件，也如平静的水面，也需一定的流动来保持不朽。变化的意义则在于是否合理，只有通过合理的变化，才能让事物不断的得到完善，让人不断的得到完善，让社会不断

自然部

的得到完善，也是完善世界的重要方式。所以，对于任何人，理解平衡的涵义，是具有重要意义的，其中既包含着自然的奥秘，也为自然规则和思想的显现，也只有去感悟认识自然蕴含的道理和规律，才能更为清晰的自我领悟和认知世界。

三

自我领悟，即是人生的修为历程，人生，也是一个寻求平衡的过程，身体平衡以保持康健，心态平衡而保持平稳，所以，即需要静态的养息，也需要动态的历练来健全身心和精神，从而达到更为理想的平衡状态。当然，这并不是容易的事情，因人的本身存有诸多缺陷，也有各种自我难以掌控的因素影响（包括社会因素），如何"平衡"，是一个不断体悟和历练的过程，也是自我完善的过程。

对于"平衡趋于变化"，一些人容易步入一种误区，既然需要变化，既然已趋向于变化，这本符合平衡规律，也符合自然。而一些人，或无知，或自大，或保守，或出于某种目的而蒙昧等，而去阻止一些合理的变化，则违背了规律，也违背了自然，当然是不智的。就如看杂技表演，杂技演员用嘴紧咬一根棍子，棍子的上端顶一个杯子，杯子的口沿又顶起一个盘子。演员依靠苦练的技巧，维持着摇摇欲坠的短暂平衡，但只能是短暂的，因本以不平衡，再好的经验和技巧也只能短暂的维持，稍久必定会塌下。演员表演只是为了娱乐大家，而在现实之中，如依靠某种强力或固执，去阻止一些合理的变化，或维护维持某些本已不合理的事物，实际已阻碍了事物正常的发展和变化，也阻碍了社会的正常发展，则是不智的，只能带来不好的结果，也产生了罪恶。对于一个人来说，如何保持自我和促进社会的平衡，也是生出智慧的一种源泉。

自我部

自我部

四个不

不卑于人，不傲于人。
不欺于人，不媚于人。

一种罪恶的来源

许多的罪恶，并非来自于不善，而是来自于无知和愚昧。
补：当你看不见愚蠢，说明你是愚蠢的，当你看见了愚蠢，会使自己痛苦。

伟大

无论你做什么，即使是最普通的事情，只要无害，只要用心，就不普通。

无论你做什么，只要总怀着善，坚持善，即是伟大。

（参看《无害》等）

平等的看待人

除了品格之外，你当平等的看待任何人，也包括你自己。

合理

合理的取得，合理的拥有。

合理的满足欲望，克制不合理的恶欲，符合人性，也符合道理。

（参看《化物》等）

能者

识人所不识，能人所不能，益人所不益。

三而合一，为真正的能者。

友善

人与人之间，友善当为基石。

对于强者的友善，可能出于畏惧，也可能是为了攀附。

对于弱者的友善，更符合友善的本质。

智慧与狡诈

智力常被运用于二面，一面为智慧，一面为狡诈。

智慧博大，狡诈自利；智慧宽广，狡诈狭隘。

智慧建筑美好，狡诈破坏美好；智慧化解问题，狡诈制造问题。

智慧利人利己，狡诈损人利己，却往往损人也不利己。

狡诈实为愚昧。

（参看《何为智慧》《教人以巧》等）

自我部

日常生活的尺度

不应刻意歪曲诋毁别人，不应故意歪曲事理。

不应仅以自我立场和利益来看待对待事物，则可以避免狭隘和偏见。

说话做事要留有余地，不因有求于人而过媚。媚者，多为无骨之人，无骨之人，多见利忘义而反复无常。

不因居人之上而颐气指使，每个人都具有尊严，都具独立之人格，此为天赋，也为平等，平等而知尊重。地位高低与人格没有关系，品格良好之人，才真正值得尊重。不知相互尊重，也为无知和品格低劣的一种表现。

真诚胜过骄饰，率真胜过华美。

（参看《尊严》《尊重》等）

荣誉

真正的荣誉，不是他人的授予和奖励，也不是什么证书或奖杯能够代表。

真正的荣誉只源于内心，源于高贵的情感和追求，只有怀有高贵情感和追求的人，内心才能生出真正的荣誉光辉。

如一个人怀着低劣丑陋的想法，怀着狭隘自利的目的，即使从事可为高尚的事情，内心也不会生出真正的荣誉。

荣誉也不是争而得来，争而得来的所谓荣誉，一些外在赋予的所谓荣誉，只不过是虚荣和争利的表现而已。

补：在本书稿快要出版之前，听闻瑞典学院宣布 2016 年度诺贝尔文学奖授予美国著名歌手鲍勃？迪伦，此新闻一出即引起轰动，因为这是诺贝尔文学奖百年史上第一次颁奖给一个"歌手"，而在大众的眼里，"歌手"和"文学家"毕竟是不同的距离。沉默了一天，鲍勃？迪伦即宣布拒绝接受诺贝尔文学奖，以下为鲍勃？迪伦对诺贝尔文学奖的四点回应：

1. To win the Nobel Prize is not an inglorious thing, in fact it's an encouraging thing, for if a pop singer could win it, then everyone could.

获得诺奖不是一件丢人的事，事实上这是一件很励志的事，因为如果一个流行歌手能够获奖，就是说所有人都能获奖。

2. Scholars, preofessors and Dlitts will now argument that I'm not a singer but a poet, but what I wanna say to them is：if I were really a poet 50 years ago, I would starvev to death in your sight and your silence.

学者们、教授们和文学博士们现在会论证我不是个歌手而是个诗人，但我想对他们说的是：如果我50年前真是个诗人，你们会一言不发地看着我饿死。

3. I don't know what R&R really is now, I thought it's a progrags of Human civilization, but it might be a degeneration, for there are so many dancing hairy ape on the R&R stage nowadays.

我现在不知道摇滚到底是什么，我曾经认为那是人类文明的进步，但它也可能是退化，因为如今摇滚舞台上尽是些会跳舞的长毛猿。

4. The best way to kill a Rebel is to award him a prize, at least better than to use jails and tanks, like those happening somewhere at this time on the same globe of ours. Yet glory will forever belongs to those resisiting people, for the long–live freedom.

扼杀一个反叛者的最好方式，是给他颁发一个奖项，至少好过使用监狱和坦克，正如就在我们这个星球的某些地方此刻正在发生的一样。那些仍在为自由而反抗的人们，荣耀永属他们，与自由一起长存。

鲍勃？迪伦又对经纪人表示，"我就是一个搞音乐的，没必要掺和诺贝尔文学奖，更没必要涉及诺贝尔官方可能的政治目的，我也不需要这些奖项。"

自我部

鲍勃？迪伦拒绝接受诺贝尔文学奖，比授予一个歌手予文学奖引起了更大的轰动，大众也纷纷议论和猜测，各有角度和观点，而我想到了对于《荣誉》篇的理解，此事件也可作为一种合适的解读。

从鲍勃？迪伦拒绝接受诺贝尔文学奖这一刻起，让大家认识到了一位觉悟的鲍勃？迪伦，大家见证了一位歌手向觉悟者的转变，觉悟者才是伟大的！为何称鲍勃？迪伦为觉悟者，无须多述，从他拒领诺贝尔文学奖的短短的几句回应即可看出。

他为大众熟知的身份本为民谣歌手，"歌"与"文"虽有互通，却也有距离，属于不同的文化艺术形式。从声明中可以见到鲍勃？迪伦的清醒，他说自己只是一名流行歌手，如果一个流行歌手能够获奖，就是说所有人都能获奖。他不想混淆音乐和文学的界限，也不能去混淆，诺贝尔文学奖授予他只是一个特例，就如有人评论他是一个二流的歌手和吉他演奏家，一流的作曲人，顶级的诗人。"在他的身上，歌与文则是互通的，他即是一位歌者，更像一位行吟唱的诗人，吟唱着理想和自由，而赋予了灵魂。

而谈到荣誉，诺贝尔奖应是全球最具影响和权威的奖项，世人推崇备至，几乎视为最高的荣誉，鲍勃？迪伦拒绝最高的荣誉授予，也说明他的清醒之外所具有的良知和责任，他也见到一些在摇滚舞台上如退化长毛猿般的歌舞者，他不想因为他而误导了大家，把大众带入一种浮浅的躁动之中，这更为珍贵，良知和责任则是一个觉悟者的基本本质，所以，他也只是一个特例。

他也说："扼杀一个反叛者的最好方式，是给他颁发一个奖项。"他所说的反叛者当然不是真正的反叛者，而是那些为了理想，为了真理和自由而抗争的人们。而有多少人会为了一些外在的所谓荣誉和利益，而丢弃自己的理想，丢弃真理，这些人才是真正的叛徒和软蛋。

他也想到一个问题，如他是一个真正的诗人，即使再优秀，在这种物性蒙蔽的时代，荣誉是否会授予给他？是否会授予一些真正实至名归的人？所以他说：如果我50年前真是个诗人，你们会一言不发地看着我饿死。"平淡的话语却道出了人心世风的浮浅和虚伪，趋炎和附势。真正的荣誉只在他的内心。而且，也要为瑞典学院这一次的诺贝尔文学奖授予点赞，没有授予一些空有虚名而名不符实之人，而是授予了具有真正诗歌精神的灵魂。

所以，他已是一个觉悟者，文学奖的授予也实至名归，他拒绝领奖也理所当然。

几种争斗

聪明与聪明之间的争斗，愚蠢与愚蠢之间的争斗，聪明与愚蠢之间的争斗。聪明未必真聪明，愚蠢却是真愚蠢。唯有智慧能化解争斗。

奢侈品

一、生命的觉醒和开悟。

二、一颗自由喜悦充满爱的心。

三、遍观天下的气魄和视野。

四、回归自然。

五、安稳平和的睡眠。

六、享受属于自己的空间和时间。

七、彼此深爱的灵魂伴侣。

八、任何时候都真正懂你的人。

九、身体健康和内心富足。

十、感染并点燃他人的希望。

十一、人与人之间的真诚信任。

自我部

补：这是一篇在网上相互流传转发的帖子，名为《当今世界的十大奢侈品》，也不知具体的来源，文字简短，内涵也为深刻，我只是对于其中的第三条稍微做了一些改动，又添了第十一条，保持了原文的样貌。

荣傲

为众有荣，为己无傲。

恕与不恕

恕无心生害，不恕存心生害；恕欺己，不恕欺众。

恕偶生小害，不恕屡为小害，屡为小害，即为大害。

补：恕也为宽容，见《大英百科全书》对于宽容的解释：宽容是允许他人有行动，判断的自由，耐心，并无偏见的容忍别人不同于自己或被社会大众普遍接受的观点和行为。

（参看《弱者欺弱者》《包容》等）

态度

生活求简朴，人性求完善。

小人的聪明

自利奸诈的小人，往往自以为聪明，却看不见自己的愚蠢。

小人惯于小谋，而无大略。智者大略，不屑于小谋。

（参看《一些小人》等）

卑劣的人

有一种人，在强于自己的人面前像只羊，在弱于自己的人面前像头狼。

此为卑劣之性，也为奴性之人。

（参看《奴性》《愚人的一些表现》等）

何为智慧

智慧为自我完善及完善世界的方法，真与知构成智慧。

不要以为智慧无所不能，没有完美的事物，也没有完美的智慧，智慧并不可以化解所有的问题。而是智慧每增进一分，愚昧就减少一分，愚昧减少一分，就少了诸多的罪恶和不幸。

（参看《德智》《智慧与狡诈》《几种意识的表现》等）

自我部

德智

德与智，德为先，无德之智，为诈。

诈者蒙昧，实为智的反面。

志向

有此志，还需有此德、有此才。

如无此德才，却有此志，为野心，只会带来罪恶。

补：有人说："我要当某长。"如无德无才，当了某长，只会给社会带来更多的危害。

追求

你追求什么？为何追求？不为己，不为利……

只为价值的显现，只为献给所爱的世界，只为不辜负自然的赋予。

自大与无傲

无知而自大，明达而无傲。

补：愈浅薄无知，愈自以为是，愈为倨傲，此为愚劣之性，而在不少人身上存在。需要区分，对于一些丑陋邪恶所表现的傲气和骨气，为正气和勇气，也为高贵之气。

善恶之辨

舍身为善则大善。

舍身为恶则大恶。

积善人助，积恶人拒。

积善得天意，积恶逆天意。

善则顺，顺则避祸，小逆则伤，大逆则毁。

愚人的一些表现

常以一孔之见，或表层，或以一时之像，或依个人喜好情绪，而不辨是非真伪，而不明害益之像，如此看事论事，为愚人论事。

愚人学人小、而不学大、学恶而不学善、学伪而不学真、学诈而不学智、

自我部

知得而不知舍。

补：愚人浅薄，得意而忘形，膨胀而不知本我。

（参看《智慧与狡诈》《智愚》等）

真与假

因物性蒙蔽，人易失真实，而注重假面，使得真性蒙蔽。

真予真、假予真，假予假，假以修真，则不离善。

（参看《物性》等）

智愚

愚者利己，智者利人。

大智者利于众，利天下。

道与德

合道即生德，失德则离道。

补：道为来由、为知解，为善行，德于其中，为人道。社会之道，规则在先，才有道德。

争与不争

不争功利，而争公义。

功利之争失德，公义之争生德，不争为德。

妄想

如不能改变自己，而想要改变他人，那实属妄想。

情绪感受

一个人如只是顾及自己的情绪和感受，就如同一个行走而不看路的人，不是他撞别人，就是别人撞他。

补：也要顾及瞬间情绪，有时，人容易为某事而瞬间产生冲动、暴怒等理智失控的情绪表现，造成恶果，而后悔莫及。

自我部

知与行

知难行难，无良知则无良行。

不属于你的

一些东西，即使你觉得再好，也可能想要拥有。

如不是属于你的，或不该属于你的，就不当去奢望或强求，否则、只能带来罪恶。

虚名

何为虚名，名不符实，或有名无实。

先求名，后求实，往往名不符实，也难得真实。

先有实，后有名，为实名。

高贵

正直、简朴、勇敢、智慧、精神等，构成为高贵。

（参看《朴实》等）

不相扰

平行而不相扰，有序而不相扰，知而不相扰。

高于

一些人喜欢做出一种高于人或凌人的姿态，以显示自己，或为优越感。

不是你自觉高于人，而是你确有高明之处；不是你自觉高贵，而当有贵重的品质。

无论如何，当自知，当知还原，如不自知，不知还原，则蒙蔽，则找不到真正的自己，也为愚劣浅薄使然。也当知，真正的高人，绝不是一滴水就会膨胀，一点成绩就会自大自得的浅薄之人。

（参看《自大与无傲》《高贵》等）

自我部

自制力

人需要自制力，也如一辆车，如制动不灵，则不能上路。

也如一台机器，愈为精密，则具有更强的控制力。自控力越强，愈呈完善。

补：自制主要有内制和外制的区别，内制，重于觉悟，自觉的控制情绪和欲望。外制，则重于规则，合理的规则设计尤为重要。如去买车票，大家都应排队，如有人要去插队，则破坏了规则，影响了他人，则为外制失控的表现。如此人确有急事需要插队，向大家说明，大家也当理解，此为灵活性。

（参看《原则性和灵活性》等）

取舍

利人多舍，利己多取。舍常生善，取常生恶。

只知取，不知舍，则狭隘蒙蔽，则失真善，欲而无度。

符合道理

欺压盘剥，为物性蒙蔽扭曲之象。

一些人不得一口饱饭，或勉强为温饱，更不应该想去欺压和盘剥，才符合人道和天道。

眼睛

一双双平和友善的眼睛，能够让环境变得温暖和亲切。
一双双奸邪恶欲的眼睛，也会让环境变得丑陋和扭曲。

文化

什么是文化，无论是个人，或群体，来到这个世界，不应是为了消耗多少，而是为了留下什么，而留下什么？留下了美好，创造了价值，不断的延续和发展，这就是文化，也为文明之显现。

（参看《三大文明体系》等）

自由的感觉

你觉得自由很重要，为何要去妨碍别人的自由。
你觉得自由很重要，为何要去伤害别人的自由。
你觉得自由很重要，别人也一样觉得重要。
如人干扰你的自由，是何感受？
自由，是一种不妨碍于人的自我生活方式。

自我部

传递

你释放了善，总在传递。

你释放了恶，也总在传递。

并没有因为你的行为停止而终止。

化繁为简

能够把复杂的事情简单的化解，能够把复杂的道理简单的表述，这是一种难得的能力和智慧。

有些人，常常把简单变为复杂，缺乏化繁为简的能力，也为智慧缺乏的表现。

有些人，出于某种自我的目的，有意把简单的事情复杂化，这不仅是智慧的缺乏，也为品格的低劣。

补：未来的世界，将愈为复杂，如人类随着复杂而复杂，就会为复杂纠缠的越来越紧，愈蒙蔽，愈苦累，愈难以抽身，人类有限的力量是无法承受愈为复杂之重。所以，世界愈复杂，人的自身当愈为简单，才能从复杂缠绕之中抽身出来。

你我若简单一些，不要把心智用错了地方，相互算计纠缠，哪有多好！

（参看《未来的人》等）

机会

多少人在谈机会，感叹其稍纵即逝。他们所谈的机会，大都只是出于个人的利欲得失，而缺乏价值的认知。

应知道，真正的价值，不是由取得中而来，而是由奉献中而来，只要你愿意奉献，任何时候都有机会。

（参看《奉献》等）

缺乏精神

缺乏精神的人是低劣的人。

缺乏精神的群体是丑陋堕落的群体。

（参看《具有精神》等）

外求与内求

利己常外求，利众常内求。

自我部

不应该如此

一些人管不好自己，却总想掌控别人，这是一种愚劣之性，也带来罪恶。
人应当管控好自己，而不是想去掌控别人。

外包装

功名利禄有如外包装。
再华丽的外包装，如缺乏内在品质，也改变不了低劣的本质。

敢于承认错误

不敢于承认错误的人，是缺乏勇气的人。
不敢于承认错误的群体，是邪恶卑劣的群体。

俗与雅

俗而不邪，雅而不虚。

（参看《三大文明体系》等）

收放之间

人生在于收放之间。

大而言之，收敛恶性，释放善性。

（参看《善恶之辨》等）

知识、思想与智慧

知识不等于思想。

思想不等于智慧。

智慧，来源于正向的观念和行为。

（参看《思想的目的》《何为智慧》等）

力量来自哪里

力量来自真诚，来自信念。

力量来自智慧，来自精神。

力量来自希望，来自爱。

……

自我部

思想的目的

为了发现错误，也为了纠正错误。

为了寻求智慧，也为了领悟智慧。

为了认识自我，也为了自我完善。

为了认识世界，也为了世界更为美好。

（参看《几种意识的表现》等）

真正的敌人

生养我者，天地父母。

友我者，万物世人。

敌我者，劣性恶欲也。

邪恶

私而无公，有己无人，狭隘愚昧，虚荣炫耀，无度无制等，而生邪恶。

惜物节俭

过度优裕的生活，容易腐蚀人的精神和意志，穷奢极欲，则令人堕落和卑下。

惜物和节俭，是一种符合自然的高贵品性和生活方式。

（参看《享受》等）

享受

你要那么多享受做什么？

那只能腐蚀你的身心与灵魂。

你有何道理享用这些？唯有德行。

理解事物

理解你所能理解的，不要轻视你所不理解的。

补：理解了背后，你才会真正理解，才会明晰，才会流泪。

（参看《不能只看表面》等）

自我部

泪水

真情，真爱，真情的泪水，感动的泪水，留过你的脸，也洗涤你的心。

（参看《洗涤》等）

洗涤

身体的污垢，需用干净的水来洗涤，"真"则是洗涤心灵污垢的纯水。用真情洗涤你的心，用真爱洗涤你的心，用真诚洗涤你的心。

（参看《真爱与真情》《高贵的心》等）

保持真我

一个人，如在不同的环境氛围当中，而能保持自醒，保持真我，这不容易，也很可贵。

（参看《洗涤》等）

高贵的心

有什么世俗的东西、能配得上一颗纯净透彻的心。

补：纯净透彻，生智慧精神，而为高贵。

（参看《真爱与真情》等）

致青春

忘记了年轻时的理想，那已是过去。

我那曾充满澎湃激情的岁月，已永远不再回来。

那些曾经稚气、纯净的脸庞和笑容，都已去向了何方。

包容

不包容恶，但需包容不同，包容缺陷，包容弱点，包容无恶意的过失。

（参看《原则性和灵活性》等）

自我部

记住三条

记住第一条：得意莫忘形。

记住第二条：得意莫忘形。

记住第三条：谨记前面二条。

（参看《四大恶性》等）

四大恶性

一为贪婪，二为欺凌，三为虚荣，四为忘形。

（参看《市井之恶》等）

健康

身体若不健康，生不如死。

思想若不健康，人不如兽。

身体健康在于动静相宜。

思想健康在于精神智慧。

童稚

无论是谁，看见他们，如想像他们童年时的模样，就可见到童稚。

他们的心里，还能保持多少？或经岁月醇化，已然醇和自然。

动人

真正动人的，都是那些真实、真情的事物；是那些纯真、纯净的事物。

虚伪和虚假，也许能蒙蔽一时，终究为人所厌恶和抛弃。

（参看《真情与真爱》《高贵的心》等）

情人节

情人节又到了，多少人把情人理解为满足情欲的对象，而不是心意想通，契合相依的爱人。

自我部

少时的快乐

记得小时候，孩子们一起滚圈圈，打陀螺，捉迷藏等，快乐而舒畅。

现在的孩子们，有许多新奇的玩具，有电玩动漫，有主题乐园等，但是，却难有那种畅快健康的快乐感受。而是沉迷、而是无度、而是封闭、还有暴力、恶诱……

真正的快乐是自然的，是简单的，自然和简单，也包涵着更高的智慧。

善欲恶欲

欲望有来自于本能的部分，本能之欲本为简单，也不难满足，更多则是来自于社会性，由于社会性作用，而有善欲恶欲之分。

善欲为本能之上的提升，为精神智慧提升的结果，为本真的显现。如本能之欲不能抗拒诸多诱惑，则可无限的膨胀和放大，则成恶欲，则扭曲，则卑劣无度。

（参看《本能、本真》《几种欲望的表现》等）

几种欲望的表现

人的欲望表现，大致可分为三类，一为贪欲之人、二为常欲之人、三为清欲之人。欲求相异，则显不同的性情。

以性情而论，相近则相亲，相异则相斥。贪欲之人与贪欲之人容易走近，而觉得清欲之人无味，清欲之人也会相互欣赏，而不愿与贪欲之人同流。

补：恶欲如糙绵，空洞而粗鄙，总要吸附，总不满足，而愈为污垢。清欲愈使人精诚，也如宝玉，细密精致，光洁荧亮。清欲不是无欲，是保持合理的状态，顺应自然的生活。

不要小看自我行为

一人之事关乎一家，一家之事关于一域，一域之事关乎一城，一城之事关乎一国，一国之事关乎天下，天下实为一家。

人与人之间是紧密相关的，人与社会也是紧密相关的，人与自然也是紧密相关的，日常之中不要小看自我的行为。

市井之恶

恃强凌弱，贪利多欲，趋炎附势，攀比炫耀，愚蛮无理，混淆是非，无知狭隘，自利多诈，无制放纵，诋毁歪曲等，都为市井之恶的表现。

市井之恶源于愚劣之性，然衣冠楚楚者中也不乏市井小人。

（参看《四大恶性》《护恶》等）

差异

人与人之间，真正的差异不在于外在，而在于一颗心。如一个养尊处优之人，多去从事苦累的劳动，不要多久，也会皮黑肉糙。一个皮黑肉糙的人，让他好吃好喝，养尊处优的供养起来，不要多久，也会变得细皮嫩肉。但是，一颗心却难于改变。如是一个痞子，即使绅士装扮，内里还是痞子。如菩萨心肠，披一褐布，内里也为慈悲清欲。

对于同一事物，内心的不同，则会表现出极大的差异，有人狭猛，有人宽厚，有人只能见到表面，有人更为深透，有人能见一点，有人由点及面……

内心的差异，真正把人拉开了距离。

（参看《高贵的心》等）

劣性

一个人有了过错，而不知错于何处，此为无知。

有些人，明知为错，如觉得有利于自己，而不愿停止错误的行为，此为蒙昧。

狭隘自私，无知短视，无制多欲，攀比炫耀，欺善附恶，得意忘形，趋利无信，无理多诈，不知本我等，都为人之劣性所在。

（参看《市井之恶》等）

一颗心

有的人还年轻，心却已散乱；有的人年已长，心已为污浊。

有的人还年轻，心也为纯正；有的人年已长，心愈如织锦。

补：无论年轻或年长，心当真纯，或如锦绣。在生命的过程之中，应尽量减少因污浊和虚假带来的蒙蔽，则不辜负自然赋予的灵慧之性。自然的赋予，是为了你更为清晰，更为明晰，而提供辨识和完善的条件，是为了让你变得更好，而不是更坏。

（参看《高贵的心》等）

珍惜福缘

万事万物都有限度，人的福缘也是如此，所以，当知珍惜，而不可泛滥，更不可放纵毁福。

如不知珍惜，放纵无度，则自毁福缘，也是生出祸端的原由。福缘也可以培养，培养福缘的方式即是"积善修德"。

（参看《善道》等）

谦虚

没有人知道所有的事情，没有人明白所有的道理。谦虚能够避免无知和自

自我部

大，也是自我修养的一种方式。

谦虚当发自内心，才为真实自然的表达。过之则让人觉得虚假或虚伪，而失去对于你真实的认识。

畏惧与成熟

有人说，无知者无畏。无知而不畏，不是真正的勇，而是愚蒙。知之而不畏，才是真正无畏，才是真正的勇。人于现实生活之中，随着阅历见识的增长，当有所畏，也当不畏，这是走向成熟的一种表现。

真正的成熟，不是你畏惧某些人，畏惧某些事，或不敢为等，这只是害怕伤害或害怕失败的心理。只有当你畏惧不善，畏惧无知。畏惧浅薄，畏惧无度，畏因而不畏果……畏惧该畏惧的，又具有无畏的勇气，才真正的走向成熟，也为完善人格的体现。

恨人

人之所以恨人，主要是因为觉得他人伤害了自己或利益。

对于伤害自己的人会产生恨，如你要伤害别人之时，是否会想到，你种下了恨，人恨你也如你恨人。

（参看《换位的方式》等）

得失之心

容易得到的，往往不知珍惜；努力而得到的，令人心生喜悦；十分艰难而得到的，会百感交集。

有些东西是得不到的，有些东西本不该得，得到不该得的，得了也未必是好事。得与失，当平常待之，为修养和境界。

（参看《不属于你的》《取舍》等）

正邪之中

正邪之中，存正不邪。

历练

人生即是历练。

经历苦难是历练。

自我克制是历练。

感悟领悟是历练。

做不易而有益的事情也是历练

……

（参看《苦乐》

一些不要

不要在饥饿的人面前谈美味。

不要在贫困的人面前谈享受。

不要在失意的人面前显得意。

不要因别人之短而炫耀你之长。

不要往别人的伤口上再撒一把盐。

……

（参看《日常生活的尺度》等）

不适当

让不适合的人做不适合的事情，是不适当的。

让不适合的人处于不适合的位置，是不适当的。

期待一个贪欲无制的人为大众谋利，是不适当的。

期待一个狭隘无知的人去做复杂的事情，是不适当的。

就如让老鼠去看守大米，就如让羊去带领老虎，是不适当的。

人尽其才，人尽其用，合理的运用和发现人才，也是了不起的才能和德行。

不要嘲笑别人

如想要嘲笑人，当先照照镜子。自己是否没有短处？是否没有过错？是否一切如意？如别人因你的短处、错误、或因你的不如意，而嘲笑你，贬低你，你是怎样的感受？你该如何承受这种伤害？认识不到自身存在的缺陷和不足，却还要去嘲笑别人，也为不自知。真正具有品格智慧的人，怎会如此的浅薄，怎会轻易的嘲笑人。

也不要嘲笑一些和你不一样的人，一些和你不一样的人，可能恰恰拥有你所不具备的优点和长处。更不应该嘲笑那些失落者、失意者、苦难者，此为基本的人性所在。人应做好自己，而不该嘲笑别人，如此才为自知，才能减少伤害，才能提升自我的品格和智慧。

补：无论你是谁，对于一类人，当怀有敬重之心，就是那些具有精神的人，为之奋斗的人，是那些仰望星空的人，是那些具有品质的人，他们的内心，不只是有自己、有家庭；还有众人、世界、真理、真情，也决定了他们超凡的格局。与嘲笑人相近的是瞧不起人，有一次，我在车站等车，一人坐在我的旁边，这时，一个老太太走了过来，老太太满脸皱纹，身上穿着打补丁的衣服，提着一个破旧发黄的袋子，哆哆嗦嗦的在那人旁边的空位上坐下。那个人见老太太走近，瞪着眼睛，用一种审视般刺人的眼光盯着老太太，似乎要把老太太赶走。

见老太太坐下，连忙把身子倾向一边，似怕老太太碰着他，扭着头用一种鄙夷的眼光瞅着老太太，老太太也察觉到了，低着头无声的坐在那里。就这样过来几分钟，见老太太还是没有离开，那人就说话了："这里有人坐，你坐别处去。"老太太听了，抬起头看了看他，也没有说什么，就收拾东西，然后把袋子背上肩上，佝偻着身子走开了。

对于这样的事情，我不想多作评说，只想提醒，那个衣裳破烂的老太太或

自我部

许就是你的母亲，或父亲，或长辈，或是你的子孙后代，或是你的将来。

（参看《你在想什么》等）

人格

没有一个人只属于自己，也没有一个人只属于他人。

作为个体，人格独立，作为社会之成员，人格平等，此为自然之赋予。

人格的力量在于自我完善和完善世界。

（参看《尊严》等）

奴性

奴性侵入了人心，已由来已久。一些人在认为其上的人面前极尽奴颜媚态，以讨得欢心和赏识。另一面，这种谄媚无骨，本已辱没基本人格尊严的人，在自认为其下的人面前，却常常会表现出倨傲无礼，或趾高气扬之态，以此来达到一种扭曲的心理平衡，实为奴性。

一些人缺乏是非公正的认知，依附于强权强势，或盲目的附庸，而生罪恶，也为奴性。

奴性生奴才，而不是由世俗的地位高低决定。奴性实为极卑下扭曲之性。

（参看《一些小人》《人格》《尊严》等）

强者与庸人

处于以物质为主导的社会阶段，如要跳出利益格局而寻求更高的价值，这不是容易的事情，也需要坚定的信念、勇气和付出，这可成就精神上的强者。

有一些人，虽拥有物质财富，却缺乏精神，则容易走向低俗和堕落。

更为合理的社会状态，人们不为衣食所忧，而追求精神价值的提升。

忧思

岁月如梭，年少如昨，忧思与我已不相离。

忧己之愚，也忧众人之愚。

忧得意而忘形，忧乐而不知苦。

忧浮华之世，浅薄纠缠。

如行云，如流水，无边又无际。

天边的浮云宛如眼前，眼前的流水又远如天边。

谁能无忧？然也不忧，因一切大势，皆有果然。

三个阶段

少年制暴，壮年制欲，老年制怒。

愚暴、恶欲、忿怒等，皆为愚劣使然，当有所制，不同的年龄阶段，有所侧重。

自我部

高贵的人

在物欲横流的潮流当中，一些人虽清贫，但仍然坚守，而不随波逐流，为高贵的品质与精神。

（参看《与财富有关的一些观点》等）

幸福感

简单，善心，安全，自由，尊严，充实等，构成为幸福感。

有人以为，幸福感来自于受人仰慕或拥戴，抱此认识和追求，已然扭曲，也为蒙蔽，只会带来罪恶，只会破坏幸福。也有人以为，幸福感来自于享乐，这是一种放纵和扭曲的心态表现，记住一句话：知于艰困之中感受幸福，才能更为真实的感受生活和领悟人生。

其实，健康平安，善待他人，也得人善待，简单的生活，即为幸福。也要知道，幸福并不是事事如意和完美，应坦然的接受生活的挑战和残缺部分，这是获得幸福感必不可少的成熟心态，也符合自然。

比起幸福更为重要，则在于人生的领悟和价值。

（参看《幸福的条件》《杂说》《苦乐》等）

修心和健体

文以修心，武以健体。

修心当正，健体当勤。

自觉

人贵于自觉，自觉先自醒。

自醒而觉悟，觉悟而自律，自律而自觉。

（参看《日常生活的的尺度》等）

附恶者

作恶者固然可恶，而有一些附恶之人，一些爪牙、帮凶，或为得一根骨头，或为求一口食，或无知愚劣，而无是非善恶，而失良知真性，这样的人，不但恶劣，更为卑下。

（参看《人情关系》等）

自我部

化物

需之则取，无需不取，取之有度。

多积善德，善德积厚，能化为物，取之有道。

（参看《利益》等）

表与里

不是穿上了绫罗绸缎，就是文明的人，而需具有精神和智慧。

不是穿上了绫罗绸缎，就有了品格，而需具有精神和智慧。

不是穿上了绫罗绸缎，就为高贵，而需具有精神和智慧。

缓一缓

人生总会经受许多诱惑，勾起内心的欲念，面对诱惑之时，恶欲难制之时，有一种方法：缓一缓。缓一缓之后，也许感觉不同了，心理变化了，认识不一样了，或能改变。

缓一缓，也是一种自我调节和自制自省的方式，知有害，知前面有悬崖，如能放慢和缓和，而避免跌落下去。

缓一缓能平复情绪，让自己再想一想，让行为留有余地，让自己冷静，在迷乱之中醒觉，则可能避免失误和错误。

缓一缓，渐而清醒，而制恶欲，多次之后，抵抗之力就能增强，自制之力就会提高，则能更为有效的抗拒诱惑和避免错误，也是提升品质和精神的一种方式。

人生之中的许多事情，也当缓一缓，要发怒之时，冲动之时，恶念横生之时……都当缓一缓。

德与财

依靠诚实的劳动和才智而获得钱财，贡献了价值，取之而有道。以不正当的方式谋取钱财，无道而不义，即为个人品质修为的卑劣，也恶化了社会环境，当以为耻。

得财之人当有慈慧之心，有慈慧之心，才知善用钱财，善待钱财，才能利于社会及众生。善用钱财，而能生德，有德者得财使财，才符合道理。

（参看《与财富有关的一些观点》《化物》等）

与人为善

喜欢与人争高下，较长短，计得失，也是不知与人为善的道理。

相互比较争斗的同时，内心难免会失去平衡，内心失衡，则令心绪纷乱，心绪纷乱则蒙蔽心智，蒙蔽则起不善，不善则生恶，从而做出恶事来，而生祸端。所以说："为善者，福尚未至，然祸已远；为恶者，祸尚未至，然福已远。"也是有来由的。

（参看《善是美好的力量》等）

自我部

善道

见有人饥饿，送予食物；见到有人挨冻，送予衣物；见有人需帮助，力所能及的提供帮助……此为小善，以善为行，积小善而成大善。

见识远大、心怀众生、公而无私，正道为行，此为大善。

积善以修德，修德以证道。

（参看《与人为善》《善与恶的比较》等）

炼体、炼气、炼意、勤学、思悟、善行

炼体即锻炼身体，通过锻炼，保持健康与活力。炼气则是修养身心，保持心境平和，心境平和，才能顺畅平稳。炼意为磨炼意志，人生总会经受许多诱惑，需辨识，自制而有度；人生总是曲曲折折，也需培养良好的心态来面对。

任何人都不会认为自己愚昧无知，但是，总会有许多不明不知的事情，要减少不明和无知，则须不断的学习，不断的领悟，学习不只是限于书本，社会万象皆可成为学识的对象。只学习还不够，还须辨识、思悟、还须践行，如此，才能真正的领悟和增进智慧。

善行，则为人生之根本。

（参看《善道》等）

偶遇

一

一次，在外地偶然遇到一位昔日的同窗好友，多年未见，竟意外相遇，想起了年少时光，同学情谊，喜悦有加。

中午时分，同学盛情邀请同去一高档饭店吃饭。我说："不要去那里吃，找一家路边小店即可。"同学不解，我笑着说："同去小店吃东西，就像当年一样。"同学恍然大悟，欣然一同去找路边小店。年少时光，同学情谊，仿如昨日。

二

有一次去喝茶，见当中有一人，有些熟悉，一聊之后知是中学时的校友，于是就聊起了同学们的事情。而说到一位同学，校友说他现在很高调，喜欢在同学面前夸耀自己。我当时听了也不以为然，校友也不知我和那位同学以前是一个班的，在校时关系也很好。我的印象中，那位同学是一个很为人着想和淳朴的人，喜欢笑，虽多年没有联系，但一谈起他，我就想起了他的笑脸。

近些年来，网络技术迅速发展，通过社交网络，让许多多年未有音讯的同学们又很快的联系上了。加入了班级群，我见到一张张既熟悉又陌生的头像和面孔，也有那位同学。于是，我就给他发信息，那一次也没有聊很多，都有了一些陌生感。我想：毕竟多年未有联系，只是岁月暂时拉开了距离，旧日的同学情谊依然会深藏在彼此的心底。

自我部

有一次，他在群里发了一条信息："我今天要去某地，打电话去某宾馆，这家宾馆不接受电话预约，有谁在那里，帮我订一间房。"而我刚好也在此地，于是，就发信息给他，说帮他订房。

我就近选了一家环境较好的宾馆，之后打电话告诉他订好了，他在电话里说麻烦我了，然后又问我是哪家宾馆，我说是某宾馆，他沉默了一会之后说："怎么没有在那一家（他在群里发的那家宾馆）。"我告诉他："这家宾馆在当地很不错，环境不比那家差，我也就近订了。"他听了之后似乎已不高兴，然后就问我多少钱，我说："老同学了，订一间房就不要说钱了。"他似乎还要强调，用一种听起来较为冷淡的语气一再重复的说："钱我会给你的，你放心，钱我会给你的，你放心。"

……

晚饭时分，我打电话给他，说多年未见，一起吃个饭，聊一聊。他接了电话说："时间还不确定，晚一点再和我联系。"于是我就等他，等了很久，饿着肚子，也没见他打电话过来，曾经要好的同学，现在这么捉摸了。于是我又打电话过去，他说已经吃了。

第二天早上，我又打一个电话给他，却让我感到意外，他说昨天没有住在我开的那家宾馆，而是住在另一家（他在群里发的那家宾馆）。我就说："都已经开了，怎么还要住另一家，这不是浪费吗？"他沉默了一阵，然后又重复的说："钱我会给你的，钱我会给你的，多少钱你告诉我。"这时，我忽然感到有些看不清楚了，从前几个人挤一张破床也乐呵呵的，现在开好的房间也不住，而要住另外家。我又想起校友说他现在目中无人，在广东那边开了一家小厂，赚了一些钱，同学们聚会的时候，总喜欢炫耀和显示自己，说自己这些年在外面见过什么，吃过什么，玩过什么等。难道是为了在同学们面前显示和炫耀？这还是从前那位质朴的同学吗？原来不只是岁月拉开了距离，而是岁月已改变了许多。而他是否还记得昔日，记得青春年少时的纯真情谊？

我忍住这种陌生感，努力的告诉自己，这是昔日的同学，又说："如有空见个面，毕竟多年不曾见了。"他说："晚上再联系。"我说："好吧。"晚上八点多钟，我又打一个电话给他，他说："再晚一点，我约几个朋友，看他们有没有空。"听他这么一说，这一次，我再也难以感觉到是在跟昔日的同学在通话，也希望只是一个误会。如此，还是记住从前的模样，记住从前的笑容和忧伤，彼此留在自己的心里，只是再见也没有什么意义了。补：后来与这位同学见面了，才知是一个误会。

朴实

人需朴实，于人而言，朴实是一种态度，也是一种心境，却也不易达到。

人生的历程，会自觉或不自觉的经受各种因素的影响，其中有好的，也有坏的，有益的，也有害的。这个过程之中，需不断的辨识和选择，也须不断的领悟和控制，如不得当，则会添加许多无益和有害的东西，而让自我变得杂乱无章和丑陋。

人生也如绘画，需不断的修正，需要去除一些杂乱之笔，才可能绘成一幅好画，也是一个辨识、修正和沉淀的过程。而朴实，则是沉淀人生的一种方式，把一些浮华的，浅薄的，杂乱的东西得以区分和分离，而让生命得以升华。

朴实而不浮显，则可见品质和智慧。也要区分，一些人因无知而表现的麻木和漠然，那不是朴实，无知者更容易出现愚盲无理的行为。所以，人人都需要开智，开智即是开阔视野，明白事理和构建思想，如此才能更为清晰的认知和辨识，才能让自我得到沉淀，才能得智慧，也才知朴实。同样，如缺乏智慧，局限了眼界和心界，则难于清晰的辨识，则难于沉淀，难于朴实。

社会也需要朴实，而由朴实构成的心境和氛围，也如朴实的本身，去除浮华虚假而真实自然，这是多么理想的境界和氛围。

（参看《平凡》等）

— 71 —

自我部

一种智慧

经历一些苦难，本为正常，人生与生活，一个重要的内涵就在于是非善恶之中去辨识领悟。如不经历一些苦难，则难于体会和认识生活的另一面，难于深刻、难于清晰的认知和认识世界，这对于人生来说，即是一种欠缺和空白。所以，直面苦难，感谢苦难，平常待之。

如因经历一些苦难，而放大了恶性的感受，就会以为世上多恶而少善，那么，就会在心里种下恶的种子。恶的种子不断的生长，膨胀，就会把"善"从内心驱赶出去，如此，恶而狭隘，狭隘而极端，极端而生祸害。能辨识善恶，又心存善念，为智慧。

何为品格

良知、见识、智慧、善行等，构成为品格。但非一而概之，不同的人，有不同的品格表现方式。

如公务人员不为私欲私利，而怀着服务大众的理想和荣誉而来，此为品格，反之则失品格。

如从商者不过于求利，而是诚信经营，以优质的商品和服务来建立商誉，也为品格，反之则失品格。

如为人师，师德为上，教人技艺，如品行不端，则为师无品，也会影响到学生的品格和塑造。恃才无德者，危害更甚。

品格为高尚的情感修养和精神体现。

不能只看表面

有两个瓶子，一个瓶子外面包着漂亮的包装，里面的饮料却已过期变质。另一个普通包装的瓶子，里面装着新鲜洁净的水。如让人选择，多数人可能都会选择外表漂亮的瓶子。不只是选东西，看人待人也一样，许多人习惯于以外在或表面来看待和对待。

有一个故事，一位有真实才学的学者，受邀参加一次活动。这位学者来到开展活动的地方，却被门卫拦住了，他就向门卫说明是受邀而来的。但是，门卫看着衣着朴素的学者，却不肯相信，还嘲讽说："这样高端的活动，怎么会邀请你这个糟老头子。"这时，来了一位认识学者的人，就告诉门卫这是某著名学者，门卫听闻之后，羞愧的让他进去。

如只看表面，或以外在的金钱、地位、名声、甚至衣着打扮来看人待人，而忽视内在的精神和品格，本为浅薄和愚劣，也为世风不端的表现。如能不为外在和表面所迷，能透过现象见本质，也为人生之修为。

（参看《杂说》等）

易与不易

做好一件事情不容易，要坏事却容易；往上跳不了多高，从上往下，几乎不费力气；如一件精美的作品，描绘制作需要花费许多精力和劳动，毁坏只需轻轻一砸。也是这个世界所具有的一个特点：成难败易。

人生总是在难易之间选择，生活总是在难易之间选择。许多的人，因畏难而就易，于是，易俗就成为了常态，那些选择不易和做不易之事的人，则为少

自我部

数，成了异类。于是，那些不易的异类，在世俗之中，常常受人排挤猜忌，或不理解，也更为艰难。

然而，这是有意义的，因为不易，因为艰难，需更大的勇气和付出，于是，则彰显精神，而显现价值；于是，做不易之事的人，用自己的勇气和力量，来带动大家，成为推动前行和引领的力量。更多的人，因他们的付出和奉献，从中得到了好处。

如一些伟大的思想者，一些文化科学先行者，一些诚实的劳动者，他们在付出，贡献着生命的价值，而成为文明社会的基石。然而，在扭曲的世俗观念之中，在价值未被认识之前，往往成为被排挤和嘲笑的对象，往往成为愚劣之徒伤害的对象。受惠者排挤创惠者，愚昧者伤害贡献者，低劣者嘲笑高贵者，这多么不应该。同样，良好的自我控制也不容易，放纵却很容易。

因为不易，因为更不容易，而彰显人性的光辉与荣耀。

无形和有形

你的一部分是有形的，一部分是无形的，有形是你的肉体，无形是你的精神（也包涵构建精神的思想与灵魂）。

身体要保持康健，所以，你应强健肌体，但是，再强健的肌体也是速朽的，存留不过百年。精神匮乏的肉体，也一定是不健全的，所以，你不应只关注你的肉体，还需健全你的精神。健全和完善自我之精神，包涵构建精神之思想，只有智慧的思想，才能指引正确的方向，依循正确的方向，则为健全精神之基础。健全的精神，引人向上，能带来美好，如此，即使有形的肉体已经消失，而留下痕迹，留存的精神，则能够长久的延续和留存，世人和社会也因此受益，而显现生命的价值和意义。

（参看《物性》《精神》等）

物性

人的一半为肉体，一半为精神。

肉体为物，则有物性，既有物性，则离不开物质。

人于物质，少之则虚，多之则蔽，蔽则蒙蔽精神。

（参看《你在想什么》《具有精神》等）

及时止步

有一个人，一次去了某个地方，见四处无人，就顺手拿了一件喜欢的东西，这是他第一次偷窃，当时感到十分的紧张，偷了之后，没有被人发现，又暗自庆幸。

过了不久，他又去了那个地方，有了第一次经验，又得手了。如说第一次偷窃，他的内心感到紧张和愧疚，而这一次，又轻易的得手，他的内心在逐渐的建立一种错误的成功经验，让他忽略自己正在犯一个错误的事实。而这种错误的经验，也在逐渐的改变他的内心，他开始有些暗暗欢喜，以为这是一种可轻易得到想要的捷径。于是，他在这条路上越走越远。又有第三次，第四次……及至越陷越深。这些变化和行为也逐渐的导致心理上的变异，及至成为惯偷，而后，如不去偷，反而会觉得不习惯和不正常了。

终有一天被抓了，面对着累累罪行，将要面临着严厉的惩罚，他忽然失声痛哭了起来，此时，他意识到自己的累累罪行，是一步一步累积而来的，是恶欲无制而来的，却已然太晚，太远。

补：一个人面对错误、意识错误之时，无论大小，都当及时止步和自醒，否则，愈为难制，愈为变异，越陷越深。

你在想什么

一些人创造了非凡的价值，为何他们能够？主要是因为他们具有更高的精神和思想。他们不只是想自己，不只是关注自我的喜好情绪，或只是为了个人的荣辱得失。而是在想如何让社会更为美好，世界更为美好，他们在思想人类的命运，世界的未来，他们在思想更高的价值和意义。于是，他们的视野和心胸也就变得更为开阔和博大，于是，他们能够看得更高，走的更远，于是，他们具有了不断贡献和创造价值的意识和动力。

而有一些人，他们在想什么，每天都在想要得到什么，拥有什么，炫耀什么，满足什么。在想什么东西好吃，什么东西好玩，在想某人某事让自己高兴或不高兴……他们只停留于低级的自我满足和个人的情绪感受之上。

补：如一个人，只是为了吃喝玩乐，或只知道吃喝玩乐，那么，有吃喝玩乐的智商即可，如要成就更高的价值和意义，则须具有更高的精神和智慧。

也不可忘记，人为高级生物，为社会的组成，社会愈发展当愈为文明。如只是停留于低级的满足和喜好之上，也许，对于一些人来说，自己看来不会觉得有什么问题，也以为是对的，许多人都以为利己才是正确的，才有价值。然而，过度的利己观念则成为恶化社会环境的主因之一。就如人群之中，有一头饥饿的野兽，见肉就抢，见人就咬，对于饥饿的野兽来说，它不会觉得自己的行为有什么问题，它因为饥饿，受本能的驱使，它的智力和认识也只是停留于此，也只会想如何能够吃饱喝足，而不会想到自己的行为会对于人群和环境造成的危害，如能够意识到，就不会是低级的兽类。

人类经不断的进化，以具有更高的智商，更高的智商有什么用？当有善用。

所以，也当意识自我行为对于他人及社会的影响，当有更高的追求，而不应该只停留于低级的本能追求和欲求满足之上，那不符合更高级的生命状态，也不符合社会的发展要求，也为蒙蔽和堕落的表现。

（参看《未来的人》《本能、本真》等）

付出

付出的方式不一样，则产生了完全不同的价值与意义。

有人付出的是才智和劳动，有人付出的是良知和尊严。前者的付出，来自于勤劳和智慧，则能够产生正向的价值。后者付出的，却是天赋珍贵的本真，人之为人，贵于本真，本真天赋，为人性之本，如失本真，则蒙蔽，则无制，则失人性。

你见那许多的人，为了私欲私利，而无制无休，贪欲无度，实为本真已失，而自性迷失，如此，则不知还原，成为外物恶欲所控所迷的空洞丑陋之物。在外物恶欲的驱使之下，多少人选择了后者。前者为高贵，后者为卑下。

（参看《尊严》等）

忍耐

与勇往直前有所不同，忍耐也是一种勇气和力量表现，是承受力、耐力、韧性的综合体现。

人处于社会，不会事事如意，不会一帆风顺，在力所不达或无奈之时，则需忍耐和忍受，也是一种承压方式，许多的事情，也需耐性和韧性方可达成。

— 77 —

人与人之间，相互忍耐也为忍让，则显气度与文明，也为理智与宽容。也要知道，不要把人对于你的宽容、忍让和退步，视为畏惧，来作为你迈进的理由，这是愚昧，也生罪恶。

（参看《欺善惧恶》等）

欺凌性

人的身上，往往会表现出一些相反的特性，如人皆有畏惧，而另一面，又具欺凌性。然而当知，既知畏惧，害怕伤害，却为何要去欺凌人，给人带去恐惧和伤害，难道别人就可伤害？就可欺凌？也为劣性之所在。

人的欺凌性，在日常之中，经意或不经意、自觉或不自觉的以各种方式表现出来。如欺压弱小，蛮横无理，仗势欺人等，甚至在一些年龄很小且缺乏教育的孩子身上也已表现出来。又如有的人，走路要走中间，好像路只有他走，好像只有别人该给他让道。如一些人说话做事尖酸刻薄。又如一些人喜欢逞强逞能。也见一些人，如多有几个聚集一起，就觉得强大，喜欢仗势欺人或好勇斗狠等，都是欺凌性的一些表现。

欺凌性，无论如何表现，或是为了显示自己，或是为了表现强于人，或表现强势，或以伤害弱者等方式出现，其中都隐含着一种深层的心理因素：自我害怕受到伤害，也为安全感的心理需求。就如刺猬一般，觉得受到威胁之时，就会竖起身上的尖刺，然而，刺猬只是竖起尖刺，并不会主动的攻击，一些人却不一样，以伤害人或攻击人的方式来表现自己的强势，来表现自己强于人，来获取安全感的心理需求，或从中得到一种扭曲的快感。自己害怕受到伤害，却要去欺凌伤害别人，为何不知，你欺凌人，给人带去伤害和不安，也如有人欺凌你，伤害你，感受是相同的。

我曾在网上看见一个新闻视频，有几个十五六岁的少年，围着一个差不多大的孩子打，先是手脚并用，都是要害部位，不一会儿，被打的孩子脸上和身上全是血，不停地向他们求饶，可是他们没有半点儿停住的意思，而是越发凶狠。持续了十几分钟，可能是打累了，手脚打痛了，又从地上捡来木棍，狠狠的抽。几个打人者中，一个腰上系着白色皮带的少年最为凶狠，之后他又捡起一块砖头，狠狠地砸那个孩子的背部，砸了几下，还觉得不够，又转过身去，从地上抱起一个几十斤重的水泥墩，举了起来，对着坐在地上已然奄奄一息的孩子的头部用力砸过去，那个孩子一下子被砸得瘫倒在地，再也不动了。他们见地上的孩子一动不动，还以为是装的，又在地上拖拽着已被活活打死的孩子，见还是不动，不知道是谁提议，几个人竟然褪下裤子，朝孩子的尸体上撒尿。

只是几个孩子，他们之间能有多大的仇恨，只是几个孩子，竟然如此的残暴。究竟是何原因让这些少年变得如此凶残？也说明，少年时期，似懂非懂，难明是非道理，则需要得到合理的教育和培养。也表现出欺凌性的恶劣性质，是如此的凶残、无理、极端和罪恶。而这种现象背后所隐藏的深层因素，更应该去思考，是个人的原因？家庭的原因？环境的原因？社会的原因？或兼有之？无论是何种原因，都具有一些共性，如愚昧无理，无知无制，恶欲膨胀等，都容易激发愚劣欺凌之性。这种愚劣恶性，也不只是在个人与个人之间，也在大小群体之间，群体与个人之间，甚至人类对于其它物类也普遍存在，以或大或小，或明或暗，或隐或现等方式表现出来，而互为伤害，也是产生罪恶的源头。

补：欺凌生于愚劣，或为利欲，或无知无理，而恶欲无制，而相争相害，也可见人之理智和成熟，如理智缺乏，则无理，无理而愚蛮，而易生欺凌。不成熟之人，易为情绪情感控制，难于辨明是非真伪，也易生欺凌。小人惧强附恶，而欺弱小良善。

（参看《邪恶》等）

自我部

善是美好的力量

现实之中，有美好的一面，也有丑陋的一面。美好主要源于真诚和善良，丑陋则主要来源于贪婪和愚昧。这形成为两种力量，前者带来希望和智慧，后者带来苦难和罪恶。

两种力量此消彼长，希望与智慧每增一分，就多一份美好和幸福。丑恶愚昧每增一分，就会带来更多的罪恶和不幸。

每一个人，都希望生活更为美好和幸福，那么，应该知道，需要培植内心的善念良知，抑制内心的贪婪丑恶，如此，善的力量才能得以生长，希望和智慧才能得以生长，才能产生美好的力量。

（参看《善道》《与人为善》等）

存在即合理吗

有一种广泛流传的观点；即"存在为合理"。

合理与不合理，是一种意识判断，如从辩识的规律来看，有合理才有不合理，因不合理而求合理。也如同黑与白，高与低，前与后一样，为辩证存在的关系。假定"存在即合理"成立，那么，一切存在都为合理，就没有不合理，如没有不合理，又何来合理，这显然不符合辩识规律，也是绝对化的观念。

诸如此类观念却广为流传，也许是许多人缺乏深思，认识不到此类观念所带有的偏见和蒙蔽。也可能是受一些现实因素的影响，如一些现实中存在的事物，即使你觉得并不合理，但还是存在，或觉得不合理，却难以明了其隐蔽的不合理之处，或即使明了，也又难于改变和消除。于是，就会产生一种认同心理，而对于一些不合理的存在和事物，逐渐的趋于认同和接受，也是对于现实的一种妥协和无奈。

绝对化的观念自然是站不住的，因不合规律，也不合逻辑。假定"存在即合理"的观念能够符合立论，就必须附加一些条件因素，如时间、空间等条件因素。在某个时期，某些事物的存在也许合理，但由于时间、空间、或其他一些条件因素的变化，合理与不合理，也会随之而变化。就如绘画，先是画出草稿，草稿是由一些粗糙概括的线条块面组成，而后通过不断的修正和描绘，把一些粗糙的线条和块面逐渐描绘的更会精确和精美，这也是一个逐步否定的过程。所以在逻辑上，草稿上粗糙的线条和块面，前期也可为合理的存在，但只是阶段性的合理，而非绝对，如是绝对的，即是说，粗糙概括的草稿既已存在，就为合理，既然合理，就无需再进行修正和描绘，如此，又何来更为精美的画作。

由"存在即合理"，也可联想自身。人类是一种具有一定智能思想的生物，而每一个人，都当意识到自我存在的缺陷和局限，也为自然的存在，会有人说："既为自然的存在，则为合理。"但也须知，自然也存有缺陷，更不要忽视自然赋予人类另一种能力：辨识力和自制力。自然赋予人类这些能力有什么作用？当然有辨明是非真伪及自我控制之用，也只有不断的辨识和自我控制，才能更为清晰，才能不断的克制和修正自身存在的缺陷，才能不断的自我完善和提升，如此，也赋予了缺陷以合理性，因缺陷提供了辨识和完善的条件，也形成为完善意识的一种动力。

人的本身存有诸多的缺陷，而由人构成的社会体系，当然也会存有诸多的缺陷。既然社会体系存有诸多缺陷，诸多不合理，那么，该如何去做？当然需要进行修正和完善，也只有对于存在的诸多不合理，不断地加以修正和完善，社会体系才能朝向更为合理的方向发展，才能不断的进步。如把存有的诸多不合理也视同为合理的存在，就等同放任于丑恶愚昧之中。

也如同感染了疾病的人，不能认为病毒在身体之中存在就为合理，病毒对

— 81 —

于健康的身体，一定是不合理的存在，只有消除病毒，才能治疗，才能健康。所以，人们要像认识带来疾病的病毒一样，去辨识合理与不合理，如此，才能减少偏见，才能减少蒙蔽。

（参看《思想的目的》《自然的意志》等）

不要积小成害

人于社会之中，相互之间难免会产生一些问题和矛盾，本属正常，多数的问题和矛盾，多为一些小恩小怨，小利小非，或为情绪认识所致。并非不可调和，如纠缠于此，则狭隘，实为自寻烦恼。

那么，就当放大胸怀，不因小怨而迁怒于人，不因小怨而紧逼于人，当理智开阔，控制情绪，如此才能宽广，才能增进沟通和理解，才能避免积小成大，大而成害。

自己动手

自己能够做的事情，为何不自己做；自己能够做的事情，却依赖于人；自己能够做的事情，却使唤他人。这是一种惰性，也为蒙蔽。

有人说："我使唤人，因为我高贵。"你真的高贵吗？凭什么使唤人？别人为何要听你的使唤？是你具有高贵的品格？真正具有高贵的品格精神，又怎会不知平等尊重，怎会轻易的使唤人。有一些这样的人，自觉得有些钱，或有些职务势力，就会觉得高于人，瞧不起人，如以为一些外在的东西而自觉高贵，金玉其表，而内里糟粕，实为扭曲卑下之性。所以，应当知还原，只有内在的品格精神和智慧，才见真我。

自己动手，也为自我存在价值的体现。如自己能够做的事情，却想要别人去做，却依赖于人，等于把自己本可实现的一些价值，给了别人去替代和实现，而你自己，不知不觉中减低了自我的价值，或在其中变得毫无意义，于是，你浪费了本可实现的某些价值，那么，你存在的价值也将因此而减低，生命价值也因此而减低。

其实，自己能够做，就自己动手，你做了能够做的事情，做了该做的事情，说明你是有价值的，也说明你懂得平等和尊重，则具有了意义，也为完善人格必不可少的条件。如能更进一步，你所做的，能够对于他人、社会、自然产生有益的影响，则提升了价值，那么，你存在的价值也就提升了，生命的价值也得以提升，如此，则为高贵的基础。所以，自己能够做，就自己动手，才是高贵的意识和行为。

补：日新月异的科技产品与人的关系愈为紧密，也应自己多动手，而不是过于的依赖，或为其替代。

曾在网上看见过一张图片，有两只猴子，一前一后，一只猴子装模作样神气活现的走在前面，另一只猴子跟在后面为其撑伞，表情不拘言笑而又漠然。两只猴子如此模样，令人忍俊不禁，而实际上，这莫不又是一些现实中的图景。也且莫笑，也许你就是两只猴子中的一只。

（参看《人与科技》《高于》《没有天生的贵族》等）

不一样

习惯为自己考虑的人，则养成了狭隘自利的习性，而不知顾及他人和大局，也阻碍了自我的见识和视野。

一些人常常以自己有限的见识去度量他人，去看待事物，却意识不到自己

自我部

的所知、理解和识见的局限。所以，不要轻易以自己的见识去度量他人，也不要轻易以自己为标准来衡量他人，不要自以为正确就一定为对。

愚昧的人不会觉得自己愚昧，贪欲的人总以为别人和自己一样贪婪，低劣的人总以为别人和自己一样低下，无度之人也以为别人和自己一样放纵。而不知，无论是过去、现在、将来，都变化万千，都有许多和自己不一样的人。

做一个勇敢的人

你勇敢吗？是否具有勇气？而人当勇敢，当具勇气，为何？因现实之中存在着丑陋一面，人性中存有缺陷的一面。如你正当的权益受到侵害，有人无理的欺凌你，你该如何？若不勇敢，若缺乏勇气，就更容易成为邪恶侵扰的对象。在复杂的环境当中，你若不勇敢，若缺乏勇气和力量，就更难于坚持良知善念和正道精神。

有人说："我很勇敢，什么也不怕，什么都敢做。"这不一定是真正的勇。勇不能缺乏思想，如一个人缺乏思想，就会缺乏辨识能力，即使表现出无惧无畏，往往也是盲目冲动或无理智的。缺乏辨识能力，难于辨明是非真伪，则更易于受到一些人的利用和煽动，容易做出一些既不利于人，也不利于己的事情来。所以，如缺乏思想，所谓的勇则为愚蛮。同样，因缺乏是非善恶之辨，而不知道理，不明道理，则不讲道理，则常常表现出无知无理，或咄咄逼人，或恃强欺人，或横蛮无理。所以，无智之勇为蛮，无理之勇为横。

一些人，在强于自己的人面前表现媚态和顺从，在觉得比自己弱的人面前，却嚣张自大，欺弱怕强，实为无勇之人，也为奴性小人。

做恶之事容易，有些人却把作恶视为勇敢的表现。作恶，实为不能自控，不能自控而无制放纵，即是愚劣，也为无勇。要坚持善行良知，则需很强的自控之力，也需恒久坚持才有可能达到的人生修为，才是真正的勇。

战争时期，有一对母女，被几个士兵包围了，士兵见女孩年轻漂亮，就笑嘻嘻地上前调戏，女孩被吓得尖叫大哭，为了保护自己的孩子，母亲挡住几个士兵恳求道："求求你们不要伤害她，你们对我做什么都可以。"几个如禽兽一般的士兵当然不会把她放在眼里，一边威胁，一边继续要凌辱她的女儿。作为母亲，眼见自己的孩子就要遭到凌辱，眼见孩子绝望的哭喊，那种生出的愤怒和仇恨是无法形容的。这时，忽然见她跳了起来，向几个士兵猛扑过去，嘴里发出一种狼叫般的怪声，娇小柔弱的身子也不知从哪里爆发出惊人的力量，多次把几个如野兽般壮实的士兵扑倒在地。面对一位发狂的母亲，她不要命的进攻，她骇人的叫声，她仇恨的眼睛，还有难以想象的惊人力量，几个平时惯常烧杀抢掠的士兵，竟然被吓住了。几个体壮如牛的士兵，瞪大着眼望着这个头发蓬乱，眼睛发红，发出奇怪叫声的娇小妇人，竟然像遇上比老虎狮子更凶狠十倍的动物，平时凶蛮的目光现在却充满了惊恐，端着枪望着这位母亲一步一步地往后退……

这虽是在影片中看到的情节，我也没有经历过战争，但是应该相信，保护自己孩子，本是一种天性，是爱，在日常生活之中，多少的父母对于自己的孩子，在普通艰辛的生活中，默默地承担着生活的艰难和压力，守护和关爱着自己的孩子，其实也是一样，源于爱，源于责任和担当，如对于自己的孩子都无责任，那么，于社会之中就会更无责任。爱与真情相连，所以，真情真爱，责任担当都是勇的来源，也是力量的来源。而一些人，缺乏责任担当，狭隘自利，缺失真情和真爱，于是，也就缺失了勇，缺失了一种力量来源。

中世纪欧洲国家，流行决斗，在今天看来，这是一种陋习，而在那个时代，人们却崇尚决斗，尤其一些自视甚高的贵族，相互之间如发生了难以调和的矛盾，如何来解决，为了显示自己的高贵，而不屑于使用一些被视为阴暗卑劣的手段，宁愿选择可能付出生命代价的决斗方式，来显示自己的光明与高贵。那些骑士们说："荣誉胜于生命，高贵胜于生命。"虽然文明社会已不推崇这种方式，但是，从另一种角度也说明，勇往往源于高贵的心灵动机。

真爱、真情、正直、责任、理想、智慧、精神等，都可使人勇敢和产生力

— 85 —

量，也说明了，勇的本质为高贵。而一些秉持正道的人，维持善念良知，维护公正道义，则需具有更大的勇气和付出，如缺乏高贵的品质则难于做到。而一些狭隘自利的人，于自我利益毫不退让，于他人或公众利益却毫无关心，或以损人肥己为喜，这种自利而无公义的行为，当然无法产生高贵的内涵和品质，而为卑下。

所以，真正的勇，源于真情、源于真爱、源于善、源于智慧、源于精神、源于责任、源于公正，是高贵品质的重要组成，真正勇敢的人，也是高贵的人。

随笔

一

一些人见到不合理的事情，觉得事不关己，高高挂起。其实，表面看来也许和你没有关系，但事若存在，没有解决，而在发生，可能发生在他人身上，也可能发生在你的身上，如不是你，只是幸运和侥幸而已，如再次发生，又会是谁？则难以预料。所以，不要真以为和你无关。

从前，有一个村子，经常受到山上强盗的侵扰。有一户人家，强盗几次下山都没有来到他家。有村民就号召大家联合起来对付强盗，这户人家觉得强盗又没有抢他家的东西，就不愿参与，而后不久，强盗又来到村子里抢夺，把他们家里值钱的东西都抢夺走了。

有人见别人遭受不幸或苦难，不予同情，甚至幸灾乐祸，也当知一个道理，其实万事万物，任何事物之间，都存有关联，都有其背后的原因，这种关联，也如同长长的链条，一环一环，环环相扣。人于社会之中，也相互关联，而且，社会关联是更近距离的关系。就如你每天少抽一支烟，少浪费一些粮食，在你看来可能微不足道，但是，更多的人如此，就不会有那么多的病人，就有更多的人得以温饱，就会有更多的绿地和森林，就会有更多快乐的动物和小鸟，就会有更美的风景和蓝天，就会有更洁净的水和空气。同样，别人的不幸和苦难，终究也会通过某种传导，影响到你及与你相关的人。

二

不明事理，则不讲道理，无理而愚蛮。无理愚蛮之人，具有一种特性，喜欢恃强欺人，或以狡诈欺人，而屈服于强势强力。

明事理，知道理，也为人性的基本表现。人与人之间，只有遵循道理，才为合理，才为文明，也为理智，也是构筑文明社会的基础。

三

社会处于以物质为主导的阶段，人们的活动，多是围绕着物质利益而展开，也是物质时代的一个主要特征，由社会而及人，则造就了具有物质时代特征的人性缺陷：过度的追求物欲，而为物性所蔽。人性本于物性之上提升，而不当受控于物性，只知道追求物欲的满足，而是需要减少诸多不合理的欲求。如此，才能提升人性，才能减少物性的蒙蔽，也是自我提升和完善的条件，也为文明之基础。

四

一些人，易为个人喜好情绪左右，习惯于小恩小怨，小利小惠，而是非纠缠，此为胸襟狭隘，也为修为欠缺。

人当开阔心怀，需要把目光投向那更为高远深邃之处，才能避免短浅和狭隘，才能见人所不能见，知人所不知，才能领悟更多的道理和智慧，才能觉悟，

自我部

不至于在胡同里转圈，却以为是天下。

五

有一位朋友，和我谈起他跳舞的事情。有一段时期，他的身体不是很好，医生就建议他多去锻炼。他的妻子平日里喜欢跳广场舞，也就要他一起去。他是一个容易害羞的人，叫他在大庭广众之下跳舞，总觉得不自在，不习惯。

后来，来了一位小伙子，每天傍晚时分都会准时来到广场，免费教大家跳舞，领舞。虽是免费，但是小伙子依然专注和认真，小伙子充满活力激情的舞蹈，渐渐地感染了他，打动了他，也带动了他，于是，他也就跟着在广场上慢慢地跳了起来，渐成为习惯，坚持锻炼，身体也好了起来。

听了这位朋友说的，我也在想；其实很多时候，人们做事情，总习惯以利益为衡量，如看不见利益，就会认为没有价值。而那位小伙子免费教大家跳舞和领舞，只是出于一种兴趣爱好而已，不是为了利益，也同样认真的投入其中。但是，小伙子不为利益的行为，却在不知不觉中创造了价值，至少，那位朋友因受他的影响而跳了起来，身体也好了起来。

另一面，一些本无益或有害的事情，如见有其中有利益，一些人则会自觉或不自觉的以一种认真的姿态去做，似乎在做一件很正经的事情，对于其中的危害却视而不见。说一个故事，有一个人对一个会爬树的男孩说："你去把鸟窝掏下来。"男孩说："我不掏，你会把鸟蛋拿走。"这个人见男孩子不答应，就掏出五元钱："掏下鸟窝，就给你五元钱。"男孩见了，马上嗖嗖地爬上树，把鸟窝给掏了。

六

那光来自于哪里，那声音来自于哪里，那万千的变化来自于哪里。它能极致的幻变，能超越你所有的想象。它可瞬息而来，又可无影而去，既有形又无形，难道都是偶然而现？难道都是无本之源？

七

一些人总喜欢在人后评头论足，或嘲笑他人，这种人往往只看别人，而不知自己，似乎不知自己存有的短处和是非，此为愚人，也为小人，小人和愚人常常相通。

八

有一位二十来岁年青人，有做豆腐的手艺，又自己卖豆腐，每一次见他在街上卖豆腐，，脸上露出的笑容淳朴而自然，而我们更多见到的，是一些虚假的、虚伪的、扭曲的、夸张的、媚态的、做作的笑脸和表情。

有时想一想，一个走街串巷的货郎，比起那些为了浮华名利，总在小车酒店里进进出出，推杯换盏，虚情假意，笑声不断的人，真实许多，简单许多，自己做一份事情，即不昧心，也不违心，虽是小事情，却也可方便于人，也能有些获益，简单而有益。而在扭曲的世风之下，人们大都崇尚浮华，追名逐利，而失真实，而失真性，复杂缠绕。于虚假虚伪之中生活，扭曲放纵之中寻找满足和快乐，这是否符合生命的价值和追求？

（参看《与财富有关的一些观点》《欺善惧恶》等）

镜子

苦难、疾病、死亡，令人恐惧，也都想远离，但是，也如一面镜子，却能够反观生活的另一面。生活，不只有快乐和美好，也会有苦痛和艰辛，也为另

自我部

一面真实。不能否认舒心和快乐是生活的重要部分，但是，如只是为了快乐和舒心，或只知享受，则难于体会和感悟生活的真实，难于深刻的领悟人生和认识生活，也如只知道甜的味道，而不知还有酸甜苦辣，如此，则难于正确的认识人生和生活，也不能坦然的面对生活中的苦痛和艰辛，而失去了生活的真正意义和滋味。

如你是一个世俗意义上的成功者，得到了许多，拥有许多，但尚不知足，还想得到更多，还想拥有更多，那么，你当知有度和平衡，因为平衡是宇宙之间的基本道理，你得到了那么多，拥有那么多，却还不知足，实已失去平衡，实已在透支你所能够得到的和拥有的。就如一个人在沙漠之中行走，带着可喝十天的水，却在三天之中就把水喝光，那么，剩下的七天就会没有水喝，就会渴死于沙漠之中。

你也当去理解人生的真正价值和意义，因为一个人来到世界上，是来见识世界的，大千世界之中的万事万物，都蕴含着道理，只有领悟其中蕴含的道理，才能更为清晰，才能减少蒙蔽，才具有不断提升和完善条件，才能创造生命的价值和意义，而不是违背自然的道理，而愈为蒙蔽。

如你过着普通的日子，这样的日子，也许会让你感到不满和无奈，你羡慕一些人的风光，羡慕那些浮华。但是你当知道，风光只是一种表象，风光的背后也有你所不知的故事。浮华则更不符合生活的本质，也如一种幻像，它诱惑人心的同时，也考验着人心。如你经受不住诱惑，追求浮华，则为外物恶欲所牵引摆布，则易失真我，愈难满足，而生罪恶。

如你是幸运的，生活之中充满了欢乐和甜蜜，同样需要通过某些方式去寻找一面镜子。甜蜜幸福之外，你应当感知世上还存在着诸多的苦难和不幸，还有许许多多正经受苦难的人们，精神的苦难，身体的苦难，愚昧带来苦难，那无数罪恶和残酷的场景，那人世间的生离死别，真情真爱等，或使你感动，或使你难过，或使你恐惧，而触动你的内心，这些都是可使你清晰的镜子，也是明晰心灵的良药。原来，平平淡淡才见真，平安健康才为重要，平时里的诸多浮华之像，许多的欲望，在苦痛和苦难的面前，原来不堪一击，而知虚幻。

也有人说，人的性情之中存有一种缺陷，也如一团火，在失落、苦难和贫穷之时，这一团火就会被压制禁锢在内心某一个地方。而当富有、顺遂得意之时，就如加入了燃料，哪一团被压制禁锢的火就会出来熊熊燃烧，愈为贪婪、奢靡、骄横、愚昧。

　　所以，无论是谁，都要经常提醒自己，都需要有一面镜子，需要一面镜子来反观自身和认识世界，才能减少蒙蔽和迷失。这一面镜子，也是生活的另一面，是苦痛和艰辛的一面。你只有知世间的苦难和艰辛，才懂得珍惜，才知珍贵，才知修正，才能更为清醒的自我认识和认识世界，更为正确的对待生活和人生，记住：镜明能照物，眼明能视远，心明能见性。

　　补：有一次，我在电视上看到一个公益节目，一个叫思思的小女孩，还不到十岁，这么大的孩子，应该都是在父母怀里撒娇的年纪，而思思却不能撒娇，她还要照顾大人，照顾她的妈妈。

　　天刚蒙蒙亮，思思就起床了，洗漱之后，就开始张罗，先去树林里砍些柴，砍柴用的是一把菜刀，记者就问思思："怎么用菜刀砍柴。"思思说："家里没有钱，菜刀是爸爸留下的。"原来思思的爸爸已经过世了。把砍好的柴抱了回来，又去提水，瘦小的身子，提着一个比身子还要大的水桶，摇摇晃晃地提了半桶水回来，之后抹了抹头上的汗水，又去叫妈妈起床。思思的妈妈是一个精神病人，看见了记者，几个陌生人进了家里。她的眼里充满了恐惧和敌意，这个破烂黑暗的屋子也许是她唯一能够感到有些温暖和安全的地方，忽然见几个外人进来了，她很害怕，害怕有人伤害她和思思，害怕唯一的依托之所也会被人侵犯。她赶紧把思思拉到背后，对着记者做出要打人的样子，口中发出含糊不清的吼声，要赶记者出去。记者连忙从包里拿出一盒饼干递给她，她不要，把饼干盒子打在地上。思思把地上的饼干捡了起来，然后打开，拿出一块饼干示范给妈妈看："看我这样吃，好好吃。"又把饼干递给妈妈，妈妈还是不吃，可能已感到记者并无恶意，渐渐地平静了下来。

　　思思牵着妈妈来到屋外，记者见思思妈妈身上穿的衣服就问："你妈妈穿的是谁的衣服。"思思说："是爸爸的衣服，太冷了，家里没有衣服穿，所以穿爸爸的衣服。"思思要妈妈坐下，然后帮妈妈梳头发，一边梳着，一边和妈妈说话，这一刻，妈妈安静地坐在哪里，只是静静听思思说话，很少回话。一边由思思梳着头发，一边听思思说话，对于她来说，也许是多么美好的时刻，是多么美好的享受，她像是静静的享受着，眼睛望着前方，平静而安详，也没有半点反常的精神症状表现出来，这和记者一开始见到的人完全不一样。

帮妈妈梳好了头发，思思就做饭去了，一口大锅里放一点大米和菜叶，然后加一些水，再加点盐，也没有油。煮好之后，思思盛一碗端给妈妈，然后自己也盛了一碗。吃完之后，思思就叮嘱妈妈："在家里，不要走远。"然后上学去了。

中午下课之后，思思回到家，一个邻居的家里收玉米，就叫母女俩去帮一会忙。之后，邻居就端来两碗饭菜给母女俩，碗里有鱼有肉，对于这一对母女来说，这是难得的美味，妈妈吃的津津有味，有时看看女儿，脸上露出了开心的笑容。记者对思思说："你妈妈吃得很开心。""得到了肉吃，平时家里很少有肉吃。"思思一边说，一边把碗里一个鸡腿撕开，喂给妈妈吃，记者又问："你妈妈平时要喂吗?"思思说："平时不要喂，我怕她被骨头卡了，有一次也是吃肉，被骨头卡了。"妈妈吃着吃着好像想起了什么，转过头望着思思，一个有精神疾病的人，眼神本来和常人不一样，但她看着思思，看着自己的女儿，却是那么的温柔，那么的慈爱。然后她轻轻的推思思的手，把鸡腿肉推到思思的嘴边，含糊不清的说："你吃，你吃。"思思咬了一小口，又给妈妈吃。

可能是觉得太好吃了，思思妈妈吃完饭菜之后，碗里面还剩下一些油水的味道，又拿着碗添了又添，记者问思思："你妈妈这样吃饭，你心不心痛。"看着妈妈一遍一遍的舔着碗，思思的眼泪忍不住地流了下来："心痛她帮别人做的那些功夫，就是为了自己要饭吃，别人的妈妈有肉吃，有鞋穿，我妈妈没有衣服穿，没有鞋子穿，没有肉吃。"记者又问："她平时会不会问你吃没吃饱，冷不冷。""不会，但她生下我，没有她，就没有我，别人家的妈妈，都会给他们买衣服鞋子，我不要，我要妈妈，他们穿漂亮的衣服，我可以穿差的，他们穿名贵的鞋子，我可以捡人家的，有妈妈在，我就还有温暖，如果妈妈没有了，只剩我一个了，我会觉得很孤单。"思思一边说，一边紧紧的抱住妈妈。疯妈妈见思思哭了，用手擦着思思脸上的泪水，又靠近思思的耳边轻轻的说些什么，这一对相依为命的母女！记者又问思思："你的理想是什么？"思思说："我妈妈的病好，我想看看她从前的样子，像正常的妈妈一样教育我，教我读书，写字和做人。"然后又说："妈妈以前的病没有这么严重，自从爸爸去世了，就更严重了。"

很快就要过年了，过年了，不能什么也没有，也要置办一些年货。思思家里唯一的经济来源，每个月有一百五十元低保金，由一个远房亲戚代为保管，思思就到亲戚家里拿了些钱，然后去镇上置办年货。买好了年货，用一个小塑料袋提了回来，记者看看袋子里装的年货，里面有一双棉布鞋子，二个鸡蛋，还有几根照明的蜡烛。这就是思思家今年的年货，东西不多，思思还是很开心。

回到了家里，天已经黑了，原本可以和妈妈分享这份喜悦。不料，妈妈却不见了，思思就领着记者打电筒去找。"阿娘，你在哪里？你在哪里？"思思一边寻一边喊。记者问思思："你妈妈经常这么晚跑出去？""是的。""晚上出来找妈妈怕不怕。"思思说："怕，她可能在玉米地里，也有可能在山上。"

先去了玉米地，却没有看见妈妈，然后又往山上走，记者就问去什么地方，思思说："去我爸爸的坟地看一下，应该会在那里。"走了一段路，见她妈妈真的在那里。思思看见了妈妈，就跑了过去："阿娘，你在这里干什么。"只见妈妈坐在地上，用力的扒着坟上的泥土和砖头，思思赶紧拦住妈妈："别挖了，这是爸爸的坟，我们回去。"疯妈妈见到思思，口中含糊不清的说："我怕，我怕。""阿娘，不怕，不怕，走吧"。思思一边安慰妈妈，一边拉着站起来。妈妈还是不肯起来，还要用手挖坟地。记者又问思思："她为什么挖坟？"思思说："她可能太想爸爸了。"想起了爸爸，思思忽然难过起来，看着爸爸的坟地，忍不住泪水直流："爸爸，这里没有被，你在这里，不要受冷了，我有时间就来看你，做梦也会梦到你，还有你给我们买的衣服。爸爸，你在那边，要照顾好自己，不要像我们这样受冷，这边我来照顾妈妈。爸爸，我好想你，我好想你回来跟我们一起过年……"思思一边哭，又对着杂草横生的坟磕了几个

— 93 —

头。在父亲的坟地旁，思思痛苦不已，一个失去父亲的孩子，一个随时会疯的亲娘，一个残破不堪的家，让这个年仅十岁的孩子，承受了太多的心酸和苦楚，她多么希望父亲还在，她多么希望能坐在父亲的身边，能有父亲的肩膀上靠一靠。

大年三十了，要过年了，思思从邻居家里借来了一把剪刀，帮妈妈的头发理一理，理好之后，又拿来新买鞋子对妈妈说："阿娘，这是给你买的过年鞋子，喜欢吗？"妈妈说："喜欢。""喜欢呐，先试一下。"然后思思把鞋子给妈妈穿上，"暖和吧。""暖和。"看着妈妈穿着新鞋子，脸上露出的笑容，思思拉着妈妈的手唱了起来："新年好呀，新年好呀，祝福大家新年好，我们唱歌，我们跳舞，祝福大家新年好……"母女俩的脸上都露出了开心的笑容，十岁大的孩子也总是天真的，但是，思思的笑容里面总有一丝与年龄不相称的苦涩。新的一年，也许会有新的希望。

（参看《平衡》《不忘记痛》等）

不要怨恨

一位高僧，带着几个徒弟去一个偏僻的岛上弘扬佛法，这个岛很少有外人来往，岛上的居民对于几个刚来的和尚，有些新奇，但一个个都很警惕。几个和尚只是带了几件衣服和一些必备的随行物品，几乎是两手空空的来到。

几天之后，他们开始传扬佛法，却没有几个人愿意听他们讲解经法，又过了一段时间，当地有不少居民对于他们更为不满起来，还有一些人对他们嘲笑辱骂，甚至蛮横的要驱赶他们出岛。

一徒弟就对高僧说："此地居民冥顽不灵，难已教化。"高僧微笑道："不要责怨他们，此为必然。"徒弟问："师傅，何为必然？"高僧道："你们所见的任何人，任何事，都不相同，都有不同的秉性和来由，就如果盘里的水果，有

— 94 —

甜的，也有酸的，有红的，也有绿的，非人力之内，是谓必然。"

十几年后，岛上的多数居民都成为了佛法的信众，其中有一位虔诚的信众，从前曾羞辱过高僧。一次，他见到了高僧："大师，当日我辱骂您，驱赶您，您记恨我吗？"高僧微笑道："没有。"那人又说："您为何不记恨我？"高僧答道："我知道你们的秉性。"

有一次，当地来了一个强盗，一连抢夺杀害几个无辜的百姓，后来被当地居民发现了行踪，强盗被大家一路追赶逃到了寺院。

强盗见到高僧，扑通一下跪在地上："大师，请您救我，只有您才能救我。"大师道："护恶即恶。"然后喝道："把这个强盗抓起来。"几个徒弟一拥而上，把强盗抓了起来。强盗说："您怎能抓我？"高僧道："你杀害无辜百姓，罪大恶极，当然要抓你。"强盗说："佛家慈悲，您不救我，反而抓我，还是慈悲吗？"高僧道："降魔卫道，即是慈悲。"

（参看《善与恶的比较》等）

正道与职业

父母总希望儿女能够走正途，行正道。有一些父母，习惯把正道和职业等同起来，这是否有道理？其实，走正道与职业选择，虽有一些关联，却不一定等同，有些人虽有正当的职业，却做着不正当事情，则不是正道。

如一些公务人员，不是为了去实现服务于民众社会的理想和价值，而是为了满足个人的私欲私利，这就不是走正道，也非正道之人。如一些商人，不诚信经营，为了赚钱而黑心无良，也非正道……

（参看《做人与做事》《公与私》等）

希望

"活着，是因为怀有希望"，我不记得是从哪里听过这句话，但一直让我印象深刻。

确是的，因为怀有希望，人才会对于未来充满期待，也是生出力量的一种来源。虽然希望并不一定是活着的全部理由，但一定是点燃生命之光的火种。

现实的生活并非只是美好，也有坎坷棘刺，但无论如何，只要心中怀有希望，心里就种下了火种，火种就能点燃生命。所以，无论何时，都要怀有希望，怀有希望，就有不灭的火种，来点亮你的内心，照耀你的生命，给予你力量。

希望是如此重要，不只是自己怀有希望，也应给予别人予希望。如我们能够相互给予希望，那么，我们的世界，就会充满希望。一个充满希望的世界，才能照亮每一个人内心的希望。也要给予其他物类予希望，如此，我们就会拥有一个美好和生机勃勃的世界。

（参看《释爱》等）

两种人的纠结

具有一定思想深度和思路清晰的人，则更容易看清楚事物的本质和真相，但是，由于各种复杂的原因，包括社会原因，即使能够看得更清楚，却不一定能够有效的揭示，或加以改变，如你遇到这种境况，可能会感到纠结和无奈，也如同自己总跟自己过不去。

有一些缺乏思想的人，无独立思想之意识能力，看待事物往往只限于表面或表层，所以更容易以表为里，以假为真，以错为对，也更容易受蒙蔽，如有人试图纠正或向他们揭示真相，因受自我的狭隘意识和认识所局限，而难于认知和理解，则可能把别人的善意当成恶意，把自己的错认为是别人的错，从而敌视或攻击他人，这类人常跟别人过不去。

不忘记痛

有一次下山之时，不小心扭伤了脚，当时痛了一阵，也没有太在意。

过了一天，扭伤的地方渐渐的肿胀起来，随着不断的肿胀也愈为疼痛。我本是刚强之人，一点小伤小痛根本不会在意，而后却越来越痛，直到难以忍受，持续的疼痛就如有一把小刀在骨肉里面不断的搅动。

实在难以忍受，就吃了止痛药，但也无缓解，还是持续剧烈疼痛不已。这时，我忽然生出了一种想法：如果脚能像平时一样，该有多好，平安健康才是重要的，也是真正的福份，而平日里许多的欲望和想法，现在竟觉得索然无味，索然无趣，只要脚不痛就好。原来诸多的欲望和欲求，在苦痛的面前，却不堪一击。我又觉得身体真如臭皮囊，诸多的苦痛和纠缠皆因而起。我也只是脚痛而已，不痛之后，是否还会记得痛时的所感和所想？

（参看《镜子》等）

工作与休闲

一

对于工作和生活，有一种认识，认为工作是工作，生活是生活，二者是独

自我部

立的，把生活与工作完全区分开来看待。其实不然，因为工作即是生活的一部分，生活本包涵着工作。

工作为生活的一部分，而生活也不能缺少适当的工作，这不仅丰富了生活的内涵，也是人生的需要。如一个人整天无所事事，即使衣食无忧，也会觉得空虚和无聊，会觉得人生没有价值和意义。有些人，就因空虚而寻找刺激，因无聊而扭曲，还有可能做出一些难以理喻的事情来。通过工作，让生活得到了充实和丰富，在工作之中感受自我的价值和意义，这对于自我的心态是重要的。所以，适当的工作，是充实生活的一部分，也是健康生活的一部分。

当然，工作并非总是让人感到愉悦，其中有多种原因；有自我的原因，也有社会的原因，或其他的原因。而每个人都希望从事喜欢的工作，适合于自己的工作，对于个人而言，只有适合或不适合的工作，只有喜欢或不喜欢的工作，不会有人真正懒惰的而不愿做任何的事情。所以，一些看起来并不勤奋的人，不要认为一定就是懒惰之人。

二

人都会有诸多的愿望，现实的生活，也不可能让每个人的愿望都能得以实现，而在注重经济利益的社会格局当中，由于利益的缘故，使得不少人产生了一种工作意识和态度：很大程度之上，并不是把工作视为一种充实和健康生活的方式，而是把工作视为一种取得酬劳的方式，也成为人们把工作和生活区分开来看待的一个主因。所以，工作本可充实人生和丰富生活，本可产生愉悦，无论是体力或脑力劳动，只要强度和压力不是太大，都可一定程度的带来愉悦。但是，如仅仅把工作视为一种取得酬劳的方式，则把工作利益化，把工作和利益捆绑了起来。于是，在利益格局之中，工作就有可能演变成为一种获取利益的方式和工具，而形成为目的。既然成为获取利益的工具，那么，也会形成为利益的压力，既有经济上的压力，也有利益关系的压力，从而演变成为社会的压力，这些压力又传导成为生活的压力，如此，工作就不再那么令人感到愉悦了，也成为不少人产生厌倦工作情绪的重要原因，由此，也衍生出其他的问题，而对于社会环境和个人的生活产生影响。

如有两群人，从事一样性质的工作，两群人对于工作的满意度和愉悦度，则可能会出现较大的差异，这与工作的环境和氛围有较大的关联。如一群人在一起工作，彼此能够营造出轻松自然的工作氛围，则容易形成为和睦融洽及信任的工作关系，和睦信任的氛围之中，工作的愉悦感和满意度自然会上升，也有助于提升工作的兴趣和热情，相应的效率也自然的得以提升。而一些管理者却不明白这个道理，或者他们缺乏营造自然愉悦工作氛围的能力，或由于扭曲的缘故。一些人往往会制造出一种非自然或过于紧张的关系氛围，来达到他们认为的管理目的，在工作人员所能承受的底线之下，工作也许能够继续开展，但是，缺少了和睦信任的氛围，大家在一起工作，就难以感受到工作所能带来的愉悦，也影响到个人的工作兴趣和能动力发挥，当然难以产生更为理想的工作效果和动力，所以，这并不是真正高明的管理者和管理方式。

三

工作是生活的一部分，工作之余的休闲活动，也是生活的一部分，相对于主要以事业为目的的工作生活，休闲生活则主要以放松和愉悦为目的，这本是一种合理的需求，毕竟一个人不能总是工作，如总是处于紧张的工作氛围和压力之下，对于任何人来说，都是难于承受的。或一个只会工作的人，成为一个毫无情趣的工作机器，如此，则是丢弃了生活的一部分，也是丢弃了人生的一部分，而失去生活的真实内涵，也不符合生活的本质，工作毕竟不是生活的全部。

悠闲的休闲生活，能够让人的心身得到放松，能够释放压力，则能起到调节身心的作用，也有助回归生活的本质及自我还原，也更接近生活的本质。当然，休闲的方式不只是逗乐游玩，闲适平淡的生活，也是一种休闲，于闲适平淡之中摆脱碌碌尘事，培养一种平淡不惊的心境，而能让人慢下来，静下来，

自我部

心静则可感悟万物，而清朗明澈。或行，或卧，或坐；或思，或读，或写；或会益友，或游雅境；自然的律动，悟事物之本质，于功利浮躁之中醒觉，而回归生活之本质。

事实上，休闲如此的重要，人们在现实的利益和生活压力之下，往往忽略了这一点，忽略了生活的本质，而过于强调工作的价值，实际也是对于生活本身的扭曲。既然休闲如此的重要，所以，也须像对待工作的态度一样，来认真的对待休闲生活，而不应忽视或马虎。

四

工作和休闲，都是充实和丰富生活的组成，也是健康生活的需要，健康的生活，需要培养健康的工作方式和休闲方式，需要培养健康的习性和爱好，具有健康的习性和爱好，于日常之中，则可减少和避免许多有害的行为习性，则能修养心身，也是健康生活不可缺少的部分，也是社会文明的重要组成，不具有健康习性和爱好的人，也难以成为一个具有良好情趣的文明人。

补：现实之中，人们往往惯于把工作关系延伸到生活的其他层面。如某个单位，由于单位的主管平时在工作当中占有更多的主导权和话语权，由此而延伸于工作之外，甚至干涉到别人的私生活和家庭。

其实，一起工作应为一种协作关系，一种相互配合的协同关系，只是工作的分工不同而已，只是工作之中扮演的角色不同而已，职务的权力和角色也当只是限于工作范围之中，而不当延伸于工作之外。

工作职务的高低与个人的品格修为也并无直接联系，如一些职务高的人，并不一定就具有更好的品格和才能，其中也不乏卑劣者。如把工作关系延伸到工作之外，实际也是一种扭曲的权力和等级意识表现，其深层则为利益绑架。每个人都为独立之个体，当为平等，因利益的绑架，产生了从属或附庸的关系，本是一种扭曲的状态和表现。扭曲的之下，常常引人走向二端，骄纵一部分人，又压制一部分人平等的人格，都非正常的状态，即蒙蔽人心，也毒害社会。

让思维更开阔一些

一场大雪过后，看见不远处停着一辆车，车顶上覆盖着厚厚的积雪，一般都会以为，车已经在那里停留很长的时间了，这是依据车顶上厚厚的积雪来判断，也属于一种习惯性经验判断，可称之为定性思维。

随着走近，见到那辆车在雪地里留下的新鲜辙印，才知道，车从另一个地方开过来不久，车顶上厚厚的积雪，只是一路走来而积下的。于是才知，前面依据习惯的经验判断是错误的。

人随着年岁的增长，经历和阅历也随之积累和丰富，而到了某个阶段，许多人就会养成依靠过往经验来判断和认识事物的习惯，依据经验当然不错，但有的时候，过于的依赖和相信经验，也可能产生如在雪地里判断车辆停留时间的类似错误。

有时也可以见到一些这样的人，对于一些显而易见的事物或道理，都不能理解和接受，排除某些目的或利益的原因，确实有些人不能理解和明了一些本为浅显的事物或道理。遇上这样的人，可能会令人觉得不可理喻，也如他们也会觉得别人不可理喻一样。造成不可理喻的原因，则主要在于思维意识已然僵化，引起思维僵化的原因，主要是因为养成了过于相信经验和依赖经验的习惯，而难于认识和接受一些新的事物道理和变化，于是，思维意识愈趋于狭隘和固化。如水可以解渴，也可以灭火，但是，如告诉一个思维意识僵化的人："水也可以通过某种方法燃烧起来。"那怎么也不会相信的。确实有一些人，年龄越大而愈为固执，由于这属于自我的意识，则很难于自我察觉，一个愚昧的人往往不会自觉愚昧。所以，因思维意识僵化而出现的错误或失误，更难于自醒和纠正。当然，思维意识的僵化，虽与年龄有一定关系，却也不是必然。

而现实生活之中，许多的事物和道理，并不会像雪地里能够留下纠正错误

自我部

判断的车轮印记。那么，当有意识的培养和开阔思维意识、自醒意识，如此，才能够提升思维的活力，减少僵化和跨越年龄的障碍。而有一种方法，不能只是顾及自我的情绪和感受，不应只是局限于自己熟悉或关心的事物领域，需有意识和主动的去认识理解更多的事物，对于诸多不熟悉的事物道理，当怀有谦虚的态度，而不应过于的自大自满或固于己见，不要自以为对就一定正确，学会以多种角度去思考和探寻，如此，才能增长见识、开阔眼界和提升思想力，而保持思维意识的活力。

清晰深邃的思维和意识，对于任何人来讲，都为重要，也是自我提升的基础。而从社会的角度，一些思维意识僵化的人，不只是自我的僵化，也不只是自我趋向于狭隘，由于一些人的僵化，不能理解和认识一些新的事物和道理，或出现难于自知自醒的失误，或固执的坚持某种错误的方向，许多美好的事物，许多弥足珍贵的创造、经验、智慧等，就有可能被忽视，被扭曲，被扼杀，这多么的可惜，也给社会文明带来了巨大的损失。

补：应学会探寻和思考事物背后隐藏的因素，而不是人云亦云，或人云亦是。

不固于某种意识，不固于某种思想，应不断的开阔思维，拓展思想。如此才能更为清晰。才能减少盲从和盲信，才能减少愚昧和蒙蔽，才能找到更为正确的方向。

（参看《理解事物》《看待事物的几个层次》《不能只看表面》等）

苦乐

不知苦，就不知乐，不知苦的滋味，就难以明白真正的快乐。不明白真正的快乐，就会把欲求满足、放纵放荡视为快乐，如此，则无制无度，而为恶欲，而忘形，而失本真，会带来什么？往往是乐极生悲和堕落。或如那燃烧的烟花，虽然绚烂，却就要湮灭，所以，放纵忘形之时，当自醒，当收驰心性。

经历一些苦难，并不是坏事，苦痛和艰辛，一种作用即是让人来感悟和领悟，于是而知道理，而深刻，而知珍贵和珍惜，也如一件精美的器物，需经雕琢磨砺，去除多余和杂乱的部分，才能器成。或如那温室里的花朵，没有历经风雨，终究脆弱苍白，这对于人生，也是一种欠缺。

真正的快乐，归于平静和平淡。只有心灵趋于平静平淡之时，才能真正的感受自由和自在，只有心灵的自由自在，才有真正的快乐。

知苦而乐，为真乐，苦实为乐之根。

补：追求快乐是一种天性，前提在于不对于他人造成伤害，或能够与人分享。

理想追求

曾见一人，为了理想，而伤痕累累，有人问他累不累，他说："能走多远就走多远！"

他的话令人感动，为了理想，负重煎熬而行，理想的彼岸却遥遥无期。那么，就祝福他吧！也祝福所有为理想而追求的人们，坚强前行，能走多远就走多远。

有的人嘲笑理想，嘲笑有理想的人，或以成败论英雄，这些嘲笑的人啊！不知理想，也无理想，不知理想而嘲笑理想，无理想的人嘲笑有理想的人，狭隘短浅的人嘲笑有理想的人，愚昧自利的人嘲笑有理想的人，不知本我的人嘲笑有理想的人……这样的一些人啊！都是没有意识到自己的狭隘和愚劣。

人因理想而向上，世界因理想而美丽，也向所有为理想而努力的人们致敬！

理想和恶欲

理想和恶欲，有何区别？理想追求价值，恶欲追求满足。

恶欲如无底的沟壑，总不知足，总不能满足，愈陷愈深，愈深愈陷。有多少人无制无度，不择手段。欲而无度，则为恶欲，愈为激发愚劣之性。也如吸毒成瘾的人，一次又一次毒瘾发作，一次又一次恶欲的往复，于是，本为正常的人，为毒瘾所激发的恶欲牢牢控制，而失理性，失自我，失精神和灵魂。

理想追寻价值，创造价值，而引人向上，铸就精神，如此则生出美好。所以，理想也是美好的动力，美好的价值与文明，因理想而显现。

美好的人生，美好的世界，当是每个人的理想，也是人类的理想，而要去实现，则需智慧，所以，理想也是生出智慧的动力。而无法满足的恶欲，让人蒙蔽沉沦，愈为愚劣丑陋，带来了无数罪恶和苦难。

恶欲带来丑恶，理想带来美好。同样，有理想的人能够成为美丽的人，欲而无度的人一定愚劣丑陋不堪。

理想和恶欲，是追求的两个面，却如同水与火，把人心和社会引向了二端。人人都想自主和美好，而不是为恶欲所控所牵的陋丑生物。人人都想拥有一个美丽的世界，而非恶欲纠缠和丑陋堕落。那么，你该如何去认识和追求？

补：有人看了这篇文章说："我的理想是发家致富，我玩命的追求，我就不信官禄与我无缘。"

我说："你这不是理想，是为了利己，是恶欲，走向了理想和价值的反面。"

（参看《几种欲望的表现》等）

善与恶的比较

从审美的角度，善为美，恶为丑。

从难易的角度，善难而恶易。

为善如同做瓶子，为恶如同摔瓶子。

为恶容易，为善则需持之以恒才有可能达到的人生修为。

从正邪的角度，善正而恶邪。

从静躁的角度，善静而恶躁。

恶使人躁动不安，而善使人平静。

制恶为善，伪善为恶。

狭隘成恶，宽广修善。

（参看《善道》等）

一些软弱的表现

为恶易，为善则需持之以恒，因为软弱，一些人选择恶。

在诱惑和利益面前，是否能够把持，如把持不住，而不分是非善恶，或附庸丑恶，则为软弱。

无知使人软弱，因无知，则难以辨别是非真伪，则更容易蒙蔽，蒙蔽则易生害，或受人利用，成为无足轻重的帮凶和工具。

无制无度，也为软弱，无制而无度，无度而放纵，则为贪恶之欲牢牢纠缠。

虚荣也是软弱，爱慕虚荣，追求表面，彰显外在，是因为内里的空洞和

— 105 —

浅薄。

欺弱惧强也为软弱，因软弱而惧强，因软弱而附恶，也为卑下。

无怜悯之心，也为软弱。心无怜悯，因知恶而不知善，知丑而不知美，如此，则会放大恶性；如此，则失去真性真情，冷漠麻木；如此，禁锢了自己，也阻碍了别人。无以真善待人，何尝不是软弱。

（参看《善与恶的比较》《附恶者》等）

平凡

人们大都过着普通的生活，但是，普通不同于平凡。要知普通与平凡的区别，先要理解普通与庸俗的区别。普通生活即是大众生活，人类社会发展到现阶段，大众生活的主体，主要还是围绕着衣食住行而展开，围绕着物质而展开。而社会之中有一类人，这与经济条件和社会地位没有直接的关系，他们只知道追求吃喝玩乐，自我满足等，这与围绕着衣食住行的普通生活，有着本质的区别。前者庸俗而堕落，后者是为了生活，许许多多为生活勤劳奔波又不失质朴的人们，是值得尊敬的，也创造了价值，也是那些庸俗堕落的人所不能相比的。平凡较之普通，则又不同，也更为难得。

做一个平凡的人，平凡的生活，需有平凡的心境，也为平常之心。平常之心，并非轻易可得，需要对于人生、社会、自然等，有着深邃的洞察和领悟，才有可能达到的一种心境和状态。

以平常之心洞析世间百态，坐观风起云涌；以平常之心感悟悲欢离合，冷暖炎凉；以平常之心观因果互动，此消彼长，无常恒久，繁华落寞，皆归于平淡。不因起起伏伏而忐忑，不因高高低低而忧心，这多么的难得。所以，平凡而不普通，普通而不庸俗。

人们过着平淡不惊的生活，与人无争无害，却有人要去扰乱，要去破坏，无论是有心或无心，都不应该，也带来罪恶。

补：一次，我在乡村的路上行走，见到一对青年男女，可能是夫妻，也可能是情侣。刚下过一阵雨，又有太阳出来了，空气很清新，这对情侣在路旁采摘金银花。其实，真正的快乐和幸福是简单的，只是路旁的几朵小花，已经能够让他们觉得快乐和幸福，淡淡的阳光洒在他们的脸上，一边采摘，一边交谈，笑声不断，这是来自于内心的快乐，也是真正的快乐。

而这时，有一辆豪车（意为"土豪"之车。）过来了，按着大喇叭，呼的一声开了过去，把路上的积水溅得老高，这一对情侣赶忙躲避也来不及，被污水溅满了全身，于是，那种来自于内心的快乐，那种简单的幸福场景，一下就被那辆车给破坏了，情侣二人身上滴着水，望着那辆远去的车子，眼里充满了愤怒。

做事与做人

做事，并不只是去完成某项工作或任务，更重要是对于"事"的认识，及因此而形成的态度。如做事情，对于事情的本身没有认识，则不辨真伪，不论善恶害益，往往害大于益。如做某事，虽可得利，却有违良心公理，有害于人和社会，那么，就应认识到，害大于益，则不当去做，这是一种合理的认识和做事态度。

做事不辨善恶害益，一种原因可能是因为缺乏辨识能力，此为无知，无知者做事，有如棋局中的棋子，既无自主，也无识见，附恶则恶，如此，即使因某事而得了别人的赞誉，非荣实耻。为了利益，而不论善恶害益，此为心昧，昧心做事，迷而不返，而生罪恶。所以，一些人在工作事业上表现的进取，不能完全等同于人品上的进取，工作事业上表现的优秀，不完全等同于人格的优秀。

自我部

一个真正优秀的人，做事知辨识，明是非，辨善恶，论害益；而不昧心，不违心，不违理，不做害于人、害于社会和自然之事。所以说，人生处事，做人做事，实为一体，做事即做人，做人即做事，不能割裂开来，也为人格完整之体现。总之，处事做人，不违善道，才为正道。

（参看《合理的工作意识》等）

想一想

酷暑严寒，令人难耐，对于人也是一种考验，酷热严寒之时，也都想有舒爽悠闲之地，此时如你在悠然休闲，娱乐畅游，品饮美食等，是否会想到，你所享受和享用的这一切，其背后都有万物和多少人的贡献和付出；你是否会想到，此时此刻，世上还有许许多多的人食不果腹，衣不蔽体，苦痛煎熬……

安逸舒适的生活，本是一种幸运和福运，你是否知珍惜？是否想一想，所享何来？所得何来？或为正当，或为不正当。依靠诚实的劳动才智而获取了安逸生活，利己也利人，为正当，也是珍惜福运的一种方式。如不劳而获，或黑心无良，则生罪恶，即使得到了，满足了，内心和灵魂也不会安宁，即是毁福。所以，得意之时，当知失意；幸福之时，当知不幸；欢乐之时，当知苦痛……如此则不至于忘形，而保持更多的清醒。

此刻，我的眼前闪过无数的画面，有人在寒风冰雪之中卷缩成为一团。有人在苦难病痛之中煎熬折磨；有人贪婪不足，有人放荡无制；有开悟者，也有愚狭者；有失去父母的孩子，也有失去孩子的父母；有为善之人，也有奸恶之人；有人在笑，有人在哭……这无数的景象都自于哪里？

（参看《爬山》《镜子》等）

爬山

有一次去爬山，山也不高，却用了近六个小时才爬上山顶，因久已缺乏运动，上至半山之时已感到体力不支，好不容易登上了山顶，已觉得筋疲力竭，于是就在山上歇息了一晚。

第二天清早下山，觉得神清气爽，体力充沛。人说"上山容易下山难"，实也未必，下山之时，觉得比上山轻快许多，并不觉得太过疲乏。而至半山，又见许多登山之人，蹒跚而行，气喘吁吁，多与我昨日登山一样。见我下山，就有人问我山顶还有多远，我说不要多久就能到达。见这些费力登山之人，我已难有同感，我已下山，觉得轻快，似乎已忘却昨日登山之难。

这些上山或下山的人，有年轻的，也有中老年，还有小孩子；有结实的，也有不结实的；有惯于登山的，也有不惯的，每个人的情况和心情也都不一样。而上山之人可否体会下山之人的感受，下山之人是否还能体会上山之人的感受。

（参看《换位的方式》等）

打鸟

小时候，认识一青年，经常见他拿着一把气枪在附近打鸟，有时也会我们的面前炫耀，让一群小伙伴们羡慕不已。

有一次，他终于答应把气枪给我玩一玩，我从他手里接过枪，那种激动的感觉，现在都还能想起。来到树林里，见一只落在树枝上的小鸟成为了目标，我端起枪，他则在一旁教我如何瞄准开枪，我眯着一只眼，手指抠着扳机，对

自我部

着树上的鸟儿，瞄了又瞄，还没有开枪。见我瞄得久了，他就在一旁不耐烦的催促我，于是我扣动扳机，只听"叭"的一声响，却没有打中，只是把树上的鸟儿惊吓走了。虽没有打中，但是那种玩枪的感觉，却让我向往不已，我还想要玩一下，他已不允。

多年过去了，我在一个地方开了一家店，店里要筹划一次活动，需要买一些赠品送给顾客，儿时的记忆又从心底里冒了出来，于是，我就到外地买到了几把气枪，作为活动的赠品之一。活动过后，还剩一把，就自己留着，而我从小就想拥有一把气枪的愿望也就实现了。

有一次，有几位朋友相约一起去打鸟，我也带上了气枪。那一天，我是第一个开枪的人。在一个地方，我看见路旁的电线上落着一排的鸟儿，叽叽喳喳的叫着，有两只鸟儿挨得特别紧，相互啄着对方的羽毛。其实，我的枪法并不准，可能是俩只鸟儿挨在一起，目标显得大，我端起枪，然后瞄准，扣动扳机，只听"叭"的一声响，一只鸟儿应声落地。朋友见我打中了，夸我枪法准，就跑了过去把掉在地上的鸟儿捡了起来，看看之后说是一只燕子，没有多少肉，就把那只燕子丢在了路边。

另一只燕子，并没有飞远，而是在上空中惊恐的尖叫盘旋，见我们走远了一些，我看见那只燕子飞到被丢在路旁的燕子身边，凄厉的鸣叫，这时，我的内心忽然感到一阵不安。

走了很长的一段路，我还能听见燕子凄鸣的叫声。本是一对燕子，多么亲密快乐的一对，可能是情侣，也可能是母子，也可能是姐妹……却被我活活的打死一只，剩下的一只在一旁孤独地凄鸣呼唤，久久而不离去，我感到了残忍，却是我的所为。我又想到，作为赠品送出的那几把气枪，又不知打死了多少只鸟儿，打散了多少对鸟儿。

从那以后，我再也不去打鸟了，把那把气枪也毁了。而那一次打鸟的经历，让我想到，人生之中，会有许多不觉和不懂的事情，也会出现许多的错误和失误，而一些错误已然犯下，即使是无心的，也难以弥补和挽回。

具有精神

　　人类，自称为高级生物，高级生物与低级生物有何区别？一个重要的区别，则在于"精神"。"精神"，并非通常意义的"精气神"，"精气神"为生命体健康状态和情绪情感的一种综合反映，人类之外许多的生物种类也同样具有。

　　我们所谈的精神，是一种可超越物质形态的存在，是一种无形的内在显现，也是思想力和行动力的结合，具有引人向上和完善的力量，也只有智能思想达到一定高度的生物，才有可能具有，也是区分低级生物和高级生物的重要标志。

　　对于人类来说，拥有"精神"，也是人性的主要体现，由精神之高低而见人性之高低，由人性之高低而见人之高低。无论是个体、群体、或社会体系，如缺乏这种精神力量的支撑和引导，就会为愚劣恶性所牵引，而走向堕落和丑恶，而失去美好和提升的力量。

　　这种无形而向上的精神力量，毫不夸张，人类文明之中，任何可称之为美好的东西，任何具有意义的成果，其背后都有这种精神的力量在推动，都不可缺乏精神的力量。而一些真正的杰出人物，都是具有精神的人，并因为坚守精神而铸就不凡。

　　低级的生物，大都只是为生存而生存，为了本能欲求的满足，缺乏对于生命价值意义的认知和追求，因此也缺乏创造美好的精神动力，而为低级。对于一个人来说，如只是为了自己，如只是为了吃饱喝足，只是为了满足无度低级的欲望，而与那些依靠本能，为生存而生存的低级生物有何区别？也有区别，人类之外的一些生物群类，大都也是依据本能而生存，但是，它们属于一种自然的状态，自然的状态之下，它们不会对于周围的环境和自然带来破坏和丑陋，就如鱼儿和水藻能够清澈水流，走兽和飞鸟为森林和天空增添了美丽的画面和声音。它们也不难满足，只要肚子不饿，就会很快活，它们属于自然，也属于

自我部

和谐自然中的一部分，为自然增添了生机和美丽。

而人类，总以为自己高于其他的物类，一些人却做着愚劣低级的事情，一些人的行为是那么丑陋卑劣不堪，与自然之中那些单纯可爱的生物，那些为自然增添了美和意义的生物，是否能与之相比？是否配与之相比？

补：我曾看过一个影片，讲诉一个生物技术公司，秘密的研究一种病毒，这种病毒能够激活细胞，剧情也由此而展开。一些本已死去的人，由于感染了这种病毒而被激活了细胞，但是，这只是部分肉体机能的激活，却没有思想，没有精神和灵魂。这些复活的肉体，保持着唯一的本能意识，就是饥饿，于是见人就咬，吃肉嗜血，被咬的人也会相互传染，成为了一个个只知道吃人吸血，而没有精神、灵魂和情感的恐怖活僵尸。

（参看《兽性规则》《本能、本真》等）

几种意识的表现

一

一种为"稚"。何谓"稚"？即天真而如稚童一般。不谙世故者，不喜世故者，超然物外者，大智若愚者，通达透彻者等，都具有"稚"的特质。这相对于世俗社会的世故现实，却显得弥足珍贵，为何珍贵？因与世俗之中的世故老辣形成对比，"稚"体现出人性之中所具有的真性和善性，真善是美的来源，如真善缺失，则无美，也就不会有美好和希望，如是失去美好和希望，世界还有什么存在的价值。

"稚"体现出真善，能够带来希望和美好，翻开人类的历史，那些真正贡献出重大的价值，有名或无名的杰出人物，往往也都具有一个共同的特质：

"稚"。因"稚"而真，"真"，让他们能与世俗之中的一些虚假虚伪拉开距离，从而避免流于世故庸俗之中，于是，他们才有可能产生超出现实的价值和表现，引导和推动人类社会前行。

于是，"稚"也成为一种正向力量的来源，也表示内心更为纯净透彻，少有杂念，少有障碍，而清晰，如此，心灵则更为宽敞和自由，只有心灵的宽敞和自由，才能看的更高，见的更远。

"稚"为正向力量的一种来源。能够产生引导和推动社会的力量，但是，在现实生活之中，却又往往被压制和摧残，因一个人如要保持自我的真纯和美，则与现实之中的虚假丑恶是不相容的。也如一颗刚刚发芽的种子，虽嫩绿纯粹，但是却要经受风吹雨打而成长，也不是容易的事情。那些天性真稚的人，要保持内心的真稚纯净，要保持内心的希望和美好，则更不容易，所以，也愈为可贵。

<h2 style="text-align:center">二</h2>

一种为"蒙"，蒙为不明，为何不明？因"蒙蔽"，或"蒙昧"，不知者蒙蔽，心昧者蒙昧。

蔽者不明，如叶障目而不见泰山，也如棋局中的棋子，所谓"当局者迷，旁观者清"，局限其中而难于跳出其外，难免不为所迷。过于沉迷执着，也易生蒙蔽，沉迷执着，虽不一定为恶性，却也易为外物牵引迷失。蔽者，往往不能意识自我之蔽，以至于迷而不知，迷而不醒。所以，蔽而不知者，当提升自我之辨识力及视野。

昧者心昧，为何心昧？或无度，或无制，或不足，而违背本心，或丧失自我。无制不足之人，欲而无度，行为无制，流于自我满足和放纵，而为恶欲所控所迷。

社会之中，一些人常常惯于以外物来定位，如什么身价、身份、地位等，也为蒙蔽，因蒙蔽而"入形"，何为"入形"？即以外物来定位自身，而不明本

自我部

我。需要知道，无论你是什么人，于社会之中扮演什么角色，都当自知，当知还原，你只是父母的儿女，只是儿女的父母，你要吃喝拉撒，你有七情六欲，也有诸多的缺陷和弱点，你莫自大，也无须自卑，你和他都是一个人而已，不是依据外在的身份地位或可改变，如入形于外物，难于自知还原，则不明，则丢弃真我，真我即真实的自我，人之为人，贵于真我，真我显真性，如真性迷失，则蔽昧不知，而不知自我修炼和提升，而为外物控制牵引，则容易激发恶欲劣性，丑陋而堕落。所以，知还原，才知本我，才见真我，才可见真性人道，才不易为外物所控所迷，才知感悟本真，而知完善。

三

一种为"理"，"理"为理智、或理性。自然之中的万事万物，广大精微而有序，都蕴含着道理，无理则乱，无理则混。所以，领悟道理，需理性和理智。如缺乏理性，则不明，而不知道理，无道理，则混乱。如一群缺乏理性和理智的人构成的群体，一定是混乱无序的，所以，"理"的高度，显示了人的高度，也决定了社会的环境。

"理"包含理智和理性，但二者不完全相同，理性重于某种条件因素之下的抉择表现。理智，则为理性的提升，也为理性高度的一种体现，不只是注重抉择，也包涵了更高的思想和智慧。智慧为思想力的高度，只有智慧的指引，才能找寻到更为正确的方向。

每一个具有正常智力的人，都具有理性，而一些人的意识行为，虽能体现出理性，但是，却不一定理智，更不能够上升到智慧的高度。如一些狭隘自利的人，往往只知考虑自己，他们也显得很理性和精明，但是，这种理性和精明是狭猛的产物。如一个惯偷，每一次偷窃行动都会经过周密的设计步骤，后来被抓而入刑。其严密的偷窃过程设计，也是理性的，然而，却不是理智的做法。狭隘理性所产生的结果，往往是非理智的，也走向了智慧的反面。

四

　　一种为感，感为感性。一般来说，一些人容易把感性和理性对立开来看待，认为感性为理性缺乏的表现，这是一种错误的认识。

　　于人而言，理性很重要，但是，只有理性而缺乏感性也是无趣的，无趣之人则缺乏温度，缺乏情感，缺乏是非善恶之分辨，或如同机器一般，只是机械的执行程序的命令，如此，也为自我缺乏的表现。很难想像一个具有理性而缺乏感性的人，能够做出更为合理的事情来。

　　缺乏感性的理性，也如缺乏修正功能的车辆，即使走错道了，只会越离越远，而不知修正。人的自身，本存有诸多缺陷，如只有理性，而缺乏感性力量的修正，如在诱惑之下，则易为恶欲驱使，则容易陷于极端的狭隘和自利，而走向智慧的反面，走向文明的反面。

　　感性，也是对于外界的一种自我感受反应，也是真我的一种反映。然而，由于一些现实的原因，一些人已然习惯于隐藏感性的一面，而呈现理性的一面。于是，就会经常出现这样的情况，一些人即希望他人能够真实坦诚的待己，而自己在他人面前，却又掩盖起真实。掩盖自我的真实，却又期望他人的真实，也是感性被压制的一种反映。于是，人与人之间，一方面都希望彼此能够真实坦诚，却又彼此掩盖起自我的真实，形成为交流交往的重大障碍，成为建立信任的重大障碍，这种现象值得思考。

　　所以，无论是个人、群体或社会体系，感性元素同样重要，也只有感性和理性的合理结合，才能够呈现出更为完善的人性，才能产生出更为合理的环境氛围。

五

　　一种为慧，慧为智慧，为思想力的高度，代表更为清晰和正确的方向，也

自我部

为理智和理性的高度。然而，慧可为理性的高度，却不只是包涵理性，理性只是其中的一部分，理性于智慧之中呈现出更为完善，但是，更完善的理性，离不开感性的元素，所以，智慧包涵着感性，感性也为智慧的组成部分，也只有感性和理性的合理结合，才能够产生高于二者本身的智慧，也使得理性和感性得以提升和完善。

寻求智慧，有一种重要的思想方式，可称之为"哲思"，"哲思"方式，注重逻辑和辩证，所以讲究科学性和真实。因讲究科学性和真实，所以，哲思的方式，也成为人类探寻万事万物的一种重要思想方式，它的高度，也可为人类思想高度的一极。哲思的方式，又有二种重要的方向，一为注重现实，大都贴近于现实而思想和思考。而面对于现实，核心重于求真，如偏离真，则走向假，则容易歪曲。另一种思想方式则重于意识，与注重现实的哲思方向不同，某种条件之上，注重意识的哲思方向，能够一定程度的突破一些现实的局限，甚至包括逻辑和科学性的局限，则能够更为自由的思想。

虽运用逻辑及科学方法，是人们认识万事万物的重要方式，但是，世界上还有许许多多的事物，如只是依靠常规的逻辑方式，或局限的科学方式，是难于探寻理解的，那么，就需要某些更为特殊的思想方式来作为补充，而重于意识感知的方式正好弥补了这一缺陷，而更为广阔自由的思维和思想。然而，注重意识的思想方式，虽可突破一些逻辑的或科学性的局限，但是，并不表示这种思想方式要偏离真，它同样也需要追求真，也是为了追求真。而作为求真的一种方式，它不只是局限于现实，而是为了突破一些局限，去追寻和探求一些可超越现实，或不可直接感知感受的真，所以，这种能够超越现实的思想方式，所产生的思想，也有可能产生高于现实的价值，而对于现实产生直接或间接的影响。

相对来说，现实之中的许多人，思想方式已然习惯局限于现实之中，而受制于现实，难于超越。而以现实为方向的思想方式和注重意识的思想方式，即可独立，也可融合，则极大的丰富了人类的思想力和方式，也让思维意识得到了更为广阔自由的发展和完善，也是生出智慧的一种方式。

当然，注重意识的思想方式，虽可更为自由的思想和思维，但是，其出发点还是为了求真，如此，则要避免玄虚。如以玄虚的方式来表达思想，则容易偏离真，偏离真，则走向假。如有些人把一些事物道理过于的夸大，或表现的过于神秘，或故为高深等，都为玄虚，或为误引。然而，有一种现象，一些玄乎荒谬的东西，却愈有人喜欢，愈有人相信（娱乐除外）。于是，也总会有一些这样的人，喜故弄玄虚，或故为高深，以此来蒙蔽他人，实也为自我之不明。玄虚，常常为真正智慧的阻碍，不偏离"真"，才是正确的方向。

（参看《方园与偏见》等）

自我部

社会部

原则性和灵活性

原则性是根本，灵活性不违背善。

（参看《台面的原则》《自制力》等）

建设

适度的建设是文明，过度的建设是破坏。

护恶

有人作恶，也有人护恶，人们往往只是谴责和惩罚作恶之人，却忽视护恶之人，明知为恶，还要去护，实为更恶。

护恶如土壤，如不护恶，就缺乏生恶的土壤，就不会有那么多人敢于作恶，就不会有那么多作恶之人，就不会生出那么多的恶。

不当

有多少不当的利益，就有多少罪恶产生。

有多少沽名钓誉者，就淹没了多少真才实学，而生罪恶。

（参看《利益》等）

三种求食方式

暴力而求食，欺诈而求食、寄生而求食。
此三种求食方式愚劣而生罪恶。

治人与治世

勿重于治人之术，而不重于治世之法（则）。
治人之术为末，治世之法为本。

（参看《规则》等）

回乡

锦衣不回乡。

（参看《两家人》等）

评人不如评事

你是否了解别人，就如了解自己一样，其实自己也难于真正了解自己。你是否不持立场，是否不受自我喜好情绪的影响，客观公正的评论他人。评论他人之时，是否了解背后更深层的原因？

即使你以为都知道，以为大部分的情况都能够了解，但是，你还需要具备客观理性评论一个人的见识和思想力。所以，不要轻易的评论人，不要轻易对于他人定下你所谓的结论，也不要轻易相信一个人对于另一个人的评价，要有自己的认识和判断，尤其不要轻信一些喜欢搬弄是非之人，或因某种利益关系而对于他人的评价和评论。

而对于一些社会事物或现象，则可多作关注与评论。因为社会之中，本存有诸多的问题和缺陷，有许多不明的事物，需要人们不断的去认识和发现，修正和完善。对于社会事物的评论，也是一种发现问题和修正缺陷的方式，不同的视角，不同的观点，兼而有之，相互交融碰撞，能让思维清晰的人从中得到更接近本质或更为正确的答案，从而作出更为合理的判断和决断。

补：有些人喜欢评论人，喜欢人后论长道短，似乎以为自己都懂得，都为对，他人却是满身的毛病。说话虽是一种不可剥夺的自由权利，但是，只是对于他人论长道短，却意识不到自我意识行为存在的问题，则往往歪曲，往往混淆，往往片面，也为自我之不明，则容易带来不好的影响。论人之时，当先照照镜子。

社会部

幸福的条件

幸福不能脱离大环境，大环境如空气，每一个人都在其中呼吸与共，大环境则是由许许多多的个体而构成，所以，每个人都当意识到自我之责任。

幸福需要智慧，如缺乏智慧，就难以构筑幸福的基础条件，如清晰的认知，平和的心态，正当的行为，合理的规范等。

幸福需要减低欲望，当知知足，如欲而无度，则为恶欲，恶欲是无法满足的。

幸福也不是得到更多、拥有更多，而是合理的取得和拥有，是顺乎自然的态度和生活。

也须知炫耀攀比，为愚劣浅薄之性，扭曲人心和社会而破坏幸福。见人有幸福，你当欣慰，更不应嫉妒和破坏；人有不幸，力所能及，能帮则帮，如此和而生德，也是构筑幸福环境的重要条件。

记住一句话：如你幸福，请不要忘记这世界的悲凉。

（参看《幸福感》等）

自在之地

你不欺我，我不欺你，你不碍我，我不碍你。
你不诱我，我不诱你，你不惑我，我不惑你。
你平视我，我平视你，互不相轻，也不相重。
相聚相合，不合则散，聚散分合，皆无相强。

取之有道，需之有度，人皆知善，善人善己。

人无制我，我无制人，以理为制，以法为制。

利益

以物质为主导的时期，人们已然习惯于物质利益为中心的观念和行为，然而过之，则必然产生种种弊端和扭曲，但是，只是由于利益的原因吗？

当然不是，之所以产生利益，是因为有需求，需求是客观的存在，也是自然的存在，如此，则为利益的存在注入了合理性。

然而，由于人类自身存有的诸多缺陷和弱点，人的诸多需求和欲求，并非总能够保持于合理的状态，如贪欲、无知、无制等愚劣之性，常常会把人的需求和欲求推向于不合理。于是，不合理的需求和欲求，则产生了不合理的利益要求，于是，则扭曲了利益的本身，也成为种种弊端和罪恶的来源。

所以，利益的本身，并无倾向性，合理与否，则在于人，在于人的需求和欲求是否合理，在于人的运用。所以，否定利益，其实不是否定合理的利益，而是否定不合理的利益，否定扭曲的利益欲求。合理的利益和需求，满足了人们合理的需求部分，也一定程度的激发了推动社会前行的动力。

教人以巧

古有算计权谋之学，延续至今，又有"成功厚黑"之说等为代表。而诸类之说，竟被一些人称之为"智慧"，实为对于"智慧"的误引，也为人心和社会蒙蔽之像。

　　诸类之说，重于算计权谋，多为基于功利之目的，由此而衍生出诸多尔虞我诈的所谓谋略之术，相互竞巧争利，可用几个字概括：教人以巧。"巧"者，如以功利为目的，则为利欲所牵引，则愈陷于利欲和争斗之中，利欲之争带来了什么？相互纠缠争斗，人心不安，社会不安，而无信任，造成一种缺乏安定和温暖的环境氛围，人于其中，难有幸福可言。

　　彼此为利益纠缠争斗，也让人心变得狭隘和扭曲，唯利是图，则容易丢弃自我的真性和善性，真与善源于本真，也为人性之本，则不能失，失之则失去根本。如丢弃珍贵的本真，则会本能的渴求和寻找，谁都希望与真诚善良的人为友为伴，谁都希望得人善待，谁都希望生活的环境充满善意和温暖。但是，那些丢弃了真性善良的人，自己不能真善待人，自己丢弃了珍贵的东西，却希望从别人那里得到，却希望别人能够给予。也如一个饥饿的人，丢掉自己手中的大饼，却望着别人手中的大饼，是多么的荒唐。真诚与善良，也是构建信任的基石，只有彼此信任，才能构筑起温暖安定的环境氛围。

　　"巧"，并没有给人们带来福音，反而让人心和社会更为复杂纠缠，人们为巧所困，为巧所累，因巧生害，平添了诸多不幸和痛苦，而一些教人以巧者，以巧为得者，实为愚昧和卑劣的制造者和传播者，也是真正智慧的反面。

　　补：观点当真实，或基于现实而高于现实，如此，则能产生正向的价值，则具有更为高远广阔的视野，如只是在现况之中腾挪缠绕，则愈为短浅狭隘、难于超出、难于生出智慧，并对于真正的智慧形成阻碍。如一些教人尔虞我诈的所谓谋略之学，一些缺乏社会责任的所谓成功厚黑之学，大都只是关注自我的成功和满足，以点盖面，往往只是从狭隘、片面的角度论人看事，多为偏见和误引，即蒙蔽人心，也毒害社会。

（参看《向上的精神》等）

小和的话

一次，一位叫小和朋友说了一段话，我觉得有道理，得他本人同意，就把他的话记了下来：一九八四年，我对钢琴曲一点也欣赏不了，甚至感到它是噪音，因为它不像歌曲那样"成调"。但现在不同了，人的观点也一样，你现在接受不了的，或许是你的观念问题，和事物本身无关，随着时间的推移，你可能会接受，可能仍不会，就像有人至死也不会觉得钢琴曲好听一样。

（参看《潜移默化的作用》等）

潜移默化的作用

世人皆可明理教化吗？这不一定。为何会有不明事理和不可教化之人，这就如不同的瓶子，有大有小，有的可装一斤，有的可装两斤，有的可装三斤……

人心与容器又有不同，因人心的大小，一定程度之上可以依靠自我的塑造，也可潜移默化来逐渐的扩大容量。潜移默化不是说教，更不是强迫，而是一种社会氛围和文化氛围的形成。

补：心大则容大，心窄则容窄，欲多则不清，容恶则善微。

随想篇

一

在十字路口等红绿灯的时候，有时见一些行人不按指示灯行走，绿灯时却走在车的前面，常常惹司机抱怨。而我发现，不按指示灯行走的人，多是一些老人和孩子。而又想一想，司机的抱怨也许是有理由的，但为何多是老人和孩子，应该是这些老人和孩子大都不懂得交通规则，也就释然了。其实，一些抱怨即使有理由，也当再想一想。

二

一次开车进了一个胡同，见几个高中生模样的学生在前面走，有二个男生相互搭着肩膀走在胡同的中间，我按了几下喇叭，他们像是没有听见，我又连续按了几下，才慢吞吞的走到边上让我过去。

车要过去的时候，一男生对着车窗冲着我嚷了起来："你疯了啊，按什么按，耳朵都要聋了。"见小男生如此，我有点诧异，没有想到，我按几下喇叭会让他很生气。但我马上又想到，胡同里的喇叭声确实很刺耳，我忽略了他们的感受。于是我笑着对他说："对不起，对不起。"坐在我旁边的朋友说："是他们一直不让路，还这么凶。"我笑着说："胡同里的回声大，要是我们也在这里走路，别人这样按喇叭，可能也会烦，而且，都是十五六岁的孩子，我们十五六岁的时候，也和他们一样。"

三

一条小道上，一辆车横着停在道口，挡住了里面所有车辆的出口。于是这些被挡住的车，有人着急按喇叭，有在问车是谁的，可是都没有人应。这辆车的不远处，站着几个人在那里聊天，对于这边的喊声和喇叭声似乎充耳不闻，毫不理会。

就这样的过了十来分钟，还是没有人来把车开走。这时，一司机急了，走到那辆车旁，用力拍打着车顶，一边喊道："谁这么停车，缺不缺德？"这时，不远处那几个聊天的人当中，有一人嘴里叼着烟慢吞吞的走了过来，一边嚷道："着什么急，这不是来了嘛。"然后很不情愿的把车移开了一些。这个司机怎么不知想一想，如别人也像他这样停车，要是自己也有着急的事情，被挡住了道，又该怎样想？

四

有一次，在一个公共场所，我随意把口香糖吐在洁白的地板上，很快，有一位老太太过来，也没有对我说什么，就把地上的口香糖清扫干净。我看着这位身子佝偻瘦小脸上满布皱纹的老人，低着头默默地清扫着我吐在地上的口香糖，心里忽然感到一阵愧疚。又想，自己没有遵守公共环境卫生，而打扫卫生的人，都是一些勤劳而朴实的人们，心里就更觉得不安了，再也不该如此了。

摆地摊的年青人

一次走在街上，见到一位十八九岁模样的青年在路边摆地摊，我的前面有一对母子，母亲一边走一边对儿子说："如果不好好读书，将来就像他一样。"

社会部

且不论这位母亲教育儿子的方式，而她对于摆摊青年的轻视和认识态度，也反映出不少人的世故和功利。

摆地摊的青年，凭着自己的劳动挣钱，也是自食其力，卖的东西也算价廉物美。比较一些好逸恶劳的人、不劳而获的人、或为利益而丢弃良知人格的人，不知要高尚了多少，难道不值得尊重？为何世人会对于诚实的劳动和优良的品质视而不见，或不屑一顾呢？

而那位母亲瞧不起摆地摊的年青人，并以此来教育自己的孩子，不只是价值观念的扭曲，也是教育方式的错位，也将在她孩子的内心里投下扭曲的阴影。

补：一女子，以前是出名的电影演员，为了爱情和孩子，在事业处于高峰之时，却选择退出演艺圈。多年之后，有网友晒出这位昔日明星的现况，为了生计，她白天经营小店的生意，晚上还到夜场唱歌。而见许多人评论，多认为该女子的选择是错的，多认为她应该像一些明星一样去攀附豪门，做阔太太。

也有些不一样的评论，有网友如此评论："每个人的生活方式不一样，价值观念也不一样，难道嫁入豪门就是成功？"有网友如此评论："自食其力，应该得到尊重。"有网友如此评论："她依靠老公的身旁，脸上的笑容真实而幸福，不要总以金钱来衡量幸福。"有网友如此评论："曾经风光，而后选择平淡，能不为名利场所束缚，为奇女子。"

（参看《正道与职业》《合理的工作意识》《教人以巧》等）

与财富有关的一些观点

一

一位朋友从外地回来，与熟人小聚，谈起他这些年在外地的经历，虽属闲聊，但有些话题也值得深思。他说："这些年在外地，没有赚到多少钱，但也过得舒心。"而在重利的环境氛围之中，他的话当然会引起大家的好奇，于是有人问："为何？"他说："那个地方的钱不好赚，因为那里的人都不想发财。"又问："那个地方的经济条件不好吗？"他说："那个地方比较富裕，家家差别不大，相互之间也和睦友善。"

一个大家都不想发财的地方，却较为富裕，家家差别不大，大家都过着舒心自在的日子。但是，人人都想发财的地方，多数的人并不富裕，差距也很大，过得苦累纠缠，这值得思考。

二

对于社会财富，财富的分配引人关注，如何让财富得到公平合理的分配，也是长久存在的社会问题。但需要理解，不能把公平分配完全等同于平均，如是平均，没有了一些差异，恰恰也是一种不公平。如社会之中，有的人贡献多一些，有的人贡献少一些，那么，贡献大的多得一些，也是公平和劳动价值的一种体现。当然，差异不能过大，如过大，则为不公。概括来说：公平在于取之有道，在于合理的取得，在于劳动价值得以体现，在于基础劳动者得到尊重，在于价值和财富相匹配，在于分配之中存在的善。

三

一富二代，用俗语讲，是含着金钥匙出生。承父辈万贯家财，从小到大，衣来伸手，饭来张口，得百般宠爱，引多少人羡慕妒嫉。而在成人之后也是整日处于声色犬马和受人拥戴之中度日，看似幸运，然庸庸而空洞，于虚情假意中度日，更不知人间艰辛。

后来，家族出现了变故，家道中落，由富至贫，有言：由贫至奢易，由奢至贫难。过惯了奢华的生活，再来过贫困艰辛的日子，是难于习惯的。昔日受人宠爱拥戴而不自觉，今日才发觉自己除了会斗鸡遛狗之外，一无所长，更无

— 131 —

真知识见。而昔日诸多追捧拥戴之人，今已俱不见踪影，更无人怜悯，即使不落井下石，也多以报应眼光待之，遂感今日昔日之完全不同，而见生活及人生的另一面真实。然此时感悟，自我已然固形，再难有改变适应之力，而后竟然精神失常，妻离子散，昔日繁华，只是过眼烟云，了无踪迹，结局竟是如此唏嘘。而见一些富二代，看似幸也，也为不幸。

当然，也有继承上辈财富者，按传统说法是守住了家业，但是，如缺乏一段艰辛奋发的经历，则难以真正的体会和领悟生命的涵义，或为另一种寄生的方式，对于人生来说，也是一种残缺。

四

常常会出现一些暴利行业，为何会形成为暴利？而去观察，多数暴利行业的产生，并非是由于经济本身的因素引起，而多为经济之外的因素影响，这当然多为一些不合理的外在影响，即影响了正常的经济环境，也破坏了公平的秩序。如只是经济本身的原因，而出现一些高利行业，一段时期之内，其存在也许具有合理性，如一些高深艰难的项目，前期有形或无形的投入巨大，在一定时期之内，保持着稍高的回报，也是劳动价值的一种体现，也符合经济的规律。然而，一些低端行业，也可能存在着暴利的情况。低端行业如存在暴利，则多为经济之外的因素施加影响，如垄断，勾结，假冒伪劣等。

尤其是一些与民生紧密相关的行业，如存在着暴利，则必然会对于大多数人的生活产生严重的影响。一种影响为财富的聚集效应，因与大众紧密相关，就会把多数人的财富向少数人集中，而加大社会的贫富差距。少数人富，多数人贫，则会对于经济正常的发展带来不良影响，而通过经济因素的传导，又会影响到社会的其他层面。也因是低端的行业，其中存在着暴利，就会有更多的人想要参与其中，而如何参与？由于低端，其进入门槛不高，如要参与，往往不是凭借着才智或诚实劳动，而是使用各种手段和关系。于是，人们追求财富，不尚诚实劳动和真实才学，而是期望通过一些不正当的方式和关系去实现，成为恶化个人品质和社会环境的主因。

五

取得的财富与劳动价值不对等，有人辛苦劳作，却不得温饱；有人贡献很多，却得到很少；有人贡献很少，或只是凭借着某种关系和手段，甚至黑心无良，却得到不少，如此，则必然扭曲，造就一些品格低劣，为利益而不择手段，视投机奸猾为能事之人，也是产生不公和罪恶的主因。

以不正当的方式而获取的财富，不劳而获而获取财富，即使得到了，也难于真正理解财富的价值，不能理解，则不知珍惜，也不知善待和善用财富，于是，就出现了一些这样的人，或挥霍无度，或攀比炫耀，或自大自满，或仗势欺人等。财富得不到善用，不只是财富的浪费，也走向了财富价值的反面，扭曲人心也毒害社会。"贫不失志，富而有善"，当为一种合理的认识和态度。

六

扭曲的环境氛围，产生了以金钱论能力的观念，如此，又加剧了人们对于金钱利益的渴求和争斗，愈为蒙蔽纠缠。以金钱论能力，其实也是不懂得财富分配所存在的一些规律，如社会财富的总量在那里，不是在这人手里，就是在那人手里。在以物质利益为主导的环境氛围之中，任何时候，都不会缺乏富翁或有钱人，也不是什么值得骄傲的事情。还有人依靠不正当的方式去获取财富，如此，则危害于人及社会，也走向了真正能力的反面。所以，即使有钱，也莫骄傲，则不至于愈为蒙蔽。

七

物质财富贫乏的时期，能够激发人们创造财富和富裕生活的动力，这一定程度之上，也可激发人的创造力和精神。而在物质财富相对丰裕之时，如过度的追求财富和安逸享受，则易于走向庸俗和堕落。

可以理解那些为了生存和生活而追求财富的人们，他们忙碌奔波，自食其力，勤劳朴实，默默的贡献着价值，这值得尊敬。但是，不可理解一些为富不仁和欲望无度之人。

八

如再延伸一些，资本成为了主导，只为利益的目的，如此结合，利益就为资本所扭曲，于是，一切就会围绕着资本利益，为资本所主导，为资本服务，那么，资本就会控制一切，也会扭曲一切，而带来无数的罪恶和不幸.

九

如有一天，人们不再以巨额的财富为荣，而为耻，这不只是财富观念的转变，也是社会智慧和精神提升的表现，如此，也表示人心及社会经济将要步入良性的发展轨道。

（参看《德与财》《利益与安全感》《利益》《化物》《能者》等）

两家人

一个村子里，有二户相邻的人家，张姓家贫，李姓家富，富裕的李家瞧不起贫困的张家，李家的孩子经常欺负张家的孩子。

然而世事难料，后来李家出现了变故，家道中落，由富变贫。而张家这些年在外面做生意发了财，于是反了过来，张家富，李家贫，张家人衣锦还乡，见到从前嘲笑欺负过自己的邻居，一脸的得意，一脸的不屑，也瞧不起李家。

又过了些许年，张家的生意遭受了较大的损失。而李家经过些许年，又渐渐的好了起来，于是，李家又瞧不起张家……

当然，这不只是一个故事，而是真实的在许许多多的地方，许多的人之间，以不同的形式，在不断的发生，不断的延续，不断的重复着李家和张家的故事，也是功利社会的一种普遍现象，以财势为衡量，根植于许多人的内心和意识当中。有一万的人瞧不起一千的，有一千的瞧不起一百的，有一百的人瞧不起只有一十的……一十的想有一百，一百的想有一千，一千的又想有一万……

于是，大家陷入一种恶劣的循环当中，围绕着金钱利益为核心，相互比较衡量，相互看轻，相互作贱，相互纠缠。有钱的看不起没钱的，工人看不起农民，农民有钱了，又看不起工人，不费力的看不起费力的等。如此，形成为扭曲的价值观念，得到的人自大自满，没有得到而自卑自哀，导致人心的扭曲和失衡，导致社会浮浅纠缠，也使得相互之间的关系愈为恶劣，成为诸多社会问题产生的诱因。

（参看《面子虚荣》《幸福的条件》《乡邻的关系》等）

乡邻的关系

人与人之间的关系，最重要莫过于相近相邻的人之间，如亲友、乡邻、共事等，而在其中，乡邻关系也为特殊，因乡邻为基本的社会关系，乡邻和谐，则社会和谐。

乡邻和谐，需相互善待。一些愚劣之性则是扭曲乡邻关系的主因，如攀比炫耀，欺善附恶，仗势欺人等。相互善待而生和谐，也适合于其他的关系。

（参看《回乡》《市井之恶》《谐与乱》等）

— 135 —

社会部

谐与乱

社会之中，如弱势的一方、弱势群体的权益，可得尊重，可得保障，则生公正、则生温暖、则生和谐。如弱势一方为欺凌压迫的对象，则生邪恶，则混乱。

（参看《欺善惧恶》《规则》等）

不断的完善

社会的问题，即是人的问题，人为意识所主导，认知决定意识。

世上没有完美的事物，也不会有完美的人，不会有完美的思想，当不断的修正和完善。

（参看《犯错》等）

带来快乐

你带来的快乐，只为博人一笑，并无深意。

你带来的快乐，让人产生了无害的激情。

你带来的快乐，让人愉悦，也让人平静。

你带来的快乐，也让人感动。

你带来的快乐，能让人明白一些道理。

你带来的快乐，能让人感受到善。

娱乐

生活也需要娱乐和放松，于是就有了娱乐文化。

适度的娱乐能够让人释放压力，能够增加生活的趣味，能起到身心调节的作用。但是，也需提升自我的思想维度，如此，而不至于无知，不至于浅薄，不至于乐而无度。

（参看《带来快乐》等）

人类与文明

人类于自然之中创造了社会文明，所以，人类存在的一种重要价值，即为文明之中得以显现。于是，你可见到真情和友善，你可理解深邃的思想，你可以欣赏，也可见各种各样的发明创造等，都为文明之显现，都在显示人类文明的价值。

人类作为社会文明的创造者，所以，文明的主体为人；所以，人的文明决定了社会文明，也可从文明之高度见人类之高度；所以，只有更为文明的人，才能够创建更高的文明和社会。文明的主体为人，文明的人，区别于愚蛮无知，愈为文明，愈远离愚蛮无知。善爱真智，为文明人的基本表现，也是人性得以提升和完善的表现。由更文明的人，构成为更文明的社会，此为同步。

愈文明的社会体系，无论是文明的主体：人的表现，人的思想精神；或诸

社会部

多的文化成果。都是围绕着文明的目标，都是为了显示文明的价值，都是为了愈为文明，都是为了一切愈趋于合理和完善。如不是为了这些，难道是为了愚昧？难道是为了破坏？难道是为了丑陋？难道是为了野蛮？此为罪恶的源头，也为文明之反面，如此，则会失去存在的价值和意义。

何为文明？文明即是智慧与美的显现，也为智慧与美的创造。智慧与美，则来自于不断完善的人格和人性，文明与不文明，文明与不文明的人和社会，也由此而区分。

（参看《文化》等）

职业和品格

社会之中，不少人以形成一种思维习惯：以职业作为标签，来区分和衡量人之高低。如一些工人瞧不起农民，一些公职人员又瞧不起工人，一些用脑的瞧不起干体力活的……

其实，只要是正当的职业，都具有不同的社会功能，都不可缺乏。没有农民不行，没有工人也不行，没有医生不行，没有教师也不行……所以，职业的本身，都为平等，并无高下之分。如有高下，不是由职业而决定，而是由个人的品格所决定。

一个商人，如只为了赚钱，而不讲究良知诚信，就失去了品格。一个公务人员，如不是为了服务社会民众之理想，而是为了满足贪欲私利，那么，就成为卑下的人。卑下不是因为职业，因卑下的品格。

（参看《摆地摊的年青人》等）

犯错

　　人总会犯错，然而，许多的错误本可以避免。许多的错误，也曾出现过，发生过，但是为何？还会一再的重复，还在重复过去的错误。如是这样，那只能理解为：没有进步，或总是在原地转圈，或在退步和退化。

　　其实，许多的错误，曾发生过，也曾纠正过，也有一些有用的经验和教训，却为何被遗忘？被忽视？被丢弃？为何不能吸收有用的经验和教训？为何不能避免同样的错误？为何还要一错再错？是愚劣恶性？是扭曲的利益？是忘性？是好了伤疤忘了痛？是环境外因？或兼而有之？如总在转圈，如总在重复，新的错误又会产生，那么，只会错上加错，只会更为愚劣。

　　补：无论个人或社会，只有能够避免同样的错误，才能不断的前进和发展。

欺善惧恶

　　惧恶是一种害怕伤害或自我保护的心理，也可能为软弱，但还可以理解，人大都害怕伤害，而与之对应的则为恶性：欺善。

　　善能制恶，为美好的品性，也为美好的力量，而有人却以为可欺。别人以善待人，以善待己，却以为可欺，或以为软弱；欺善之人，则必然会会在强于自己的人面前表现软弱和驯服，此为对应的关系，也为秉性使然。这样的人，也如一条恶狗，见强者就夹着尾巴，见弱者就嗷嗷大叫。这样的人，难道生来就是如此？只能对其恶，对其凶，对其强，或蛊惑欺诈，而不可友善待之，不可真诚待之，只可恶待，才不敢去欺，才不会去欺，实为贱性，也为愚劣。

社会部

这样的人，也是不懂得善的道理，善性美好，不违道，不违理，常以温和光明处事待人，然而，要知道，善不是软弱，更不是懦弱，如菩萨金刚，慈悲普济，然降妖除魔之时，也会显雷霆之怒。而与之相对，一些人士，不压良善，不欺弱小，不畏强暴，则为高贵之品性。

补：欺弱惧强、欺善附恶等，为愚劣之性，而见不少的人，一些群体之中，一些地方都普遍存在，可以此识人，也可见世风。

（参看《善与恶的比较》《附恶者》《护恶》《劣性》等）

身份

常见一些喜欢标榜所谓身份的人，是何心理和目的？是虚荣、自大、陈俗、无知、愚昧、或皆有之……然而，喜欢标榜的人，大都名不副实。如真正表里如一，则无需标榜，也当不屑于标榜。如是金子，即使包着破布，仍是金子；如是败絮，即使包着金箔，也是败絮。

身份意识的产生，一种来源为传统等级社会的遗留。愈不平等，一些人就愈重于标榜所谓的身份，其一作用就是：在所谓的身份或地位掩盖之下，可以起到蒙蔽世人和掩盖卑劣行径之作用。如传统的小说戏剧，有不少这样的题材，古时的一些官员，表面上道貌岸然，内里却腐糜奸猾。一些奸商，伪善于外，实则利欲熏心，为谋利而无良知，不择手段。虚假的外在终究难以掩盖丑陋的实质。

外在的身份是如此靠不住，但是，却有不少人习惯看待表面，或盲从迷信所谓的身份。一些人因看不清楚，或因某些目的，却还要去维护和拥戴那些欺蒙者，实为愚昧，或为无良，也是一种相互蒙蔽的关系。

补：人格为天赋，天赋而平等，怎能以一些外在和虚假的东西（如所谓的身份）而扭曲。如一定要见高低之分，只为内在，内在而见真我，才见真实品质。真正具有品质修为的人，当不屑于彰显，则不至于虚假，不至于浅薄。

（参看《尊严》《人格》等）

弱者欺弱者

一

本是弱者，却还要去欺人，常在小说、戏曲、影视剧中看到这样的场景。一些爪牙、打手，别人大鱼大肉，扔给他的不过一根骨头、一口汤、一根毛，甚至也不给，还要作出一副施舍恩惠的样貌。

这样的人，本无足轻重，本受人利用，本为弱者。可有些人，为了得到一根骨头，或为了喝一口汤，却可丢掉自己的良知和良心，而附庸作恶。本是弱者，或无知无识，或愚昧蒙蔽，或为利欲驱使，而附恶为害，欺压弱小，扭曲良善，实为卑下，也为罪恶。

二

某人本是受害者，曾被人欺诈，损失了钱财。然而，此人后来竟以同样的方式去欺诈他人，后来事发被抓，竟也觉得委屈。

本是受害者。却以同样的方式去诈害更多的人，以同样的方式去伤害更多的无辜者，还感到委屈，这是何心理？只顾及自己的感受，只知自己受了伤害，而不知感同及人，还要把同样的伤害带给更多的无辜者，竟是如此的愚劣和扭曲。

社会部

三

一混子，整日游手好闲，又喜声色犬马，为了得到钱财花销，有钱有势者不敢去欺，就专在乡里街头找一些小商小贩，挑夫脚夫进行欺诈。或他碰人一下，或人碰他一下，或故意说人短斤缺两，或以一些莫须有的理由，故意找茬，勒索钱财。

混子，往往都是一些不学无术，愚恶贪欲之人，而为满足贪恶之欲，或欺弱小，或压良善，或附恶为害，欺男扰女，敲诈勒索，横行乡里街头，就如蚊子苍蝇一般散落在各个角落，为祸一方，破坏一方环境，看似小恶，实为害大。

（参看《欺善惧恶》《附恶者》等）

合理的工作意识

有一个林业公司，公司老板为了赚更多的钱，就想了一个办法，举办"伐木大赛"，工人们谁砍伐的树木最多，就授予"伐木英雄"的称号，并发奖金。于是，一些工人为了拿到奖金和所谓的"英雄"称号，就拼命的砍树，成片成片的树林倒下，昔日为山中百灵提供庇护的郁郁群山，很快就被一群人砍伐成为光秃秃的山包，而砍树最多的工人拿到了奖金，也被授予所谓的"伐木英雄"称号。

林业公司也许没有违法，因为公司有合法的采伐证。而林业公司的老板为了赚更多的钱，在看似合法经营和砍伐的背后，是否考虑到经济利益之外应有的良知和底线。

从事伐木工作的工人，或为了奖金，或是为了争得所谓的荣誉称号，或是为了养家糊口，即便如此，也该去思考，无度的砍伐会带来什么？无度的砍伐是否合理？不应只做毫无思想的工作者，不应只做毫无思想的盲从者和附庸者，或为了利益而成为恶劣行为的帮凶。

当想一想，看似合法的背后，是否存在着不合理之处，可能因为过度的采伐而带来生态的危害和灾难，当想一想，所从事的工作其合理性边界在于哪里。如只是为了赚钱，只是为了奖金，或是为了争得所谓的荣誉称号，这种所谓的"荣誉"是否为真正的荣誉，所谓的"英雄"是否为真正的英雄。

不只是伐木，从事任何工作也一样，都应当思考所从事的工作所具有的合理性与边界，即使看似合法，也同样需要思考，合法并不一定等于合理，这是一种工作意识，也是合理的工作意识。人们也应当去培养合理的工作意识，社会体系也当培植合理的工作意识，因为合理的工作意识符合大家共同的利益，也是责任意识和思想层次的体现。如人们从事任何工作事物，都具有合理的工作意识，而不仅仅只是出于眼前的利益或欲求，那么，就能够形成为合理的工作态度，也是建筑合理环境的重要条件，也是个人智慧与社会智慧的融合。

（参看《正道与职业》《荣誉》等）

一些小人

一些这样的人，事事都要争先积极，时时都想表现自己，这并非是他们具责任感，而是争利之心使然，这是一种小人。

小人有私而无公，有己而无人，见利而忘义，小人惯于无事多事，吹毛求疵。这样的人，往往会在掌控他们的人面前表现顺从，也惧怕强者，即使明知不合理，甚至伤天害理，也会跟随和附庸。然而，这并非是他们忠诚，他们只是为了自我的利益得失而毫无原则。所以，小人小事多计较，大事无原则。

如稍有得势，从前献媚攀附的人，又可能马上成为他们排挤陷害的对象，以达到踩踏他人和提升自己的目的。而小人一旦小许得志，就如同一个小瓶子，

社会部

容不下多少的水，马上就会膨胀自大和目中无人，所以，小人无量。

一些这样的人，其实是多么的狭隘短浅，会为了一点小利而害人碍物，会因为狭隘的心胸而害人碍物，会为了贪欲和满足而害人碍物，也会因为短浅的见识而害人碍物……

这样的一些人，他们只考虑自己，只考虑自己的利益得失，因此在是非真伪面前，而毫无原则。然而，他们自己却不认为这是一种狭隘和愚昧，反而以为这是聪明，把狡诈和自利视为一种聪明，视为利于自己的一种必要手段，这也是小人的聪明。

无处不在的小人，就如同总要吸血的蚊子，时常躲藏在暗处伺机叮人吸血，他们是如此的令人厌恶。但是，他们只能躲在暗处，他们的内心，就如同时常躲藏的地方一样阴暗，因此也害怕阳光，他们是很可恶，但其实很懦弱，他们的秉性不具备直面的勇气和力量。

一些不知进退的愚蠢小人，每对于他们的大度和容忍，就会被他们视为退缩和机会，就会成为他们进攻的理由，对于这样的小人，就应该像对付蚊子一样，瞅准机会，一下子啪了它。

补：对于一些小人，你不要见他在对你笑，而被迷惑，对待他人，他可能恶如蛇蝎，也许有一天，他也会这样的对待你。

（参看《小人的聪明》《愚人的一些表现》《欺善惧恶》等）

养鱼

有一家人，儿子见别人家里养鱼，也要养鱼。于是家里就买来了鱼缸，又放一些鱼进去。这些不同品类的鱼各具特点，有的喜欢游动，有的喜欢静静摆尾，有的温顺，有的急躁，有的肥硕，有的瘦弱……

一次，回到家里，见放鱼缸的台子上面湿漉漉的，原来有几条不愿呆在缸里面的鱼跳了出去，有的掉在台面上，有的掉在地板上，有的奄奄一息，有的已经死了。

后来，又把鱼缸搬到了窗台上，窗台下面有一条小河流，又买了一些鱼放进鱼缸里。一次回家，见鱼缸里的鱼又少了，原来又有几条不安份的鱼从缸里跳了出去，不过这一次，有几条鱼比较幸运，由于窗台下面是小河流，有几条鱼跳出了鱼缸，掉进了小河里，恢复了自由和自在。

（参看《环境意识》《自由的感觉》等）

入厕

有一次上公厕，见一个人在抱怨厕所里太脏，而这个人完厕之后没有冲水也就走了。

有那么一些人，知道责怨别人，却不要求自己，也正因为有不少这样的人，才会变得更脏。

不能只看勤劳

勤劳的人，通过正当的方式和劳动而取得酬劳，这是有益的，值得称道，即能创造价值，也能塑造品格，也是充实生活和生出精神智慧的一种方式。

有些人，使用不正当的手段和方式去谋取利益，为了达到个人的目的而不择手段，而算计奔忙，他们看起来也很勤劳，但他们的勤劳，是为了不正当的目的，如此勤劳，害而无益，也掩人耳目。

所以，不能只看待勤劳的表面，还应去看更深层的动机和品质，不正当目的的勤劳表现，还不如不勤劳，更不是美德。

（参看《工作与休闲》等）

诚信

有一个地方，不知从何时起，民风变得极为乖戾，当地人相互欺诈欺压，并以为欺人诈人为本事，扭曲蒙蔽至此。外地人来到此地，也都小心翼翼。

这个地方盛产一种资源，以前都是外地来人收购原料，然后运出去加工，所以利润很低。后来，当地人也想利用丰富廉价的资源来发展经济，于是就投资办厂，引进先进的设备和技术，因有资源优势，加上先进的设备和技术，生产出来的产品质量其实很好，但是面对市场之时，却总是销路不畅。

相邻的一个市里，有一家厂子生产同样的产品，原料也都是从这里来购买，成本相对较高，所以同样的产品，售价也高出不少，但是，消费者大都买这家厂子的产品，而少有选择原料产地的。

究竟是什么原因？于是，有人做了一个市场调查，随机采访一千名消费者，消费者们的回答，既出乎意外，又在情理之中，多数消费者说："那个地方的人，刁钻而不诚信，生产的东西质量让人怀疑，不敢买他们的。"

没有天生的贵族

每一个人，从婴儿时慢慢长大，世俗地位高的人生出的孩子，不一定先天秉悟就高，世俗地位低的人，也可能生出秉悟很高的孩子，所以，人虽有秉悟之别，却无天生优劣之分。如一定要区分，当以人性，人性则重于后天的锻造，人性之优劣取决于品格和修养，品格修养又源于智慧与精神，人性优则人优，由此而区分。

所以，外在的名利地位成就不了贵族，金钱权势也成就不了贵族。缺乏精神品格的人，即使拥有名利地位，也改变不了低劣的本质。拥有名利地位而缺乏精神品格，常常会产生一些无度之人、无制之人、扭曲之人、浅薄之人、作恶之人等，这样的人，实为高贵的反面。也只有那些品行优良的人，拥有精神智慧的人，贡献价值的人，才能生出真正高贵的品质。

（参看《高贵》等）

规　则

容易变形的规则，还不如没有规则。

规则重要的内涵在于公正，如公正缺失，一切美好的愿望和规范都会扭曲和变形。

规则如何公正？一为规则为横向，而非曲面。二为公正当符合多数人的利益，但是，符合多数人利益，也不能缺少一个重要前提：即符合自然。如不符合自然，则违反了自然之规律，则会对于自然本身产生损害。人生于自然，存于自然，如自然受到损害，也就损害了存身之所，如存身之所受了损害，则必危及自身、危及社会，从而也转化为损害社会公正的因素。如此，即使符合多数人的愿望，也是错误的方向。

公正的导向，不能缺乏诸多细节的构成和支撑，如只是停留于口号或表面，而缺乏精密合理的细节设计和支持，则容易扭曲，而偏离方向。

（参看《台面的原则》《符合自然》《化繁为简》《公与私》等）

扬人之所长

能够使具有不同才能的人发挥其长处，人尽其才，人尽其用，也是一种难得的才能和智慧，也为德行的体现。积善而成德，德由善而来，怀有善心则可避免大错。

一些人妒贤嫉才，或故意歪曲诋毁他人，以达到压制或攻击的目的，此为小人行径。无论如何，忌才总是不对的，扬人所长，是智者所具有的智慧和德行。

（参看《不该的相帮》等）

解决小矛盾的方式

生活之中，人与人之间，难免会发生一些问题或矛盾，既有问题发生，先当想到，该如何去化解，而不是去激发或升级。

那么，当冷静下来，思考引发问题矛盾的原因，当先反思自我的原因，而不是对方的原因。不能只是站在自我的立场和角度来考虑，也需从对方的立场和角度来思考，如此，才能建立起理性客观的态度，才能理性客观的看待问题和对待问题，才能避免狭隘和极端。

如双方都能够如此，就具有了理性认识问题和化解矛盾的基础，如此，则能够建立起沟通和理解的渠道，避免问题矛盾进一步激化。如多数人都能够建立起这种理性和态度，那么，社会之中，就会减少许多愚昧无理的争执和争斗。那么，社会文明也将前进一大步。

中肯的态度

无论说话或评事，都当中肯，中肯是一种态度。无论肯定或否定，如持有中肯的态度，都为正向。中肯的态度，不偏不倚，公道正直，也为个人品格之体现。

对于社会，中肯地指出其中存在的问题，尤为重要。因为社会之中，本存有诸多的问题和缺陷，需要人们去认识，去发现，去修正和完善。中肯的指出和对待，也是解决问题和完善社会的一种重要方式。也如有人得病了，如不去诊断，不指出病因，而藏着掖着，还说这个人很健康，身体很好，那只会延误和加重病情。

中肯的内涵在于公正，既看到好的地方，也要看到不好的地方。

补：有人看了这篇文章，提出了一个观点："没有立场就是没有原则，公正，也是一种立场。"

我说："一旦持有立场，难于不受立场影响，难于不被立场所左右，就难于真正地做到公正。不持立场，才能产生更为公正的原则。"

也常见一些人侃侃而谈、夸夸而谈，实际的内容却浅薄空乏，或为扭曲误引，而许多不明真相的人却习惯受其误引蛊惑。

（参看《评人不如评事》等）

回来

一青年男子在外地打工，因为工头拖欠工钱，多次讨要而无果，家里又急需用钱，感到无望而要跳河。他的妻子得到这个消息，抱着儿子匆匆赶来，儿子还只有二岁大，看见爸爸站在大桥的栏杆之外，下面是滚滚的河水，大声的哭喊："爸爸，回来，回来……"孩子一声声的呼唤，令人心酸，令人揪心。而他听见了儿子的哭喊，号啕大哭，泪如雨下……

利益让人扭曲无良，让人冷漠麻木，利益也逼人无奈，而真情是多么的珍贵动人。

(参看《利益》等)

毒害的循环

种豆芽的不吃豆芽，炸油条的不吃油条，卖烧烤的不吃烧烤，为何不吃？并非是他们吃腻了，而是不敢吃，因为知道，对于身体会有危害，他们大都有一套不能见光的制作工序。确实有一部分这样的人，或为了节约成本，或为了好看，或为了口感，而使用和加入一些劣质有害的东西。

而种豆芽的早餐喜欢吃油条，卖油条家的孩子又爱吃麻辣，卖麻辣的也会买豆芽吃，谁都没有逃脱互为的毒害。又如有瘦肉精，苏丹红，三聚氰胺，膨大剂，化合鸡蛋，催肥激素等数不胜数……更为恶心的，竟然有人把地沟里面腐臭的东西炼成油之后又送上餐桌。求利如斯，明知毒害而为之，究竟是东西有毒？还是人心之毒？或为社会毒害？或兼而有之？

当一个人只考虑自我利益之时，就会损害大家共同的利益，也包括自己的利益，而互为毒害的循环。

补：种豆芽说卖油条的无良无德，卖油条的说卖烧烤的无良无德，卖烧烤的又说种豆芽的无良无规。只是不去想想自己和要求自己，实都为自食其果。也不只是食品方面，你欺我，我欺你，你诈我，我诈你，人人作俑，人人受害，是智是愚？

(参看《智慧与狡诈》《教人以巧》《诚信》等)

两家店

一条街上，先后不久有两家店开张。两家店铺面对着面，都是做小吃生意，一家店的生意越来越好，另一家的生意却越来越淡。生意愈冷清的那家店，店面不清洁，味道很一般，没有了生意，店老板就经常坐在店门口，盯着对面的店铺人来人往，眼里既有羡慕，也有嫉妒，还似乎带有恨意。而那家生意愈好的店，店面清洁，服务态度和味道都很好。

其实，你做你的生意，他做他的生意，本为公平的竞争，如自家店的味道和卫生差，生意不好又怎可无理的嫉妒和责怨别人。

说话的文明

人和人说话，无论大小，无论高低，无论贫富，都当使用平和平等的语气和语调，即没有故作的腔调，也没有卑微的声音，而成为习惯，此为文明。

理想的谈话

一次，有人看了我写的一篇文章。

他说："你写的贴近现实，而我写的过于理想化。"

我说："理想才是引领现实的力量，有理想，才会有动力。"

社会部

他说："但是，理想往往与现实格格不入。"

我说："任何时候都是这样，因为理想，高于现实，所以常常与一些现实格格不入，但是，最终理想会引领现实。"

他说："你的话正好解开了我一个心结。"

（参看《一段谈话》等）

李白之傲

大才之人，如石中宝玉，如林中栋梁，可遇而不可求。

大才之人，能识人不识之事，行人不行之路，所以与常人迥异，自然显得特异，实为必然。"木秀于林、风必摧之"，特异的个性，不同于常人的表现和行为，当然会引起一些人的不理解，也会让一些人感到不满和不接受，也更容易遭遇小人的嫉妒和排挤。

一些具大才的人士，常被冠以"狂放不羁""恃才傲物"来形容。如唐代诗人李白，就是这样一位传奇人物。"贵妃磨墨"，"力士脱靴"，"皇帝呼来不上船"等，这些广泛流传于民间的传说，说明了李白是何等的狂放豪迈，也只有如此豪放之气势，才可能写出那么浪漫优美的诗篇，让人惊叹而不可及。

作为封建王权的顶端，号称拥有天下的帝王及身边最亲近的权贵们，在常人看来是多么的高不可攀，但是在天纵之才李白的眼里却清楚不过，也不过如此，更何况一些宵小愚顽之辈。而在封建集权社会的迂腐规则之下，一些看似高高在上的权贵们，实则不乏昏庸腐糜不堪之徒。与其说李白在他们面前表现狂傲，实际是那些腐糜无能的权贵们理应受到蔑视，李白蔑视他们，其实也是对于不合理的社会规则表现的清醒。与之相对的是，李白可与山翁野叟谈棋论道、肆酒言欢，他同情民间的疾苦，与那些善良正直的人士同道为友，他对朋友、故人故地，怀有无限深情，他也感叹怀才不遇……李白在这些人的面前真

— 152 —

实又坦诚，又何来狂傲？

李白就是如此，这也是他的真性情，如说他"恃才傲物"，也正是高贵品性的表现。

（参看《瓜郎的故事》等）

公与私

愈为合理的社会体系，"公"则愈为规范。

即为"公"，当无私。"公"能体现出公正规范，人们于"私"的方面，自然也能够遵循社会道义及规则。公则无私，私而合理，则生和谐。

释爱

一

如你的孩子问你："你爱我吗？"你一定会高兴地回答："当然爱你，孩子。"如一个陌生的孩子也这样问你："你爱我吗？"你一定会感到奇怪，也会想：这孩子是谁，我又不认识，怎么无缘无故问我是否爱他？这反映出一种普遍的心理，爱不会无缘无故而生，需具有某些前提或条件，也是一种习惯性心理，如你爱家人，因是至亲关系；你爱伴侣，因伴侣与你契合相依；你爱亲友，因彼此信任……

然而，人于社会之中，并非只是亲友之间才有关联，即使是相距万里，或从未谋面的陌生人，相互之间依能存在着某种联系，只是亲友之间为小范围的关系，能直接可见可感，与更多人则为间接的关系，不可直见直感，所以，也容易被忽视或忽略。但是，这种容易被忽视的社会关系却同样重要，也是由人的社会属性决定的。如你感冒了，你的亲友中可能没有医生，也没有药品，那么，就需要去看医生，需要药品。吃了医生开的药之后，感冒好了，而帮你诊病的医生，你不一定认识，抓药的药剂师，你不一定熟悉，谁制造的感冒药，谁发明的感冒药，就更不知了。你的感冒好了，其实是许许多多你并不熟悉和认识的陌生人在发生作用，甚至不同时代的人也在发生作用。如缺少这种关联，就有可能得不到合理的治疗和帮助，而变得更严重。所以，人的社会属性，把人与人联系了起来，并形成为社会形态，也是小范围之间的亲友关系难以替代的。如忽视了这种社会关联，也就忽视了来自于社会的帮助和关爱，那么，就会阻隔了自我的真实感受。真实的感受阻隔了，就容易产生错觉和错识，则会认为社会是冰冷的，无助的，而让自己变得冷漠和麻木。

二

事实上，社会之中本存着温暖和关爱，每一个人都是受惠者。就如有一个孩子，或一个年迈的老人，不小心摔倒了，总会有一双双温暖的手伸过去扶起来。人于社会之中，总是能够直接或间接的受惠于来自社会之中各种不同形式的关爱和温暖，即使是刚出生的婴儿，还没有对于他人和社会有过任何的自主贡献，依然受惠于社会，依然得到来自于社会各方面的温暖和关爱。如阻隔了自我的真实感受，则变得冷漠和麻木，则不知回馈社会的温暖，则不愿关爱和帮助他人，那么，就产生了不对等：爱的不对等。爱不对等，则不能顺畅交流，如更多人如此，就会形成为一堵堵围墙，相互阻隔，相互封闭，而难以沟通，难以交流，缺乏信任，形成为社会疾病。

所以，即使有时，如暂时感受不到社会的温暖，本是一种自我真实感受被阻隔的反映，那么，也不要只是一味抱怨，如只是抱怨，是无济于事的，抱怨也不会带来所希望的结果。我们更应该去认识和感受爱的涵义和属性，这种涵义和属性的基本，当知自我既为家庭的一部分，也为社会的一部分，社会为大家庭。这个大家庭之中，人与人之间是相互影响和紧密相连的关系，无论是谁，或是素未谋面的陌生人，或是古人，也都是关联的，不会有完全无缘无故的人，这也是一种天然的属性，是自然的，所以，而知没有无缘无故的人，那么，人与人之间当怀善意，而非恶意，相互关爱和温暖，符合道理，也符合自然。

三

相互关爱符合道理，也符合自然，爱的需求也是与生俱来的，既然与生俱来，则不能缺乏，也为现实的需求。如缺乏爱，就会感到孤独、寂寞、冰冷、无助。每一个人都希望能够拥有可感受温暖和信任的爱。那么，也该知道，爱是自然的，相互的关爱，才符合爱的属性。如一个人只是要求别人关爱自己，只要求别人给予温暖，而不知去善待他人，即使为至亲好友，也同样会产生阻隔。就如一根管子，从一头吹气，如另一头是堵的，终究不通。所以，应知道，"相互"当为爱的基础。而在前面谈到爱需要具有某些前提和条件，不是其他，即为"相互"。只有相互关爱，才能形成互应，才能顺畅的流通，才能产生温暖的环境和氛围。也如无处不在的空气，空气是否清新，会影响到每一个人的呼吸，所以，也应认识到，爱不是阻隔，不是狭隘，不是自私，爱没有围墙，爱为相互，则符合爱的本质属性，爱的气息无处不在，每一个人才能自由地呼吸。

四

爱也是正义的力量，事物总是相对的，就如同有高就有低，有上就有下，有善就有恶一样，因有丑恶而知爱的美好，而知爱的珍贵。丑恶总是带来罪恶和不幸，是人们建筑美好生活的重大阻碍，所以，美好的生活，就需要去除丑恶。去除丑恶的一种重要方式，即是正确的认识爱、理解爱和释放爱，如此，爱的力量才能得以不断的生长，才能带来更多的希望和美好。

五

爱为天然的属性，源于自然，所以，也不只是限于人与人之间，不只是限于社会之中，人类作为自然中的一类生物，与自然中的其他物类，也同样存在着天然的联系，也是相互依存的关系。所以，不只是爱人，不只是具有社会属性，也当爱万物。

万物依存，生生不息，全缘于爱。万物因爱而现，因爱而美，生命因爱而得已生及延续，爱赋予了生命予意义，爱即是自然本质的一种显现，也是生命存在价值的一种显现。而人类，作为一种智能相对较高的生物种类，更应该去理解和维护这种源自于自然的本质。

预言

一

自远古以来，至可预见的将来还将延续的一段时期之内，人类社会还将处于以物质为主导的阶段，我们可以把这一段时期，称之为人类历程的"物质时代"。长久以来，人类把黄金视为物质的代表，也可把这一时期称之为人类社会的"黄金时代"。为何物质会主导人类社会这么长的时间，主要是由于：人类是存于自然之中的一类生物，也和其它生物类一样，生命的延续和生活，都离不开物质，也属于一种本能的需求范畴。

处于物质时代，人们的社会生活，很大程度之上都是围绕着物质利益而展开，围绕着衣食住行而展开，也因如此，人类在获取物质需求的同时，也备受物质的困扰。而令人遗憾，到目前为止，人类还是没有能够摆脱物质层面所带来的困扰，还是没有能够解决人类社会所面临的贫困饥饿问题。这究竟是什么原因？是自然之中的物质不够丰富？或是其他的原因？如分配上的不公、经济结构不合理、物质材料利用不充分、物质开发与人类需求结构失衡、人类不能驾驭自我的愚劣之性等。而诸多的因素，无论是表层，或更为深层的因素，都汇聚成为一种现实的表现：即相互之间围绕着物质利益而争夺争斗不休，也是"物质时代"最为显著的特征之一，也是引发诸多社会问题的主因。那么，对于人类来说，需要解决和理解人类社会存在的诸多问题，就应该去寻找引起诸多问题的来由和关键点，既然主要是由于物质利益而引发，那么，就可以此为重要的切入点，去探寻引发利益之争的更深层原因，如此，才有可能找寻到更为深层的因素和破解的方法，这对于人类而言，意义重大，也关乎着人类未来的命运，人类未来的希望也在于此处。

二

已知道，物质需求是生存和生活不可或缺的部分，也是符合自然的本能需求，既然如此，则存在着合理性。但是，问题也产生了，如何来界定合理与不合理，因为人类的诸多欲求和行为，并非总是合理。不合理的欲求行为，则成为诸多社会问题和丑恶产生的主因。所以，无论是个人或社会体系，都有必要理解：合理与不合理，其涵义及边界，这对于人类来说，非常重要，只有把需求和欲求尽量控制于合理的范围，才能减少不合理，才能减少因不合理而引发的争斗和罪恶。

其实，人类社会行走至今天，随着社会诸多文明成果的逐步积累，已经逐步的具备破解人类社会长久以来备受物质困扰的诸多条件，这主要包括精神文明和物质文明积累的成果，而于其中，有一个重要的部分与物质密切相关，即

社会部

近现代科技文明的迅速崛起。科技与物质的关系是紧密的，因为科技的产生和立足之点，则主要源自于物质性质及功能的探寻研究。大部分科技成果的出现，都是直接或间接的基于物质性质功能的探寻范围，即使更为高深的科学理论，仍能还是围绕着物质属性的逻辑层面而展开。至于科技的未来，是否能够超越物质的层面，在此暂不去做预测，但可以预见，在未来较长的一段时期之内，科学探索依能还是围绕着以物质为核心的方向。也由于科技与物质的紧密关系，随着人类不断的拓展科技的范畴，不断提升对于物质性能的掌握和了解，于是，人类掌控和运用物质的能力也相应地提高，所以，与物质紧密相关的科技和技术手段，也理所当然地成为人类解决物质的问题可利用的重要条件之一。

如从生产力方面。十四世纪左右，为近代科技发展的起步阶段，之前基本上还是处于以人力畜力为主的农耕时期，人力畜力与科技兴起之后的机械电子等技术相比，是难以比拟的。以种田为例，如依靠人力和畜力，一个人一年只能耕种十几亩左右的田地，那也是很辛劳的事情。如运用现代的机械电子等技术，一个人则可以管理上千亩的土地，极大的提高了生产效率，也可以通过种子改良等技术来增加产量。所以，技术的运用，极大的提高了人类获取生活物资的效率和供给，另一方面，也能够起到减轻人类自身劳动强度的作用。

三

然而，获取物质资料的技术和手段提高了，效率提高了，产量提高了，物质供给总量也提高了（包括粮食等），有一种说法，近现代社会的一百年之内，社会生产和获取的物质总量，超过过去五千年之和，我不认为这是一个夸大的估算，甚至趋于保守。然而，获取了这么多的物质资源，可是今天，依然还是有很多人得不到基本的温饱和保障，还是有很多人食不果腹，衣不蔽体，人们依然为了物质利益而争夺争斗不休，甚至比以前更为激烈，并没有因为物质供给总量的增加而减少物质层面的诸多困扰，这是何原因？值得去思考，而于其中则可能隐藏着物质之困的更深层因素。

物质供给总量极大的提高，却依能没有缓解人类社会的物质之困，在此处，也可以得到一个重要的信息和思路：即使人类掌握更高的技术手段，即使人类能够利用更高的技术手段，获取更多的物质资料来供给需求，但是，这只能作为获取物质资料的一种手段，并不是解决物质之困的根本所在。所以，也可以得出这样的结论：要解决人类社会所面临的物质困扰及相关问题，如仅仅只是从单纯的物质层面，仅仅只是依靠科技手段来提升物质的供给，依然还是不够的。所以，还需要把目光投射到物质之外，需要跳出单纯的物质层面，去寻找其外的一些条件因素来与之匹配，才有可能找寻到更为深层的原因和解决方法，这当然需要更高智慧和更广阔的视野。也如有一个人发烧了，全身滚烫如火，既然是发烧，就需要降温，但是，如只是单纯的从降温的层面来考虑，把发高烧的人放到刺骨的冰水中去，不去寻找引起高烧的病因对症下药，不但治不了高烧，反而会加重病情。

四

其实，世界并不缺乏物质，仅为眼见的世界，即有一个博大无比的宇宙世界，岂会容不下人类这种寓居于地球一角本极为渺小的区区生物。既然不缺乏物质，既然物质之困并非仅仅只是物质的问题，或只是表象，那么，人类社会长久以来备受物质困扰的问题就有希望解决，也能够解决，也并非如人们长久以来已然形成的固化思维，认为社会的本质就是围绕着物质利益而争夺争斗不休，而不会改变。

能够认识到备受物质的困扰，并非只是物质层面的原因，其更深层的原因在哪里呢？而要找寻那些更为深层和隐蔽的原因，一个重要的方向，当然还是需要从人的自身来寻找，因为社会是由人构成的体系；因为物质只是物质，在于人类如何去运用，在于人类能否合理的利用，所以，物质的因素只属于外因，而人的自身则为内因，内因则为自身存在的优劣之性。自身的优劣，则重于品格，重于智慧与精神，所以，只有不断的提升思想和精神，才能够不断的修正

社会部

缺陷，不断的自我完善。自我完善即是完善社会的一部分。也只有精神智慧愈为提升的人和人类，才能构筑更为合理的规则和制度，才能发展和创造出更为先进的文化和文明。而这一切，重于认识，认识不到，则找寻不到正确的方向，则不能建立合理的思想，思想的障碍，为自我的阻碍，也为智慧精神的阻碍，也为人类社会前行的阻碍。

如从个体思维意识和表现来看，正常智力的人，都具有一定的思维和认知能力，但是，不少人的思维意识，还是经常处于一种非自主意识的局限状态，主要表现为：缺乏主动和深入的思维意识，往往处于一种被动的意识状态和习惯之中，或受制于本能。如见一个树状的物体，大都只见表面和外形，而认为是一棵树，这往往都是根据过往的经验习惯所形成的定性思维，缺乏主动深入的思维观察意识。也许画出来的？也许是镜子里面反射出来的？也许是由合成材料做的？更难于深入的去想一想，树的生长，树的结构，树的作用，为何会有一个树状的物体在那个地方？这种思维习惯极大的局限了思想意识的拓展和开阔，成为建立思想的障碍，也成为社会发展进步的阻碍。受制于本能的一种表现为：易受自我的喜好和情绪左右，而不能理性客观的看待和对待事物。所以，培养主动的思维习惯，培养深入的思维习惯，培养客观理性的态度及自我控制，也为构筑思想和精神条件，也为自我提升的条件。

五

思想意识的拓展和完善的过程，也是智慧不断产生和积累的过程。个体思想集成为群体思想，集成为社会思想；个体智慧集成为群体智慧，集成为社会智慧。社会智慧，又能够对于个人起到带动和提升之用，形成为一种良性的交互促进。良性的交互促进，能够为人类和社会的前行发展提供不竭动力，这是人类一路所走来的路途，也是未来的方向，也是唯一正确的方向，人类不能偏离，偏离多少，就会带来多少的灾难和不幸。

而我们现在所见到的，人类一路行走的路途和方向，也正在不断的积累诸多的文明成果和条件，不断的完善思想，不断的获取智慧，不断的提升精神，虽充满波折阻碍，但大的方向并没有真正偏离。也如人类曾经历经过一段残暴血腥的野蛮时期，而为人类社会步入文明埋下了伏笔；人类经历了物质时代的蒙蔽和罪恶之后，也正在逐步积累发生深刻变化的力量。所以，对于人类的未来，不应过于悲观，也不要认为不可改变，因为一切都在变，一切也会变，所以，我可以预言："人类的未来，将会出现一个更为合理美好的时代。"据一些条件和因素来预测，也不会太遥远，应可在将来的五百年之内实现。更为美好的时代，其开启的基础为：人类依靠自身的努力，建立了更高的智慧和精神，为人类摆脱物质之困创造了条件。摆脱了物质困扰的人类，无论是意识行为，或是智慧精神等层面，都将上升到一个新的高度。那么，人类社会以黄金为标志的物质时代，将成为过去，一个全新的人类世界将开启，一个具有精神的时代，一个更为合理洁净的时代将开启，人类将迈进"钻石时代"的大门。

在人类步入"钻石时代"之后，如再回顾处于"物质时代"的这一段历程，充满了艰辛，苦难，心酸和罪恶。但是，也正是诸多的苦难和罪恶，让人类开阔了视野，认识了自我，辨识了世界，得到了磨砺，获取了智慧，提升了精神，而走向成熟。

（参看《引述》《谈人口》《规则》《公与私》《未来的人》《利益与安全感》《人与科技》等）

瓜郎的故事

远古时期，有一个原始人族群，里面有一位猎手，每一次猎手们一起出去狩猎，他总能捕到最多的猎物，然后把猎物和大家一起分享。

那时候，生产力很低下，人们也如其他动物一般，首先考虑的是吃饱肚子，生存所需的食物是第一位的，而这位出色的猎手，每次去打猎，总能给大家带来更多食物，他在族群内的影响力也随之扩展，在前期，主要只是限于狩猎和食物方面，随着更多的族人们对于他的喜爱和依赖，他的影响也逐渐的扩展到其他的层面，如物资的分配，相互发生矛盾冲突等，大家都愿意听从他的意见和调解。当有外来族群入侵和骚扰的时候，也是他带领着族群里的其他勇士，一起抗击外来的入侵，就像驱赶猎物一般，把入侵者赶跑。这位杰出的猎手为族人所做的，为族人所带来的，让他越来越受到族人们的爱戴和尊重，而在选新首领的时候，他被大家推选为新的首领。

杰出的猎手成为了首领，他为大家带来更多的食物，他带领大家保卫族群和领地，大家对于他的信任和尊重，让他觉得，这都是神灵赋予他的神圣使命，内心也因此而充满了自豪和荣誉，对于他来说，使命和荣誉就是他的动力，胜于自己的生命。

一次，首领带领大家出去打猎，一路追逐着猎物走了很远，天气很热，带的水也都喝光了，大家又饥又渴。这时，他们来到一个地方，在地里发现一种结在藤上的野生瓜果，打开一尝，水分充足，清凉甘甜，这种瓜果既能解渴又很好吃，由于是向西行走，于是，就把这种瓜果叫做西瓜。

回来之后，首领把带回来的西瓜种子交给族群里一位会种植的能手，于是，这位种植人就专门开辟了一块地来培植西瓜种子，种植人没有辜负大家的期望，把西瓜苗培育了出来，不久之后地里就结满了一个个小西瓜。

这一年，西瓜丰收了，为了让大家都能吃到瓜，首领就和大家商议，临时成立一个西瓜分配小组（公务机构的雏形），由种植人带着几个人负责分西瓜。种植人和几个分瓜的人，认真负责地分好瓜，并送给各家各户。种植人为大家种瓜和分瓜，也得到了大家的好评和信任。大家的信任和好评，也让种植人感到了荣誉，也如首领一般，这位种植人觉得自己能为族人们种瓜和分瓜，也是上天赋予的使命，他为此而自豪。他怀着与首领相似的荣誉感和动力，为大家种植了多年的瓜果。

有一次，外族入侵，这位种植人不幸受了重伤，族群里的每个人都为将要失去这样一位优秀的种植人而感到悲伤，临死的时候，种植人把这份倾注一生心血和荣誉的事业托付给他的儿子，并嘱托儿子，要像他一样尽心尽力的为大家种瓜和分瓜。

他的儿子叫瓜郎，从小就看着父亲种瓜种菜，后来又跟着父亲种瓜种菜，以种植的经验，确实是也一位很好的继承人。刚接替父亲的事业，瓜郎还能够感受到因父亲受人爱戴所带来的荣光，族人们也因为他的父亲而喜欢他，但那毕竟只是父亲的余晖。

瓜郎的年纪也不大，其实他并没有真正懂得父亲临死之时的嘱托。他还很小的时候，就经常看着满园满地的瓜果，小孩子见到好吃的就想要吃，而每一次，他想要吃，父亲都不让他吃，并告诉他："这是大家的，不能偷吃。"为此，他经常哭闹。有一次，他趁父亲不在，偷偷的摘了一个瓜，但是，这瞒不住认真负责的父亲，父亲发现了，给他一顿好打，还把他带到首领哪里去接受处罚。他真的不能理解，父亲为何会如此？竟为了一个瓜而狠狠的打他，还要把他送去接受处罚，他觉得不是一个好父亲，觉得父亲不爱他。而每一次分瓜，父亲总是把大的分给别人，一些小的，破掉的则留给自己家。父亲为大家种瓜和分瓜，却把一些烂瓜和差瓜留给自己家，他也觉得父亲很傻。他的内心，其实一直都怨恨这个觉得又傻又不爱他的父亲。

现在他接替父亲成为了种植人，但是，那种自小埋藏于内心对于父亲的怨恨并没有减少，而是随着时间的推移在逐渐的作用和转化，他有一种愈来愈强的想法，觉得自己不应该像父亲那样，不能那么傻，一辈子为大家种瓜和分瓜，自己却是好一点的瓜也不吃。而他有此想法的同时，父亲所带来的荣誉感，也在内心逐渐的淡化。当然，淡化的并非是荣誉的本身，而是他的内心已经在逐渐的失去荣誉的内生力，或逐渐被其他的一些东西所取代。

到了西瓜成熟的时期，满地里都是西瓜，有时难免会破掉几个，瓜郎记得小时候，破了的瓜父亲也不让吃，也要一个个计数，并告诉族人和首领。瓜破了不吃，就会很快烂掉，父亲就是那么的固执和不可理喻，瓜郎觉得自己也不应该像父亲那样的固执，有时候，瓜地里有破了的瓜，就会和其他几个种瓜人一起吃了。几次之后，他们觉得也是一种额外的好处。后来，有额外好处的心理又让他们进了一步，有时，即使没有破掉的瓜，想要吃的时候，也会从地里摘几个好瓜来吃。一开始还会觉得有些愧疚，而多次之后，愧疚感也渐渐的消失，又过来一段时期，心理又变化了，瓜郎和其他几个种瓜人，觉得自己为大家种瓜和分瓜，多吃几个也不算什么，而觉得应该了。这种微妙的心理变化，也许他们自己也难以察觉，但是，却在逐渐的变化和过度，改变他们的内心，既然觉得应该了，以后分瓜的时候，瓜郎和几个人又达成了一种默契，总是挑一些好瓜，并给自己多留一份。

同样是种瓜和分瓜。瓜郎的父亲是为了荣誉和使命，以此为信念和动力。而瓜郎们，是为了得到好处，利益占据了他们的内心，就会把荣誉和使命从心里驱赶了出去，于是，他们的内心，也就失去了荣誉的内生力，也失去了信念和动力，于是，他们再也感受不到为大家种瓜分瓜所能带来的荣誉和自豪，他们是为了从中得到好处，成为了狭隘的利己者，而走向了反面，走向了大众利益的反面，于是，瓜郎们堕落了，也辜负了父亲的期望，辜负了族人所给予的信任和尊重，也不再值得信任和尊重。

补：一位朋友在看了此篇，说了一段话："瓜郎还为大家种植瓜果，可是一些工作人员，由人们和社会赋予了事业平台，却只是想到满足个人的私利私欲，竟还觉得理所当然，蒙蔽的觉无羞耻，而不会想做些有益的事情。"

（参看《荣誉》《公与私》等）

公务与职业化

一

长期以来，公务作为一种重要的社会工作，这主要是由于公务的性质决定的，因为社会是一个由人组成的系统，人的本身又存有诸多缺陷，由存有诸多缺陷的人组成的社会体系，当然也会产生诸多的问题。对于出现的问题，该如何去做？则需要去认识，需要进行规范和完善，需有人来为公众提供服务，如不能，则混乱无序，于是，产生了公务。然而，在现实的发展之中，本为服务性质和规范目的的公务，却往往被扭曲和变异，是何原由？一个重要的原由可理解为：人类社会发展至今，尚处于较为低级的阶段。处于低级阶段的人类社会，人们的思想精神及社会整体智慧，还是很不成熟，主要可通过人们的物质意识反映出来。至目前为止，人们仍为了物质利益而相互争夺纠缠不休，也如动物争食一般，实为低级和不成熟的表现。利益之争，也成为诸多社会问题产生的主因。

公务作为一项重要的社会工作，难免会涉及到利益的部分，由于公务所具有的性质，本该起到规范及公正之作用。然而，一些公务人员在面对利益之时，在相关机制尚不完善的前提之下，是否能够经受住诱惑？是否能够真正起到服务于社会及规范之作用？如不能做到，就有可能产生营私舞弊的现象，从而扭曲。所以，公务的扭曲，也是公务人员的扭曲。而已然扭曲的公务人员，因经受不住诱惑，为了私欲私利，就可能抛弃公众利益，损公肥私，使得本该起到服务于社会作用的公务走向了反面，成为破坏社会秩序和导致混乱的原因。于是，出现了一些这样的人，他们以"公"的名义，却是为了牟取私利和满足私欲。因"公"的缘故，他们有机会接触到更多的社会资源，为牟取私利私欲提供了更多方便的机会和条件。当然，这是一种扭曲的行为，也是一种偷窃寄生的方式，即卑劣，也不能见光。

二

方便的条件和机会，让一些已然变异的公务人员能够更为轻易的谋取私利私欲。于是，一些公务人员就会以为自己处于优势地位，就会产生一种优越感，并形成为权力感，一旦产生了优越感和权力意识，就会逐渐忘记公务的性质及自我定位。于是，他们不再认为自己是从事社会工作的服务者，也不再具有服

社会部

务的意识，而认为自己是社会利益的掌控者和支配者。于是，一些公务人员甚至不再为自己偷窃寄生的行为方式感到羞耻和卑下，反而以为这是一种能力，于是，无良当成了优越，卑劣当成了能力，也为扭曲权力意识的一种反映。

由于公务所具有的性质，对于那些已然扭曲变异的公务人员来说，他们不只是自我的扭曲，也不只是局限于单纯的经济层面，或只是公务体系内部的扭曲，而是通过传导，产生了更为恶劣的社会影响。因扭曲而形成的权力意识和优越感，所带来的滋味，所产生的诱惑，让许多人难以抗拒，则愈为激发人的愚劣之性，也如无法填平的沟壑，于是，一些人就会丢弃真性良知，而奴颜婢膝，而曲意攀附，而狡诈算计，或拉帮结派，穷凶极恶等，只是为了求得更多的利欲和满足，此类卑劣的行为又会随着公务活动的传导，向社会各个层面渗透，而对于社会和人心产生严重的扭曲作用。也如主导人体协调功能的神经细胞如出现了问题，就会引起整个人体系统功能的混乱，而带来不幸和罪恶。所以，公务变异所带来的危害是巨大的，社会民众对于公务之中存在的问题也是敏感的，甚至深恶痛绝，完全可以理解，也完全有道理。

三

那么该如何来防范公务人员及公务的扭曲变异，当然需要进行约束和规范，不只是自我约束，也需要社会的约束，对于多数的公务人员，不要对其自我的约束能力过于乐观，多数公务人员，只是普通人，普通人的七情六欲及性情缺陷，如追求享受，虚荣攀比，自满自大，缺乏自控等愚劣之性，他们身上也同样具有。面对利欲诱惑之时，如只是依靠自我约束，这对于很多人来说，是难于抵抗的。所以，就需要结合社会的约束，社会约束即为社会规范，规范则当合理。只有更为合理的制度，能够对于公务活动进行合理的规范和引导，才能够营造出更为合理的公务环境。不合理的制度设计，就如同一个没有清扫干净而存在许多病菌的地方，在整体的人性和免疫力未提升至一定高度之前，多数人并不具备很强的抵抗力，而容易受到感染。虽有极少数人具有较强的抵抗力，但是，毕竟只是极少的人，而且，一些具有一定抵抗力的人员，如在整体已然恶化的环境当中，也可能被一些已然感染疾病的人拼命拉下水。

由于公务的扭曲和变异，给人们的生活带来了极为恶劣的影响，几乎每一个人都会受到影响，也成为阻碍社会发展进步的最大阻力之一。所以，无论从构建合理的社会环境体系，或是为了幸福的生活，或是展望人类社会的未来，都为不合理的存在，及不能允许的。某种意义上，公务的扭曲和变异，是人类共同的敌人。所以，防止公务的变异，也是社会治理的重要部分，公务的合理程度，也可见社会环境之合理。

四

在规范公务的过程之中，也产生了一些具有代表性的制度，如严惩腐败营私，加强监督监管，高薪养廉，公务阳光化等治理方式。这些方式，一定程度之上起到了一定的规范效用。但是从实际来看，还是很难达到更为理想的效果。为何如此？更深层的原因在于哪里，当然，也还需要从人的本身来寻找原因，因为社会由人构成的，社会的问题主要是人的问题，也是人心所在。

如严惩贪腐，能够起到一定的震慑和惩罚作用，但还是没有触及到人性的更深层之处，就如老鼠喜欢吃大米，让天性爱吃大米的老鼠去看守存放大米的仓库，即使把所有的刑具都摆在那里，只要稍有机会，老鼠仍然不会放弃偷吃的机会。如高薪养廉，其实也只是一种利益变通的方式，如是为了高薪而参与公务，主要还是为了利益的目的，既是为了利益而来，即使有更高的薪酬，也不能使那些为了利益目的的人能够真正满足。就如让一只吃饱喝足的老鼠去看守大米，就其本性而言，即使吃得很饱，也会在米堆里折腾一番，然后把一些大米偷偷的藏起来。建立阳光透明的公务机制，减少公务活动的弹性空间，这也很重要，因为许多营私腐败的产生，就是因为制度设计的弹性空间过大和不透明，给一些公务人员留下了便利的贪腐条件和机会，如果主人自己也不清楚仓库里有多少大米，每天进出的数量，即使老鼠偷吃了大米，主人也难以察觉，有此为条件，对于老鼠们来说，简直就是最好的机会。

当然，这并不是说一些传统的规范公务方式不重要，而是需要更进一步的完善，也是系统的工程。如何来完善，有一处很重要却又常常被忽视，忽视了人性的特点，人性为人之本，所以，当结合人性的特点来进行制度设计，人性之中本存有缺陷，如不能根据人性的特点来进行制度设计，则难以触及根本，则难以达到更为理想的规范效果。人本不是老鼠，但制度设计上存在的缺陷，更容易让一些抵抗力不强的人异化成为老鼠。那么，只能总是在重复着猫和老鼠的游戏。

五

符合人性特点的制度设计，需把公务特性与人性特点结合起来。现代的公务体制，大都具有一个共同特征：即为职业化。职业化意味着什么？意味着一个人一生之中的大部分时间，甚至终生都从事着某种几乎固定的职业，也意味着，这种固定的职业也成为一个人谋取生活收入的主要来源和依托。同样，公务职业化，也意味着职业化的公务人员需要通过公务职业来作为谋取生活收入的主要平台，实际上，已然把个人利益与公务职业捆绑起来。

生活，大都希望能够更为舒逸。当然，公务人员也不例外。但是，公务为公，公务的性质决定了公务不能作为牟取私利和满足私欲的平台，也决定了从事公务所取得的酬劳不能过高，否则就违背了为公的性质和责任，这对于一些职业化的公务人员来说，形成为矛盾。如只是依靠公务职业来获取生活收入，如只是依靠正常的薪水，是难以达到更为舒适的生活条件与期望。为公的性质，则不允许营私，在公与私的取舍上，一些公务人员终究抗拒不了诱惑，异化成为偷吃大米的老鼠。所以，从中可以看出，职业化的公务设计，实际存在着较大的缺陷，没有把个人利益与公务分离，反而形成为捆绑，也是一种没有结合人性特点的制度设计缺陷。那么，需要去除这种制度设计的缺陷，则需去公务的职业化。

六

公务去职业化，意味着公务不再成为一种终身的职业，只是一种社会工作。那么，要从事公务的人员，首先就当知道，公务不是职业的性质，只是一种社会工作。既然不是职业性质，也不可成为获取生活收入的主要平台和来源，这既是一种意识，实际上也起到了个人利益和公务松绑的作用。

如公务只是一种社会工作，而不是职业性质的，个人的利益与公务得以松绑分离，那么，有何种动力能够让人们来参与，其实无须担心，如不是为了利益而参与公务，则可使得公务的本质得以回归，同时也回归了公务本可具有的价值和荣誉。公务为公，服务的对象为社会和大众，如不是为了私欲私利而参与，而是为了服务大众和社会而来。那么，对于一个人来说，如能以一己之身而让公众受益，让社会受益，这多么有意义，也能够显现人生的价值，而生出真正的荣誉。

每一个人，都在寻找生命的价值和意义。如通过服务大众和社会，让自我的价值得以显现，当为最佳的选择方式之一。所以无须担心，非职业化的公务工作不会有人来参与，相反，将吸引更多具有精神品质和期望个人价值得以显现的人士来参与，这也回归了从事公务的实质动力，是为了价值和荣誉，而不是为了私欲的满足。如此，即是个人的净化，也净化了公务的环境，同时也净化了社会环境，让那些为了荣誉和理想而来参与公务的人们，提供了条件和机会。另一种来源则为责任，因公务为公的性质，关乎社会，也关乎每一个人，那么，每一个人都当具有为公的责任和意识。

七

谈到此处，又可能引起一种担忧，如涉及到一些专业性较强的公务工作，如缺乏职业或专业人员是否可行？其实也无须担心，因为大部分的公务，其实并不复杂，大都是处理一些与大众日常生活密切相关的一些事物，如关系协调，填表发证，数据统计，治安维护，监督监管等，这些工作大都不需要很高的专业要求，而重于责任心，只要智力正常且具责任心，几乎都可胜任。人们看待一些公务事物似乎很复杂，其实复杂的并非是公务的本身，而是其中的利益纠缠，造成了复杂的表象，如能减少其中的利益纠缠，则能够回归公务的本质，回归简单和透明，而为合理。

对于一些专业技术性要求较高的公务工作，则需理解职业化与专业化的关系，职业化即是被动的供养一批职业人员，专业化则主要是依靠个人的才智和特长来从事某项工作。可把一些专业技术要求较高的公务工作，交由一些专业人士或特殊人才去完成，交由一些实际参与者去完成，或交由一些专业机构去完成，这比起让非专业而受职业化供养的人员来完成，无论是效率和效果都会更好。

也当给予那些诚实的劳动者、基础的劳动者、普惠的劳动者、高深艰难项目的劳动者，给予那些从事多数人做不了的工作的从业人员，给予那些多数人不愿意干的工作的从业人员，应给予更高的酬劳和待遇，这符合公平，也是公平分配的一种方式，也是劳动价值的体现，则能够起到正确的社会导向，引导人们尊重劳动，尊重才智，尊重品格，为建立合理的环境氛围之基础。

当然，所有的公务工作都去职业化，从目前来看也还不是成熟，但大部分是能够去职业化的。对于极少数需要保留职业化的公务工作，对于从事这方面工作的职业人员，也需考虑他们的合理利益，给予较高的酬劳和待遇，大众是能够理解和支持的。而未来，公务去职业化，当为社会发展的必然趋势，也为社会进步的体现。

（参看《杂说》《与财富有关的一些观点》《正道与职业》等）

谈人口

一

　　谈到人口，首先应当明确一个观点，社会之中，诸多问题的产生，实际许多都是由于人口的因素而引起，而引起诸多社会问题的人口因素，却往往被忽视，为何会被忽视？这可能源于人们长久以来形成的习惯性心理，长久以来，多数人都希望能够多生育几个孩子，多有几个孩子，既然多数人都有这样的想法，于是，大家就有意或无意的忽略了人口的因素，而找寻其他的理由替代。

　　人口与社会的关系，社会是人口的容纳体和聚集体，人口又是社会的构成体和创造体，二者不可分割，也就如同原料同产品的关系，个体是原料，社会是产品，原料的好与坏，对于产品的质量至关重要，而数量也属于一种质量构成，就如同制作一件产品，应合理的运用材料和原料，而不是堆砌愈多的材料愈好。同样，由人构成的社会体系，也不能无度，甚至无止境的向社会之中堆加人口材料，否则就会人满为患，则对于社会的健康和环境产生严重的影响。社会环境与每个人都息息相关，如环境趋于恶劣，对于生存于其中的人来说，自然无益。也不只是对于人类，也会对于人类周边的生态环境产生危害，并形成为恶劣循环。地球之上的人口现已经超过七十亿，由于人口过多而引发的诸多社会问题及生态资源等问题，也愈发明显。

二

　　人类社会发展至今，较之于古代，已经掌握了较为先进的技术手段，生产能力也有了较大的提高，能够生产出前人难以企及相对庞大的物质资料来供给人类的所需。然而，即使如此，当今人类还是需要面对一个长久存在的问题，还是有很多的人食不果腹，衣不蔽体，社会之中长期存在的贫困饥饿等问题，依然没有得到根本的解决。没有解决这些基本的问题，也就难于解决由物质需求而引发的诸多社会问题。

依靠较为先进的技术手段，生产出相对庞大的物资供给，还是不能够解决贫困饥饿的问题，为何不能解决？可举一个简单的例子来理解：有一个五口之家，买来了一台面包机，每天可以做十五个面包，每人每天可以吃三个。几年之后，家里的人越来越多，达到了十五人。于是，又买来了一台更为先进的面包机，这台先进的面包机每天可以做三十个面包，多了一倍，而家里的人口却增了三倍，每人每天只能吃两个面包，反而减少了。这说明什么？面包机虽然更先进了，但还是跟不上人口的增长速度。社会与人口的关系，也是如此，虽然生产力提升了，所生产的物资总量也增加了，却总是有限度的，人口却可以无限增长。如生产跟不上人口的增长，人均的拥有量反而会减少。于是就会出现这样的情况：经济总量在增加，人均的拥有量反而在减少，而出现更为贫困的状况。

三

另一与人口紧密相关的因素为生态资源空间，从大的方面来说，地球是人类赖以生存的家园，但是，地球也不是无限的，所能够提供的生态资源空间是有限度的，而人口可以无限的增长。如持续不断的增加人口，在达到一定的数量之后，终究会超出地球资源空间所能承受的极限，那么，地球表面的环境生态系统，就会因为再也无法承受而失去平衡，而崩溃，造成不可逆转的灾害。如赖以生存的资源空间因失去平衡而崩溃，对于生存其中的人类来说意味着什么，无疑是灭顶之灾。

人们都希望生活的更为美好，但是，美好的生活离不开大环境，如人口过多，导致了资源和空间的紧张，也会加剧资源和空间的争夺，那么，则会对于社会环境产生恶劣的影响，如大环境趋于恶劣，当然不会带来美好和希望，只会带来罪恶和不幸。大家都在寻求幸福和美好的生活，与大环境紧密相关的人口因素，怎能被忽视。所以，想要建筑更为理想的社会环境，人口数量应是不可忽视的重要因素。也可以得出这样的结论：只有人口数量处于相对合理的范围，才能构筑起合理的社会环境基础。也如同地球是一个大蛋糕，一个人吃不了，三个人可以吃的很饱，五个人刚好，七个人就不饱了，九个人就会饿肚子，如人数还在持续不断地增加，那会怎样？在不够吃的情况之下，在有更多的人要挨饿的情况之下，为了不饿肚子，为了吃得更多，就会相互争夺和争抢，于是，诸多的问题和矛盾也由此而生，也成为诸多丑陋罪恶产生的主因。

多少的人口基数为合理，即使不给出具体的数字标准，也需要结合二个方面来综合认识，一为自然，二为社会。从自然的角度，人类作为一种拥有一定智能和文明意识的生物，应当是完善者，是创建者，而不应该成为破坏者，或只是蚕食自然资源的寄生物，这不应该。所以，人类也当知道，应承担起维护和完善者的责任，那么，也不应当去挤占地球之上其他物类的生存空间，只有如此，才能共存，才能和谐，才能让共同的地球家园保持生机和美丽，充满生机与活力的地球，是人类之幸，也是万物之幸。

从社会的角度，人类存在的一个重要意义，就是建立了文明。而文明的基础，首先为物质文明，只有解决人类的物质之困，让每一个人都不再遭受饥饿和贫困，才能形成为更高文明的基础，也应作为整个人类需要确定的一个基本目标，如不能确立，那么，人类和一些只会争食，或只为争食的低级动物比较，有什么区别？只有更多的卑劣和危害，卑劣则来自于自以为的聪明。

四

有一种现象，愈是资源空间紧张和社会问题多发的地方，人们反而会更多的生育，至于成活率、抚养、及人口的质量，则不会多加考虑。为何会出现这

社会部

种现象，这不仅反映出现代人类的生育观念还很不成熟和不理智，同时也反映出一些与人口相关的深层社会问题。人口过多，而导致环境资源空间的紧张和争夺，相互的争夺，又加重了人与人之间的紧张关系，形成为恶性循环，使得社会系统缺失信任和温暖，缺失了信任和温暖，则会缺失安全感，缺失了安全感，于是一些人就会采取一种方式，以多生育孩子和增加人口，来弥补安全感缺失的心理需求。如民间有多子多福之说，传统的养儿防老观念等观念，都有此类心理原因。

人都会老去，年纪大了则需要更多的照顾，如因人口过多，而导致环境资源空间紧张，社会系统就更难以提供有效的养老保障，于是，许多人就以生育更多的孩子，来作为养老防老的一种选择，许多人如此，就形成为一种社会观念和习俗，以至于今天，还是有许多人认为养儿防老是一种天经地义的事情。

转换一种思路，如人口的数量能够控制于合理的范围，那么，环境资源空间相对的宽松，这可为建立更为良好的社会环境体系提供基础条件，才能够为更多的人提供有效的保障，而不是把防老养老的希望仅仅寄托于儿女身上，如此，也更具有社会责任，那么，就不会有那么多的人抱着养儿防老的心态而生育更多的孩子；那么，养儿防老的传统观念也并非牢不可破。而生育子女是为了防老养老，其实又是多么自私和不负责任的行为观念。

再举一个例子，一个很困难的小家庭，已有了一个孩子，迫于生活的压力，本不想再生了，后来却又连续的生了几个，就有人问："你家里这么困难，还生这么多的孩子，如何供养得起?"女主人说："一个孩子太孤单，多有几个兄弟姐妹，长大之后可以相互照顾。"这是这个家庭的生育理由。如从合理生育的角度，当然是不对的。但是，也无法过多的指责这样的父母们，这也是天性之爱的一种体现，他们担心自己的孩子，担心孩子的将来。其实也反映了更为深层的社会问题。想一想这位母亲所说的，所担心的，背后所隐含的，既有安全感缺失的因素，不过她不是担心自己，而是为孩子担心，希望通过多生育几个，孩子们长大之后可以相互照顾，以此来增强安全感。而对于一个家庭困难的弱女子，也许，这是她唯一能够想到的办法。

许多的地方，都存在着传统的家族观念，有大家族和小家族之分，乃至家庭和家庭之间。传统的家族观念，相互比较家族势力和大小，大家族和大家族之间，小家族和小家族之间，大小家族之间，乃至于家庭和家庭之间。而为了家族的兴旺和势力，一个重要的方法就是多生育人口，人多力量大，成为一些人根植于头脑之中牢不可破的传统观念。

　　当然，也无须过多的指责人们在特定的环境条件之下形成的一些观念，也许在今天看来并不合理，但只是指责也是无用的。也需要明白一个道理，多数人都更容易接受环境的影响和左右。也需要认识到，构筑更为合理的社会环境体系，人口的因素是重要的，合理的生育观念也是重要的。当今的人类社会，人口的数量已远超合理的程度，如何把人口的数量逐渐趋向于合理的范围，也是整个人类都需要面对的重要问题和责任。而提升社会环境的安全感，让人们觉得安稳及有保障，也应是改变不合理生育观念的重要组成。

五

　　社会人口基数如能逐渐趋向于合理，那么，每个人都将拥有更多和更为广阔的生存资源空间，通过更为先进的生产和技术手段，相应的提高生产力，有度的获取物质资源，那么，每个人就可拥有相对宽裕丰足的物质资源和环境空间。有了宽裕的环境资源空间为保障，人与人之间也自然会减少争夺和争斗，为营造更为良好的社会环境提供基础和条件。良好的社会环境，则具有更为安全的氛围和保障，这对于人们在心理上确立起安全感至为重要。那么，一个具有安全感的大环境，人于其中生活都会觉得安稳和安宁，则能够构筑起生活的信心和希望。由信心与希望构筑起来的社会体系，一定会是幸福和美好的。如此一来，人们也不会把生育更多的孩子来作为增加安全感的选择，并形成为生育上的自觉以及合理的生育，如此，则能够让人口的基数长期保持于合理的范围，形成为良性循环，生育上的自觉与合理的生育，也是人类和社会进步的重要体现。

六

在人口基数已然趋于庞大的今天，更需要引导人们去建立合理的生育观念，包括通过完善相关的社会规范和制度来创造条件。如完善养老机制，医疗体制，教育体制，基本保障体制，促进公平公正等。在社会人口过多的时期，让一些生育更多孩子的家庭，付出相应的社会成本代价，让那些少生孩子的家庭，得到更好的保障和补偿，而体现合理，也应为合理生育制度的重要一环。因人口过多，导致了环境资源空间更为紧张，那些少生孩子的家庭，占用更少的资源和空间，他们也为人口基数走向合理做出了贡献，他们也需要更多的关爱和温暖，合理及人性化的制度设计，比较强制推行的制度更为合理，也更为有效。

七

其实，自然已经为人口基数趋于合理设计好了条件，因为生育孩子不是单方面的事情，而是需要通过男女双方才能完成，一对夫妻如生育一个孩子，就代表人口的减少，生育二个孩子，则不增不减，对于任何的家庭，一二个孩子都应为合理的选择。

从生育的角度，生育繁衍是自然赋予的功能，也因是自然的赋予，则不可滥用，也如自然之中的万事万物，都为有度，也如自然赋予人类其他的诸多功能，如体能，智能，欲望等，都需合理的控制和运用，如不合理，则泛滥无度，则扭曲，无论对于自我，或对于自我之外的世界，都更容易产生危害。不恰当的使用自然赋予的功能，也是违背自然的行为。而人类自身，经过了漫长岁月的进化，已然拥有了相对的文明成果，而不应只是一种只会生育繁衍的低级生物。

对于每个人及家庭，生育都属于人生大事，既为大事情，当理智和负责任，也包括建立合理的生育观念。合理的生育及观念，为理智的态度和责任意识，不只是关乎自我，也关乎后代，不只是关乎家庭，也关乎社会，不只是关乎现在，也关乎未来。环境与每个人息息相关，也当为社会公民的基本责任。

补：未来世界的平衡，人口的平衡也为关键的因素。

（参看《预言》《利益与安全感》《领地》等）

利益与安全感

人类自步入文明以来，一直为物质所主导，在人类步伐所处的"物质时代"，物质利益也成为考验人心及社会的主要因素。在物质利益的主导之下，不可避免的强化了人的利欲之心，而形成为利欲化的价值观念，于是，利欲的因素不断的强化，推动人们的价值观念愈趋于物欲功利，这既考验人心，也考验社会。尤其在强化经济建设的某个时期，可能会产生极为过度的物性崇拜和极端的物化功利导向，形成为复杂的利欲争斗格局和利益关系，而产生一种强大的扭曲力量，扭曲人心和社会，并形成为惯性牢牢的根植于人的头脑之中。于是，一些维持社会有序运行的正向因素，如良知真情，诚实信任，律法规范等，则往往被扭曲和践踏。于是，人心和社会愈为虚假丑陋，如此一来，人性之中本存的美善纯真，逐渐减少，逐渐消退，而为虚假丑恶取代。

虚假丑恶的氛围当中，人们以假做真，以丑为美，缺乏真实真情，缺乏诚实信任，相互冷漠敌视，为利益你争我夺，为利益不择手段，为利益丧失良知真性，于是，人心愈为蒙蔽，社会环境愈为恶化，人心和社会被推向一种极不安稳和极不安定的状态、导致人心和社会所需的安全感缺失，安全感则属于一种基本心理需求和社会需求，不可缺乏。

如有一群人，大家本和睦相处，彼此真实友善，相互扶助，这种生活氛围之中，即使清贫一些，大家依然会觉得踏实和幸福，也会找到许多真实的快乐。

社会部

　　有一天，他们在一个地方发现了一堆黄金，见到散发着诱人光泽的黄金，大家一拥而上，平日里本为和睦融洽的一群人，现在却为了争夺黄金各不相让，大打出手。有人争抢到了一些，有人抢到更多，也有人没有抢到。有一个人抢到了不少的黄金，在他的周围，有不少的人已倒在地上，他也被一群人虎视眈眈的围着，这其中既有陌生人，也有从前的熟人和朋友，他们随时就会伺机扑来争抢，他们通红的眼里只有黄金。

　　于是，往日的友善、和睦、信任、彼此感受的温暖和真情，由此而带来的自由和幸福，都因为黄金而不见。现在，人们的心里只有黄金，担心手里的黄金，担心别人危害到自己，或正在为黄金而谋划行动。于是，人不知足，人皆相恶，相互防范，相互践踏，人心不安，人人自危，再也感受不到平日里的温暖和信任，再也感受不到生活中的真情和自由，这是否值得？

　　实际来看，人们如此的争夺和争斗，而真实的需求和实用，其实并不需要那么多，并不如人们拼命争夺的表现。事实上，人的生存和生活，物质基础虽不可缺少，但是，即使得到更多，其实也只是吃饱穿暖及居有其屋而已。安全感对于每一个人来说却是基本的心理需求和现实需要。人心一旦缺失了安全感，就会本能的寻找，去哪里寻找？因利益争斗而失去了安全感，那么，对于多数人来说，就会藉争夺更多的利益来维持一种安全感的心理需求平衡，如此作用之下，又会加剧利欲之争和利欲之心，形成为恶性循环，把人心和社会推向更为恶劣的方向。

　　安全感缺失的环境氛围当中，无论是贫或富，都难以真正的感受到的温暖和幸福，穷人因为没有钱，即缺乏基本的物质保障，也感受不到生活的尊严，而难以感受幸福。富人也如同金笼子里面的鸟儿，虽住着用金子做成的笼舍，有可口的食物，但是，周围却围着一群饥饿的老鹰，并不会因为住着金笼子，而觉得安全和温暖。所以，人们的生活和生存虽离不开一定的物质基础，却也不能把物质条件和幸福生活完全等同起来，也不能把物质财富的追求和幸福追求等同起来，而偏离了方向。

　　如转换一种思路，不过度的追求财富，不过度的拥有财富，适当即可。那么，就不会出现较大的贫富差距，也不会你争我夺和相互算计。如此，则具有了彼此友善和信任的基础，也可构成安全氛围的基础。或即使物质条件贫乏一些，如彼此友善和睦，简单的生活，也同样能够在生活之中寻找到许多真实的快乐，这比起拥有丰裕的物质财富，而缺失温暖和睦，缺失真情真爱，缺失安全的氛围，要好很多。所以，物质条件可作为生活的一种基础条件，但是，人们追求和创造更好的生活及环境，不只是需要物质的条件，也还需有其他的条件匹配，包括安全感的构筑。某种意义上，一些条件比起物质条件则更为难得，因为物质利益毕竟是一种可以直见的物化成果，而要构筑真情友善，信任和睦的环境氛围，则需具有更高的智慧与精神，虽为无形，却至关重要。从经济建设的角度，诚实信任和具有安全感的大环境，更有利于经济的健康运行和发展。

缺乏安全感，人心就不会安稳，人心不安，社会就不会安宁，社会不安，就会失去温暖和睦的环境氛围，如此，则失去幸福美好的基础。所以，安全感的培植，无论对于个人或社会体系，都为重要，也可作为衡量一个社会体系合理程度的重要指标，这比起一些单纯的经济指标（如并不可靠的 GDP 等指标），其实能够更为真实的反映出人们的生活状态。

（参看《谈人口》《一种扭曲的能力观》等）

一种扭曲的能力观

合理的取得，合理的拥有，则为合理，反之则生不合理，也是引发相争和观念物化的主因。如此，则必将扭曲人心和社会，因受扭曲物化的观念影响，人们对于能力的认知观念，也愈为物化和扭曲。

能力的认知观念，无论对于个人或社会群体，都具有一种无形而又强大的影响之力，因人的内心，都具有一种自我实现和社会认同的心理，而能力的表现是否能够得到认同，是主要的实现途径之一。人的诸多追求和表现，其背后多有此类心理的影响和推动，从而作用于社会。由此可知，能力的观念所具有的强大影响力，如因某些原因，导致人们的能力观念出现了偏差或扭曲，就会带来极为恶劣的影响。

物化扭曲的能力观念是如何形成？在相互争利的格局当中，人们在相争纠缠的同时，也会产生一种比较心理，比较谁争得更多，得到更多，如此之下，相争之中得利更多的人就被视为有能力，或被视为成功者。于是，就形成为以得利多少来衡量能力和成功的观念。而为了追求所谓的成功，为证明所谓的能力，愈加激烈的争夺和争斗，导致人心愈为扭曲，社会愈为混乱。

以得利多少来作为衡量能力的标准，也促使人们产生了只看待结果，而忽视过程的思维方式，而取得的过程，如何取得，却往往被忽视。正当的取得，合理的所得，当无可厚非。但是，在扭曲的能力观念驱使之下，多少人为了证明自己，为了所谓的成功，而不惜丢弃良知真性，而不择手段，于是，正当演变为不正当，合理演变为不合理，也成为多少罪恶和不幸的来源。

在现实生活之中，这种扭曲的能力观念由来已久，也早已深入人心，也在各个方面渗透，就如熟人之间的交谈，一个最常见的话题，就是赚多少钱，谋什么位等，以外在的功利来看待和衡量一个人的能力和成功。那些更高的价值，如真情真爱、良知尊严、精神智慧等，却被忽视，被践踏。而不知，社会体系如不是依靠一些正向的观念来维系支撑，会变得多么的丑陋和混乱不堪。

扭曲的观念导致了人心和社会的虚假丑陋，不只是过去，也不只是当下，也还在不断的延续，于是也就不断的延续着丑陋和罪恶。也包括一些教育机构，不少的父母和成人们，因受自身认识的局限，教育孩子们，也同样如此，从小就灌输功名利益思想，一代一代的人，竟然把这种本为扭曲蒙蔽，带来无数不幸和罪恶的观念，不断的传承，不断的继承。大家都希望自己的后代能够拥有美好的未来，但是，却把带来不幸和罪恶的种子，种在孩子们的心里，并一代一代的延续下去。

本为扭曲蒙昧而带来了无数罪恶的观念，却被许多人奉为价值，以此为衡量，这究竟是理智还是愚昧？是有能力还是能力缺乏？所以，人们该去深思，什么才是真正的能力？什么才是正确的能力观念？真正的能力应为智慧的体现，应为精神品格的体现，如此，才能带来合理，才能带来希望和美好，才能带来幸福，如此，才是真正的能力，真正的能力，也是美好的力量。

（参看《能者》《杂说》《利益》《荣傲》等）

换位的方式

深冬的清早，你在跑步锻炼，一段路之后会觉得全身发热冒汗，见不少的路人却在不停的跺脚，冷得发抖，你应该不会感到奇怪，因为这是常识，你因跑步而发热，而不感到冷，路人没有锻炼，当然会觉得冷。而在现实生活之中，许许多多的事物并非如此直观可见可感，你还能如此清楚的认识吗？不少的人却难于如此，往往只是顾及自我的情绪感受和立场来看待和对待事物。

一个小孩子，妈妈带他出去玩耍，遇到一个卖玩具的小商贩，小孩马上就被叮叮咚咚的玩具吸引住了，就要妈妈买，妈妈忘记了带钱包，就告诉他没有带包，下次再来买。可是小孩子怎么也不肯依，哭着闹着一定要买。小孩尚不知事，只是想要玩具，也还没有学会考虑和顾及实际情况。然而，在现实生活之中，不少的成人也依然如此，这其中，还有不少自认为精明成熟的人。如一些人处事做人，或与人发生了矛盾，往往都是顾及自己的立场和感受，总是指责别人的不对，总是在想别人的错误和问题，却很难于换一换位置，想一想自己存在的问题。如此一来，意识不到自己的问题，就会把所有的责任都推给别人，而导致问题矛盾愈为激化，愈难以沟通和理解。

有一人，曾经家财万贯，前呼后拥，风光无限。然而，此人获取财富的方式却是让人心惊，为了谋利，竟然谋害多人，后来终于事发被抓。临刑之前，他见到了自己的亲人，回忆起早年摆摊的经历，回忆起含辛茹苦抚养儿女的母亲，还有懂事听话的儿女，他止不住泪水直流……他看起来也是一个重亲情的人，然而，就是这样一个人，却和同伙犯下多起命案。为何从前不知想一想，自己的黑心和无良，毁坏了多少的亲情和家庭。

有一人，他的女儿遭遇了不幸，他怀疑其中还存在着没有调查清楚的冤屈，就要求相关部门彻查。但是，一些部门却相互推诿，他迫不得已而去上访，而在上访的过程当中，却屡遭阻拦敷衍，甚至遭人威胁和拷打。而这个人，有一个特殊的身份，以前当过某县的信访局长，由此也引起了社会舆论的关注。其实，这个事件不只是反映出一些社会问题，同时也反映出更为深层的人性问题，就如这位为女儿伸冤的前信访局长，从前当局长之时，都是见别人诉说冤屈，可能在那时，难以感同身受一些遭受冤屈之人的艰难和苦楚，也不会想到同样的事情会发生在自己身上，如今，为了查明女儿的案情，竟是如此的煎熬和苦痛。

从中也可以看出，无论你是谁，无论你今天是什么角色，处于什么位置，都当自知，当知还原，知还原自己，才能破除一些假象和表象的蒙蔽，才能更为真实的看见一些问题，这也是一种换位的方式。

有一个人在影院看电影，把散发难闻气味的脚搭在前排的靠背上，其他的人见了，都掩鼻避之，他却不以为然，为何不知想一想，如果别人也把气味熏人的脚伸在他的面前，又是怎样的感受。

有些人开车喜欢在路上左右穿插，见缝插针，毫无次序，让过往的行车和路人都会感到不安全，如此开车，也当想一想，如别人也这样，如多有几个人这样开车，则危险，交通岂不阻塞。

当你伸手想要打骂人的时候，当想一想，如果别人要打骂你，你是怎样的感受？当你要侵犯别人正当的利益之时，也当想一想，如别人侵犯你的正当利益，是怎样的感受？当你随手把垃圾扔在地上，一位满脸皱纹的老人过来清扫，你是怎样的感受？你爱自己的孩子，你的孩子是宝贝，别人也一样爱自己的孩子，也是宝贝，如你伤害别人的孩子，也如同你的孩子受了伤害，感受是相同的。也当知，你如不知尊重人，人又为何要尊重你？当你想别人如何待你，也当知想想该如何待人。别人为你考虑，你也当知为别人考虑。你知痛，别人也知痛。你知苦，别人也知苦……

所以，无论是处事和做人，不能只是顾及自我的情绪感受和立场，也需顾及他人的感受和立场，当知换位思考，则能避免狭隘和偏激，则能够更为理性客观的认识事物，更为完善的处事和做人，这是一种智慧，也是修正缺陷的一种方式。

如能更为放大自己的胸怀，不止于人，不止于社会，还能以换位感受的方式来对待自然之中的万事万物，那么，你就能感知万事万物所蕴含的道。

（参看《尊重》随笔等）

由价值谈起

于自然而言，万物平等。我们所能见的宇宙万物，包括人类自身，都在表现着一种过程。或生或灭，或隐或现，或互为转化，都为时空之中的显现。由于自然万物的协同关系，于自然之中又扮演着不同的角色和功能。如人类这种具有一定智能的生物种类，由于自我的认知和需求，而对于万事万物产生了认识和判断，于是，也就形成了价值观念。所以，这里所要谈到的价值观念，主要是指人类自我形成的一类相对的认知观念，它符合人类自身的喜好和需求，并以此来对于万事万物及自身进行价值定位，也体现了人类对于精神物质的认知及其他的一些需求倾向。

如何更为直观的理解价值观念，可举一些简单的例子来说明，如你的手中有一百元钱，具有一百元的原始流通价值。你如何去使用，是拿一百元钱吃喝玩乐，或是去买些实用的东西，或是去帮助人，或是做其他用途，于是，这一百元钱，在流通使用的过程之中，产生了不同的价值。又如，有一个你很喜爱的人，送给你一件小小礼物，价格虽然不贵，你却觉得十分珍贵。

从个人而言，每一个生命的诞生，就拥有了自然赋予的肉体和精神，感知和情感，此为自然赋予的原始价值。那么，如何来认识和使用？认识和使用自然赋予的原始价值，也为人生的过程。由于人所具有的社会属性，所以，价值观念的形成与认知，主要也来源于社会，主要源自于人与人之间的交流和交往。同样，由于人所具有的社会属性，所以人的一生，都与社会紧密相连，也离不开与社会的维系，即使有些人选择远离社会或与社会脱离，那也只是表面的，或只是形式上的脱离，他们的思想精神依能还是与社会紧密相连。

如在古代，有一种独特的现象，现代人称之为"隐士文化"。一些古人，因为某些原因，或不愿同流合污，或不满于现实，或无能为力，或为了寻求心灵的净土和家园，或为了更高的价值……而选择隐居避世。然而，对于他们来说，选择避世隐居，表面上看来与社会远离，或与社会脱离，而实际上，只是形式上的脱离，因为他们的思想与精神层面，依然还是与社会保持着自觉或不自觉的联系，也如水从源头而出，不管流多远，还是与源头保持着一种源流相通的联系，如脱离了与之相通的源流，必然会很快的蒸发枯竭。

避世隐居的方式，也是一种放弃世故价值和利益的人生选择，这种选择，对于任何一个人，生活在世故现实之中，如要选择放弃世故功利的追求，都不是简单和轻易能够做到的事情，在注重功利格局的世故社会，一个人如选择放弃世故利益的追求和取得，就是放弃世俗所欲的功名利禄，而世俗之中，多少人都以此为追求，以此为价值，以此为满足，以此为人生，能有几人能够舍弃这种根植于内心的欲望和乞求。就如一个很饥饿的人，见有人端来了一碗好吃的食物放在他的面前："你如果想要吃，就得听我的，叫你干啥就干啥。"有多少人能在饥饿之下抗拒美食的诱惑？当然，也有极少数的人具有抗拒的勇气和精神，但是，那毕竟是极少之人，于群体之中不成比例，也是人性所要经受的艰难考验和抉择。

然而，如这种放弃世故功利价值的追求方式，这种选择放下的行为，却产生了一种新的价值，在此处，也体现出一种自然的道理，如水满则溢，虚冲则盈，自然的道理无处不在，也在社会之中，及无形的思想与精神之中得以显现。

放弃世故利益的价值追求，为非主流的选择方式，换一种角度来看，也可视为一种自洁或不附庸丑陋邪恶的行为方式，于是，这种行为展现和传达了一种正向的观念，让人们感受到一种高于世故功利价值的存在，于是，新的价值观念产生了，这种新的价值观念，即是对于世故庸俗的现实所表现的不满，虽无可奈何，却也不附庸，也是对于丑陋邪恶的一种反抗形式。

价值观念得以提升和拓展，能够产生什么作用？提升了人们的认知和精神，引导人们的视野不只是局限于世故利益之中，不只是以世故利益作为价值判断的唯一标准，此也为建筑智慧精神之基础。如只是停留于得多少利，建多少功，谋什么位等此类的世故观念之中，就永远也走不出庸俗和低劣。诸类正向的价值观念，也是维系社会健康和有序运行的主要力量，所以，高于世故价值观念的产生和存在，无论是对于个人或社会体系，都具有重要的意义。

也如那些隐者，他们放弃了世故功利的追求，不执着于世故的价值，反而产生了更高的价值，也使得价值的本质得以回归，也是价值存在的真正立足之处。也可理解为：执着于得，反而不得，放不下来，则不能从容。

于是也可知，不执着于价值，而产生了更高的价值，同样，如过分的强调价值，于任何事物都要以某种价值标准来衡量和考虑，都为了既定的利益目的，那只能局限价值的本身，只会让价值观念趋于狭隘和庸俗，而扭曲人心和社会。

这也说明，价值观念趋于多元，而不是单一或一极，单一或一极的观念，常常会对于思想思维的合理发展形成阻碍，并形成为意识行为上的狭隘和局限，也由于缺乏多元的参照，则容易失去自我修正及制约的能力，而走向不合理。多元的存在，也正是世界丰富多彩的来源。

于自我而言，自然赋予了生命，赋予了肉体和精神、赋予了感知和情感，那么，该如何去运用，该如何理解及自我提升，它的核心就在于：自我完善及完善世界，也包括完善生存生活的环境和空间，此为人生价值的重要显现，也为生命价值的重要显现。

（参看《奉献》《一种扭曲的能力观》等）

社会部

一种人情

　　某个单位，一管理人员的父亲和一名普通员工的父亲，恰巧同岁同日，六十岁那一年，按传统习俗，六十为大寿之年，两家都摆酒庆祝，于是该单位的员工纷纷包红包，前去该管理人员家里祝贺，却无一人去普通员工家里。

　　十年之后，两人的父亲七十大寿，那个普通员工现以成为该单位的主管，于是，单位的员工又纷纷前去他家祝贺，却冷落了那个管理人员。由此可见社会之风尚及人心所向，也可见人情之冷暖，而这种虚伪扭曲的人情之风，助长了邪气横生，当废之。

（参看《人情关系》等）

人情关系

　　社会之关系，有先天之关系，有后天之关系，先天关系主要是以家庭为纽带的血缘关系，诸如其他，如婚姻，同学，朋友，乡邻，共事等，则为后天之关系。需要指出，婚姻则是一种特殊的后天关系。

　　关系反映了人与人之间相互联接的社会属性，是交流交往的重要纽带，其中有一个内涵，即关系之中所包涵的情感元素，关系愈好，情感上就会愈觉得亲近，情感上愈觉得亲近，则有助于关系更为紧密，如此，而作用于社会，则产生了具有社会属性的人情关系，也由于人情关系的原因，则可能产生亲疏有别，远近有分的差异，同样性质的事情，可能会因为某种关系而出现不同的对待方式和结果。

一条街上，有二家店铺都在偷偷的做着违规的生意，后来，一家店铺被查封了，另一家却仍继续在做，知情的人知道，这家店铺的亲戚是当地的工商局长。

有二个工作人员，因贪腐而受到查处，二个人贪腐的金额和性质都差不多，而后判决的结果却不一样，一个轻判，另一个被重判。了解内幕的人知道，轻判的那一个，他的姐夫在法院当院长……

从中可以看出什么问题？就是人情关系在某种情况之下，可能逾越了社会的律法规范。如果人情关系可以逾越律法规范，那么，律法规范还有什么作用？只能对于那些没有关系的人施加作用，而对于有关系的人就没有了什么作用，或不被放在眼里，甚至起到一种变相的保护作用，这无疑会纵容一部分人，会助长一部人的无所顾忌和飞扬跋扈。如此一来，律法规范就倾斜了。律法倾斜了，则导致社会系统混乱无序，也因为律法规范的倾斜，人们不再相信，也不敢相信，如是遇上什么事情，本该走正当的渠道，本该按律法规范，但是，在失去信任之后，都不走正当的渠道，都不遵循法律和规范，而是去寻求和攀附所谓的社会关系，所谓的捷径。于是，成为扭曲人心和社会的主要因素。

某个单位，需要招收一名设计人员，待遇优厚，有二个青年前来应聘，一人思维活跃，绘图功底也很好，适合于创意设计工作。另一人绘图功底一般，而且思维刻板，并不适合此类创意工作，然而，他的姑父在这个单位一重要部门任职，于是，通过姑父的疏通，他却应聘上了，那位适合的青年却落选了。让思维刻板的人来从事创意方面的事物，当然难以达到好的效果，后来该单位所出的一些创意和设计方案，屡屡被相关业务单位所否定，给该公司带来了不少的损失。而这个应聘上的青年和他的姑父，是否意识到他们的行为已经给公司造成了损失；当然，这不仅只是公司的损失，合适的人才没有得到运用，让不适合的人做不适合的事情，实际也损害了他人和社会的利益，也破坏了公平。

有些人可依靠某种关系，或无须努力就可轻易得到他们想要的，有些人，即使再努力和费力，也得不到当有的所得。同样的事情，依靠某种关系能够轻易办成，没有关系，则难上加难。同样的事情，因某种关系可以出现截然不同的对待方式和结果。一些人危害于人，危害于社会，却得到一些所谓的关系庇护而肆意妄为……于是，律法规范被漠视，公平公正被践踏，社会体系陷入了所谓的人情社会，于是，歪风邪气横生，制造出种种的罪恶和不幸，人于其中，生存和生活也倍感艰难和压力，成为建立合理环境的重大阻碍。也如处于一池浑水之中，在于其中，都会感到缺氧和难受。

真正的人情和关系，本当为人与人之间的真情纽带，而在现实之中，由于利益的缘故，使得人情与利益结合，人情一旦与利益结合，就会演变成为利益的传导体，而为利益所主导和捆绑。为利益所主导和捆绑，则异化为利益的共同体，如此，人情关系就异化为利益关系，已不再具有真正的人情属性，而是利益属性，而扭曲，而出现"当有情之处却无情，不当有处却有情"。于是，本当为真挚情感纽带的人情关系，本当体现真情善道的人情关系，因利益的异化和扭曲，实际已变得多么的虚假和丑恶。这种虚假丑恶的关系，制造了无数的罪恶和不幸，实际也是最无情的。

补：某个单位，有二个年青人，一人的工作能力较强，但是性格直正，不喜诌媚，不走后门。另一人工作能力一般，却爱巴结诌媚，后来，爱巴结的青年被提拔重用，而那位工作能力强，性格直正的青年却未被用。

这种现象在许多地方都普遍存在，可能大家也习以为常。对于这种现象，如去深思其原因，其中也包涵了扭曲的人情利益关系，其所产生的负面作用，所引发的诸多社会问题，实际已经远远的超出了关系属性的本身，也是利益社会存在的一种普遍的恶劣现象，严重的扭曲着人心和社会，助长邪恶之风，实为一种社会的恶劣痼疾。而要改变，则需更为精密的制度规则设计及整体智慧精神的提升。

（参看《台面的原则》《利益》《护恶》《一些小人》等）

杂 说

一

过度物欲化的环境氛围当中，加重了人的利欲之心，而对于金钱、权欲和功利产生过度的崇尚，多以得为喜，以得而傲，以不得而卑，以不得为悲，则扭曲着人心和社会，也是物质时代的显著特征之一。

崇利者往往唯利是图，唯利是图之人，意识之中，利益为上，皆为交换，皆以金钱利益为衡量，而不知许多的事物，如良知、真情、真爱、智慧、精神、品格、健康等，都不能以金钱利益为衡量，也不是交易交换就可得。真情真爱，为人性之本，如因金钱利益而丢弃良知真性，则背驰人性、人性趋劣，则蒙昧丑陋，而导致社会混乱丑恶。事实上，那些不可用金钱交换而来的事物则更为珍贵，也是希望和美好的来源。所以当知，金钱可买到你想要的一些的东西，可满足你的许多欲望，但却买不到珍贵的根本，也为社会之基。

有人说："你说的珍贵我不需要，金钱能给我带来享受和满足就足够了。"如是这样认为，只能说金钱不但没有使得这种人变得更好，而是愈为愚劣和蒙蔽。其实，人来到这个世界，并不是只为了享受和满足，享受和满足，只不过是一种低级的本能欲求反映而已，人之所以为人，因具人性，人性在于本能之上而提升，也是精神智慧作用的结果。人性优则人优，以人性之优劣而区分人之优劣，也是区分生命状态高低的一种标准。

人性如何完善，重于知与行，增长了见识，领悟了更多的道理，而后行之，则可得智慧，可聚集精神，而得以提升和完善。而世上有善恶美丑，悲欢喜忧，分合得失等，都为存在，都要去面对，也都有其作用。一些相对立的存在，给

社会部

人们提供了认识和领悟的条件，于是，就可从中去辨识领悟，去创造完善，于是，人生就有了方向，生命就有了意义，也赋予了创造价值的条件。如只是为了满足个人的欲求和享受，本为低级之性，如此，则不符合高级的生命状态，也不符合生存的意义和价值，即是对于生命的浪费。

从现实来看，金钱利益堵满了内心的人，则蒙蔽自性，如此，则跳不出金钱利益，而为局限。于是，有一些这样的人，视金钱利益为人生追求，为人生的目的和价值，而忽视和不知更高价值的存在，则成为蒙蔽扭曲和人性低下的人。观古今中外，那些为人类文明作出了重大贡献，一些屈指可数的人物，如神农、老庄、孔墨、蔡伦、唐寅、王船山，施耐庵等，如苏格拉底、柏拉图、亚里士多德、康德、尼采等，如伽利略、牛顿、爱因斯坦等，如贝多芬、莫奈等，如雨果、卢梭、托尔斯泰、伏尔泰等，这些人类史上最为熠熠生辉的名字，还真难于找出几个很有钱的人，也因为如此，他们才能跳出金钱利益的局限，才具有更为广阔高远的视野和精神，才具有追求真理的动力，而成就非凡的价值。

二

权力意识也是功利意识的一种表现。其实，愈为合理的社会体系，权力意识当愈为淡化，而是朝着服务于民众和社会的本质回归。社会体系愈为不合理，权力才会愈显得突出和强化，事实上，权力即是扭曲的产物。假如有一个理想之中的美好社会，社会之中的各方面事物，包括制度、人的自觉等，都趋于合理，那么，就无需有权力存在的必要。当然，完全合理的理想社会是不存在的，所以，也为权力的存在注入了合理性，合理性的前提则在于：权力当为法则和规则的显现，而不是个人的权力，集团的权力。个人代行权力之职责在于遵守法则和规则，并以此服务于大众和社会，如此，才能产生有益的价值。然而，在现实之中却往往被扭曲，造成扭曲的主因则在于不合理的利益，在于规则设计出现的漏洞。因为利益，权力而受人追逐，受人追捧，于是，这能够让一些掌握权力的人从中得到好处和满足，既可从中得到利益，还可受人追捧附庸，则容易让一些人产生一种优越感，并以此为享受，对于一些低劣和贪欲的人来说，则提供了很好的条件和机会，愈为放大愚劣恶性，也为不少的人追逐贪恋权力的一个主因。

但是，那些追逐贪恋权力的人应该明白一个道理，别人追捧你，附庸你，并非是你这个人的本身值得追捧和拥戴，别人所追捧的，只是你所掌握的权力，是利益的目的。如无职务权力，如无利益，你还有什么值得别人追捧和拥戴，所以当自知，当知还原自己，权力之外，自己是怎样的人，是否还有可受人追捧和尊重的地方，是否具有品格和精神。如没有，权力只会使你愈为蒙蔽，也愈为扭曲和丑陋。

因扭曲的权力可能带来利益和满足，这对于一些人来说，愈难以抗拒，于是，权力也可成为试金石，愈低劣浅陋之人，在权力面前，则更容易诱发和放大自身的愚劣之性，也如吸毒成瘾之人，什么都可以丢弃，什么都可以出卖，只为毒瘾的满足。

当然，如你内在精诚，能够抗拒利欲的诱惑和扭曲，如能够使得权力的本质得以回归，为社会和民众服务，那么，就能够产生有益的价值，而生出荣誉，如此，权力的炼则可使得愈为精诚。

有些人，即使一点微末的职务或权力也足以让他们蒙蔽和扭曲，日常之中，也可见不少这样的人，本是普通不过的人，本做着普通不过的工作，但是，如有了一点职务和权力，就会变得自大和目中无人，而不知还原，不知自己是谁，就会丢掉自己的良知真性。如有一个人，如按职务，比古时的衙役和班头大不了多少，可他自己觉得是个官，在自觉不如自己的人面前，总是板着一副脸，说话装腔作调，如有人找他办事，也总是爱理不理，或百般刁难，接一根烟也要看牌子，如是低价烟，就不会接，这也可见，愈浅薄愚劣之人，愈容易娇惯出毛病，愈容易膨胀自大。后来，此人因贪腐而被抓，竟然贪图了不少的不义之财。也只有认识到的权力实质，才不容易被蒙蔽，才能建立正确的行为观念。

三

喜好功利虚名，同样也是蒙蔽和狭隘的表现，如一些人自觉得有些成绩或成就，而自大自满。如一些人做事情，只是为了彰显自己，只是为了达到个人的利欲目的。如做事情只是为了利欲的目的，只是为了彰显，则会形成为狭隘，也为局限，狭隘自利的人，必然短浅和低劣，而为了个人的利欲目的，往往无是非善恶之分，往往不择手段，这样的人，难于产生有益的价值。

其实一些人，他们自以为的成绩或成就，可能多么的微不足道，或只是受到某种蒙蔽而不自知，或本身即是有害的事情。有一个不经事且无聊的小青年，养了一条狗，有一次看见一个漂亮的女子从门前经过，就拿着一根肉骨头对狗儿说："狗儿，去吓她"。于是，这只狗儿为了得到一根骨头和主人的奖赏，就飞快的跑了过去，汪汪大叫起来，把路过的女子吓的站在那里哭了起来，小青年见女子害怕的模样，得意的大笑起来，然后扔给狗儿一根骨头，那只狗儿得意的叼着骨头，还真以为自己做了一件很了不起的事情。

四

这样一些人啊！也都是一些无量之人，一滴水就足以膨胀，一层纱就足以蒙蔽，一点成绩就足以自大和自满，也如那井底的青蛙，不知道江海之阔，更不知天地之大。

另一面，一些人崇利崇权，或盲目的附庸和拥戴，这样的人，或出于世故，或为了利益，或缺乏精神智慧的认知，或本为愚昧，而无论如何，都为蒙蔽，往往只看待表面，而对于内在和真实却视而不见。一些人盲从和盲信，或以为一些有财势者为聪慧和高贵，却看不见一些人的贪婪、卑劣和丑陋。难道不知，一些外在的东西，并不能与人的内在等同；难道不知，一些无良的商人，一些弄权者，一些沽名钓誉的人，正是诸多丑陋和罪恶的来源。

一些已然扭曲的人，因受到不明不知或怀有目的追捧拥戴，则更难于清醒，更难于意识到自我的愚劣和丑陋，而愈为蒙蔽，愈为得意，愈难以满足，愈为陷入利欲的追逐，而起到了丑恶生长推波助澜的作用，形成为一种丑恶和愚昧的相互呼应，这种呼应，愈为强化人的利欲之心和虚假之心，把人心和社会推向了更深的虚假丑恶之中，成为多少罪恶和不幸的来源。

　　补：一位友人看了这篇文章之后说："你这一篇文章可是要打击一些人的信心啊。"我说："这不是打击一些人的信心，是为了让一部分人清醒。"

　　如在未来，多数人都如能够更为清晰的认识到功利意识的本质和危害，功利意识能够愈趋于淡化，可为社会进步的重要表现和条件，也为人性和思想进步的体现。

　　写这篇稿子之时，我想起了一个故事：寺院里有一头驴，每天都在磨坊里辛苦拉磨，日复一日，驴渐渐的厌倦了这种生活。而后，机会终于来了，一个僧人带驴下山去驮东西。来到了山下，僧人把东西驮在驴背上，然后牵着它返回寺院，没有想到，路上的行人看到驴时，都对它顶礼膜拜。一开始，驴不解，不知为何，慌忙躲闪，而一路都是如此，驴不禁飘飘然起来，原来人们如此崇拜我。当它再看见有人路过之时，就会趾高气扬地站在马路中间，走起路来虎虎生风、腰干瞬间直了起来！回到寺院里，驴认为自己身份高贵，死活也不肯拉磨了，只愿意接受人们的跪拜。

　　僧人无奈，只好放它下山。驴刚下山，就远远看见一伙人敲锣打鼓迎面而来，心想，这一定是人们前来欢迎我的，于是大摇大摆地站在马路中间。那是一队迎亲的队伍，却被一头驴拦住了去路，人们恼怒不已，棍棒交加抽打它……

　　驴仓皇逃回到寺里，奄奄一息，它愤愤不平地对僧人说："原来人心险恶啊，第一次下山时，人们对我顶礼膜拜，可是今天他们竟对我狠下毒手……"僧人叹息一声："果真是一头蠢驴！那天，人们跪拜的，是你背上驮的佛像，不是你啊！

　　由于该故事的作者没有署名，我通过网络也没有搜索到原作者及出处，秉承尊重知识和劳动价值之原则，该篇故事作者如知我所引用，请即与我联系。

（参看《荣誉》《与财富有关的一些观点》《能者》等）

面子虚荣

　　面子本源于羞耻之心，如一个人做了不当的事情，会感到羞耻而觉得无面子。但有些人做了恶事，却以为人不知道，以为能够蒙蔽他人，如一些人通过不正当的方式谋取利益，一些人玩弄权术满足私欲，一些人喜占便宜等，这都为不正当，会对于他人和社会产生危害。但是，由于社会之中存有的缺陷和漏洞，让一些人能够找到空隙，通过不正当的方式来谋取利欲的满足。还会得到一些只见表面，或别有目的的逢迎附庸，如此一来，做了本该羞耻的事情，却因为得到了利益，满足了欲望，还受人逢迎附庸，也满足了虚荣。于是，一些人不但不再感到羞耻，反而以为是对的，反而为荣，以为面子。于是，所谓的面子，成为虚假蒙蔽之物，成为扭曲人心及社会之物。

　　虚假而蒙蔽，虚荣而比较。于是，得则骄纵，失则悲观，而导致人心的扭曲和失衡，人心失衡又致社会失衡，而愈为混乱。于是，人心不安，社会无序，人们为其所累，为其所困，自我折磨，也相互折磨，作茧自缚，而难以摆脱。因虚假蒙蔽，一些人丢弃了良知和真性，而选择了虚假和丑陋。虚假之下，人们以假作真，自我蒙蔽，也相互蒙蔽，人心因虚假而丑，社会因虚假而乱，而失真善，缺失了真善，无数的罪恶就涌了上来，带来了多少的不幸。

　　一青年，为了办一场比朋友更隆重的婚礼，竟然持刀抢劫。

　　一青年，为了建一栋比邻居家更大的楼房，而在外行骗。

　　一青年，为了买一部觉得有面子的手机，竟然把自己的肾卖掉。

　　一青年，以为家里有钱有势，而在外肆意胡来，伤害多人，造成累累罪恶。

　　……

这都是一些真实的事例，因虚荣而相互比较，而失衡，而蒙蔽，激发了恶欲，失去了理性，付出了沉重的代价。

有一家庭富裕的学生，喜欢在同学面前炫耀，鞋子、衣服、手机、手表等是什么牌子，值多少的钱。这当然会引起一些同学的羡慕和嫉妒，同班有一个同学，因受他的影响，也想要穿名牌、戴名表，但是家里的经济条件一般，为了满足虚荣之心，竟然多次偷窃，而后事发被抓，受到了应有的惩罚。

有人炫耀，就会有人羡慕和嫉妒，是一种对应的关系，也为愚劣使然。如那个家庭富裕的学生不在同学面前炫耀，则不会引起一些同学的羡慕和嫉妒，也就不会刺激一些同学内心的虚荣。那个偷窃的学生，如无受此刺激，则不会去偷。别人犯了错，虽不可直接追索他的责任，而炫耀的行为却也可能成为引子。一些喜欢炫耀的人，在日常生活之中，也当意识到自己的行为可能对于他人产生的影响。

也当知，炫耀本是一种轻薄之性，愈有深度和品格之人，岂会轻易以一些外在表面的东西而彰显和炫耀，只有轻薄的人才会如此，轻薄虚荣的人，有什么值得羡慕的？那个因受其影响而去偷东西的学生，如能认识到，只会不耻于他的行为，则不会想去学，更不会去偷。一些喜欢炫耀的人是否意识到自己的浅薄和愚劣。

一青年在外打工，竟有十五年未回家，为何不回家？是因为这些年在外面，没有赚到多少钱，觉得无颜回乡。这也有面子的心理，也是受到所谓衣锦还乡的传统观念影响。当然，不完全只是虚荣使然，也有自尊的意味。在此处，则要区分虚荣和自尊，虚荣为浅薄之性，尊严则为天赋；虚荣为自卑的反映，知尊严而知平等尊重，二者完全不同。此处也可见一些问题，不只是个人的问题，也反映出社会环境存在的问题，在注重功利物化的环境氛围之中，世故势利已然成为常态，人们多以外在的财势地位来看人待人，相互比较。于是，多得的人自傲自大，少得的人自卑自怜，也成为伤害自尊自信，扭曲良知真性和毒害社会的毒药。

有一个人，他的母亲去世了，为了排场上不低于人，大张旗鼓，大摆宴席，连续几天几夜，看起来很热闹，也花了不少的钱，只是为了不能输了排场和面子。这种大操大办的风俗，在许多的地方都普遍存在，这即是一种浪费，也对于一些经济并不宽裕的家庭造成了很大的负担，助长了虚假之风，实为陋习。

某地，盛行整酒，当地的收入水平本属偏低，为了应付喝酒的人情费用，每年每个家庭至少要付出近万元，有的达到数万，就此一项，就超出了大部分家庭的年均收入水平。于是，不少的家庭为了应付整酒及人情费用，而入不敷出，一些困难的家庭，竟为这种陋习而年年举债，让家庭的经济情况更是雪上加霜。

有人因整酒而入不敷出，也有人借整酒敛财，一些在当地有些影响地位的人，就借整酒来达到敛财的目的，无论大小事情都要整酒请客，实为让人送礼金红包。而为了收回部分人情费用，大家争相整酒，竟然还出现了"无事酒"一说。于是整酒之风愈演愈烈，让当地人苦不堪言。明知为害，却人人参与，此处也可以见人心环境，可谓正气不彰，邪气横行。

周末，一学校的大门口，站满了前来接送孩子的家长们。一辆小车在人群中缓慢移动，被前面的一辆自行车挡住了，小车响了几下喇叭，由于人多拥挤嘈杂，推车的老人并没有注意听见，还没来得及让路，只见小车的车窗打开，里面有一个男子探出脑袋，对着老人大声吼道："滚开，滚开，不要挡路。"语气实为恶劣。这时，老人听见了，回过头看了看，也没有说什么，默默地把自行车推在一边。

车要过去的时候，那个开小车的男子似乎还没有发泄完怒气，又冲着老人说："没钱就不要来这里读书。"老人听见了，坐在自行车后的孩子也听见了，愤怒的盯着开车的男子。老人选择了忍耐，对于孩子来说，却是很大的心灵伤害。那个开车的男子，他自己的孩子也坐在车里，见他如此，又会怎样去想？

其实，都为愚劣浅薄使然，而不少的人由于意识不到自己的愚劣，竟然还要去影响和传给下一代。许多的孩子，因受大人们的影响，从小就开始攀比和炫耀，谁家有钱、父母的职位、房子的大小、谁的衣服漂亮、谁的玩具多等。都是受了成人和环境的影响，而受的毒害，自小就把这种虚荣浅薄之性植入了内心，这样的孩子长大之后，则更难于明晰自己的心灵，则会对于日后的人生和社会造成伤害，带来更多的不幸和苦难。

人们都希望后代能够幸福，但是，却有意无意的把愚劣之性传给了下一代，把不幸和苦难的种子传给了下一代，这是多么不应该。其实，爱自己的孩子，就应该去减少孩子内心的虚荣和虚假，培植真性和良知，如此才能让孩子拥有一颗更为明晰而宽广的心。心灵明晰，则不易蒙蔽，心灵宽广，才能减少狭隘和愚劣，比起学习其他的知识和技能，则更为重要。

那些虚荣虚假的人，那些喜欢攀比炫耀的人，习惯彰显，自大自满，愚劣浅薄而不自知。就如有一只猴子，不知在什么地方，捡到了一件破烂的花衣裳，于是就披着这件破烂的花衣裳，在猴群中到处炫耀自得，在高于猴类的人类看来，又是多么的可笑。

补：同苦不为苦，因比较炫耀，而失平衡，即伤害自信，也摧残自尊，而缺失幸福感，为合理环境的重大阻碍。

（参看《两家人》《荣誉》《四大恶性》等）

尊重

人都有尊严，尊严为天赋，而存于内心，于社会之中，则来自于相互尊重，前提在于你当知先尊重人，在于自己是否值得尊重。值得尊重，则在于内在的优良，在于精神和品格，而不是外在。如只重于外在的功名利禄，而不知修内，只会激发人的恶欲劣性，使得自我愈为愚劣丑陋，而不值得尊重。

尊重是相互的，人都想得到尊重，却有一些人不知尊重人，又想得人尊重。也需知，如你不能平等的看人和待人，不懂得尊重人，人又何来尊重你，只有互为尊重，而为基础，而有尊严。

为何一些人不知尊重，原因很多；如认识的局限，理解的障碍，狭隘的观

社会部

念等。缺乏见识的人会盲目的自大自傲，而不知尊重。不能相互理解，也不会相互尊重。心胸狭隘的人，注重自我情绪感受，或把尊重人视为一种付出，而不知尊重。也有传统的等级意识糟粕，在其上的人前表现媚态，在其下的人前表现尊贵，实为奴性⋯⋯

由于认识不到平等尊重的涵义，往往只是从自我或狭隘的角度来理解，这不只是个人的问题，也是诸多社会问题产生的主因，在日常之中也常常表现出来。

不久之前看到一则新闻，一城管在执行公务的时候，被人刺成了重伤。根据新闻描述，当事人是一个小商贩，在街道旁违规占道摆摊。这个城管看见了，也不问缘由，上前去就一脚踹了小摊。小贩见如此，自然愤怒，就和城管理论争吵起来，又说城管吃人们的，穿人们的，却这么嚣张和不讲理。于是双方各不相让，拉扯之中小贩抽出水果刀刺向城管。

如新闻所描述，小贩违规占道摆摊，城管当去管理，本属正常的工作行为。但是，存在着一个问题，城管在履行职责的过程中，语言和态度过于的粗暴，不问缘由就一脚踹了人家的小摊，其实已经超出了正常的工作性质，也为不尊重人的表现。小贩只是在街边摆个小摊，是为了赚一点钱，也可能是为生计所迫，也不算是做真正很有危害的事情，更不是十恶不赦之人。如不粗暴对待，而是进行合理的劝导，合理的劝导，相信大多数人都能够理解和接受。

另一面，小贩也只是站在自己的角度考虑，没有想到违规占道摆摊可能带来的危害。在他的眼里，城管可能就是一个拿工资的找茬者，而没有考虑到城管的工作职责，没有考虑城市也需要管理和规范。所以，也不会理解城管的工作行为，更不会产生尊重之意，恼怒之时，而不计后果的刺向了城管。

这是相互之间都无理解，不能互为尊重所造成的恶果。也说明，相互理解的重要，也是尊重的基石。同样，如亲友之间，夫妻之间，朋友之间，共事之间等，如不能够互为理解和尊重，关系则必然扭曲。

补：有一个人，在某单位担任一些职务，平日里在上级面前总是一副点头哈腰的模样。有一次，该单位请几位民工做事，他在指挥监督，一民工做工之时，不小心把一点水泥浆溅到他的身上。他顿时发火，大骂起来。那位民工赶忙向他道歉，他却是不依不饶，凶蛮怒骂不止。见他如此，民工说："请你尊重我，我也有尊严。"他鄙夷地说："你跟我谈尊严，你有什么尊严，我这衣服一千多买的，你赔得起嘛?"民工沉默了一会，从口袋里掏出一些钱数了数，然后又向同来的工友借了些钱，然后递给他："这是一千五百元钱，可以买一件新衣了，我赔给你。"然后又说："这事我不做了，你再请人。"说完就收拾工具走了。这人见民工如此，呆呆的站在哪里，咕隆的说："这个穷鬼，还装有骨气，骨气能当饭吃吗?"而后，同来的几个民工也跟着收拾工具走了。

　　一个虽然穷，但有骨气的民工，可能是他这种人难以理解的。这样的人，以为尊严是外在的，是金钱利益带来的。既然如此认识，那么，就会追求外在，或以一些外在的东西而彰显，而不知修内，而为了求得金钱和利益，一面奴颜婢膝，或不择手段，另一面，也会以金钱利益为衡量，瞧不起以为不如自己的人。而不会明白，尊严为天赋，存于内心，源于内心，那位农民工虽穷，虽缺乏世俗的地位和金钱，但是，是凭着自己的劳动赚钱和生活，贡献着自己的一份价值，不附庸人，也不附庸任何体系，不为求得利欲而违心昧心，保持着自我的良知与真性，此为完善人格之条件，也为真正尊严之基础。然而，在扭曲的价值观念之下，人格被扭曲，尊严被践踏，就如一些在其上的人面前奴颜婢膝，而在以为其下的人面前威势有加的人，本为奴才之性。奴性之人，已失本真，而失人格尊严，而不知真正的人格尊严为何物，则往往以一种蒙蔽愚劣的自大方式，来表现自己，来踩踏他人，来践踏人格和尊严，以求得一种扭曲阴暗的心理平衡。

　　　　（参看《尊严》《一些小人》）《杂说》《谐与乱》等）

社会部

一种现象

由于受传统思想的影响，一些人的思维意识还是停留于过去的时代，如把公务部门视为"衙门"，公务人员称之为"官"，或把做官视为荣耀的事情。这种现象，由来以久，而由古溯源，等级分明的古代封建社会，社会体系被分为两个经纬分明的群体：官与民。官属于统治阶层，民则是被统治阶层。做官的人在古时被称做大人或老爷，民则称之为小人或贱民，以称呼即可见等级之区分。如此一来，无论从喜好或现实的利益而言，人大都想要做官，既有利益，也有地位。而不愿意做既无利益，也无地位尊严的贱民，此也为功利等级社会的重要表现。由此，由大而及小，从帝王到衙役，形成为一个由上至下的统治群体，这个群体的实质实为利益的结合体，由大及小依靠利益而聚合，也依靠利益而约束，既为利益的结合体，为了利益，则必然扭曲，扭曲则丑陋，则难存良知，于是，一入此门，如非特别坚贞精诚之人，少有不被扭曲者。

既为利益的结合体，而维护统治，实质也是维护统治阶层的利益，也是维护少数人的特权和利益，如一个社会体系，只是为了少数人的利益服务，则必然伤害多数人的利益，伤害大家共同的利益，那么，则产生了不平等及激烈的利益争斗格局，也成为引发社会问题的主因。这种官民等级区分的社会状态，直至近代才有所改观，也可为社会文明进步之体现。而从社会发展的形态来分析，当今社会所处的阶段，应属于一种承前启后的时期，此阶段，人们的思想意识，仍存有诸多非合理的传统留存，如喜欢做官，以做官为荣的观念即是其中之一。补：有一个人，他妻子的大哥曾在某地当县长，颇有些权势。按村里人的评价，这个人在村里的待人态度，也是随着他妻子大哥职务的变化而变化，后来，大哥当了县长，他在村子里中则愈显得目中无人，如乡邻之间会经常碰面，也会打个招呼，而这个人，有乡邻碰面招呼他，往往都不正眼瞧人，而是把头高高扬起，然后鼻孔里哼一声，算是应答，用当地人的话，那架子比县官还大。

因亲戚当了县长，而自觉了不起，瞧不起乡邻，这是一种什么样的心理和变化？可能他以为，大哥做了县长，那可是县老爷，可是了不得的，受传统糟粕思想的影响，他以此为荣为傲。其实他不明白，县长也只是一种职业，随着社会进步和人们认识的提高，职业分工也越来越细化，只要是正当的职业，都可为社会贡献价值，都不可缺少，当无高下之分，如要分高下，则重于品格。他是否会去想一想，这个县长大哥的品行如何，是否在县长的位置上能够做出一些真正可令人感到荣傲的事情，或有县长之职，是否有此之心和有此之能，如无心无能，则不应该，也不适当。再说，当县长是他妻子的大哥，他只是一个平常不过之人。也如有一只猴子，在垃圾堆里捡到一顶官帽戴在头上，就在猴群之中炫耀自得，而另一只猴子见这只洋洋得意的猴子，就跟在这只带官帽的猴子后面，也一副神气活现的样子，实为可笑。

后来，那个当县长的大哥因贪腐而被判了重刑，此人待人的态度又发生了变化，见到村里的乡邻，总是堆出一副笑容可掬可亲的模样，真是一个可怜又可悲的人。

（参看《职业和品格》《杂说》《两家人》等）

教育与文明

一

教育是文明的产物，为何教育是文明的产物，这不难理解，因为只有具有一定文明积累的社会体系，才能产生出教育的概念，也是能够产生文明的智能体现。

　　教育的一个重要作用，即是把人类文明所积累和掌握的一些知识和道理，系统的传授给学习者，这也属于文明传承的重要一环。一个人不会生下来就知晓所有的事物和懂得所有的道理，通过接受教育，则是获取文明成果和知识的重要途径。一个人所知的知识和道理，也将形成为个人价值观念的基础，所以，如缺乏接受合理的教育，就缺乏一条获取知识和明白道理的重要途径，则对于理解和接受文明成果形成障碍，如此，则更难于确立合理的价值观念，也难于成为更为文明的人。

　　社会是由人构成的体系，只有更多文明的人，才能构成为更文明的社会，所以，教育又是培育人的文明和社会文明的重要方式，也可理解为：人的文明决定社会文明。培育和引导人的文明，则需要合理的教育方式，如教育的方式不合理，就难于起到合理的培育和引导作用，如是这样，与文明社会的发展方向则是不相符的。所以，合理的教育方式，其重要性不言而喻，也成为影响人与社会的重要因素。

　　何为合理的教育方式，这同样需要符合文明的要求。文明的人，当具有更完善的人格和人性，所以，合理的教育方式应起到培育和引导人性及人格完善之作用，只有人性和人格愈趋于完善，才能成为更文明的人，才能构成为文明社会的基础。而当今的教育体系是否能够达到，事实上还远远不够。

　　为何难以达到？既有外部的因素，也有教育体系本身的问题。也如一个庸医，连自己的感冒也医不好，还能期望他能医好别人的疾病？所以，教育本身所存在的问题，同样不能被忽视，也是关系教育合理及成败的重要一环。

二

　　教育的形式主要可分为家庭教育，社会教育（包括在学校接受教育）、自我教育等，家庭教育和社会教育则是自我教育之基础，只有接受到合理的家庭和社会教育，才能更易于确立合理的价值观念，并形成为自我教育之基础。

学校的教育，作为社会教育的重要部分。然而，现代的学校，大都具有一个共同特点：注重于技术和技能的培养，而忽视人性和人格的完善，也为注重技能知识的传授，却难于合理的引导懂得道理，建立思想。即使有些涉及到与人格人性相关的教育引导，其实大都也难于真正起到合理的引导作用，或是出于某种既定的目的，或为利益的考量，或是出于某种意识形态的要求，或即是强迫的灌输某种既定的思想观念。此等教育方式，实已偏离了完善人格及人性的方向，也会对于独立之思想能力形成为障碍。缺乏独立思想能力的人，即使读很多的书，懂得不少的知识和技能，由于缺乏独立之思想能力，则往往只是被同化，或人云亦云，或缺乏创造性，对于一些事务和问题也难于真正辨明是非真伪，更容易在思想意识上形成为狭隘和偏见，如此，即使学得再多，也无自我之理解，无自我之识见，难于真正起到有益的作用。

尤其对于那些经受初级教育阶段的孩子们来说，他们犹如一张白纸，如何的培育和引导，就如同在白纸上进行描绘，如一个孩子，从小就接受不合理的教育，或灌输某种既定狭隘的思想，他们是难以分辨的。而一个从小就受到狭隘偏见意识影响的孩子，随着年龄的增长，则更难于形成独立之思想能力，更容易形成为心智及精神上的残缺，如此，则不知道理，而难于自我进行人格和人性之完善，难于成长为更文明的人。所以，合理的教育方式，当重于培养独立之思想力，如此，才知道理，才能自我提升及完善。也如人吃东西，只有营养均衡，才有利于代谢和健康，如只吃某一种东西，或总是吃一些缺乏营养的东西，或是有害的东西，这对于人来说，尤其是小孩子，身体一定会经受不住，而影响心身的健康和发育，即使是高级的营养品，吃多了也会产生副作用。

技术和技能的培养，大都是出于实用的目的，实用性技术和技能，一定程度之上能够起到改变外部世界的作用，但是，作为实用的技能，主要为技术属性，其本身并不具备思想，如仅仅只是注重技术技能的培养，而忽视思想精神的合理引导，则是片面的。如某个工厂，需要招收一批操作机器的技术工人，就委托某个学校招生培养，于是，该学校就按照工厂的要求，招收和培养了一批技术工人。从表面看来，似乎不存在任何问题，工厂有需要，而学校按工厂

社会部

的要求培养和输出技术工人，但是，一个被忽视的地方在于，这所学校只是按工厂的要求而培养和输出一批技术工人，而不是培养既懂得技术又具有思想的人。如一个只是接受技能培养而忽视思想精神合理引导的学生，其思想精神依然空乏和欠缺，一个掌握一些技术技能而思想空乏的人，则难于确立合理的价值观念，也难于自觉合理的运用技术，更难于自我提升和完善，或如只会做事而缺乏思想的机器，形成为人格及人性上的割裂。也需知道，人不是机器，更不能把人看成为机器，这当属基本的社会意识和底线。所以，如果只是强调技术和技能的培养，忽视了思想和精神上的健全，则难于产生更为文明的人，长此以往，也会对于社会环境和文明产生一种摧残的作用。

三

为何会产生注重技能培养而忽视思想精神的教育模式，这主要是为了迎合某一些人或某一部分人的需求和要求，于是，就产生了迎合式教育模式。迎合式教育模式，又是现代多数的教育机构所具有的一个共同特点。

为何要迎合？主要还是为了利益，或是为了赚钱，也是物质时代的一个主要社会特征。但是，迎合一些人的需求和要求，他们的需求和要求是否合理？是否符合文明的发展方向？是否符合人性完善的要求？在利益的驱使之下，则往往被忽视。

作为文明社会中的每一个人，接受教育，接受文明的成果和培育，已然是一种必要的需求，否则就难以跟上文明和发展的步伐。有需求就能够产生市场和交易。但是，诸多的教育机构，如只是考虑教育需求所能够产生的市场和利益，而忽视教育的本质，忽视教育的特殊性，则产生不合理。因为教育的主要作用是为了培育人的文明和促进社会文明，这与人们对于其他的一般商品需求具有不同的性质。如把教育也作为一种普通商品来看待，或只是作为赚钱谋利的工具，那么，还能够期待这样的教育机构能够产生合理教育的动力？还能够期待这样的教育体系能够起到培育文明的作用？所以，作为教育机构，首先是培育人的，而不是只为赚钱谋利的工具。如只是为了利益，而去迎合某些人的需求和要求，而一些人的需求和要求并非总是合理，则生不合理，显然，迎合的教育模式已然偏离了合理教育的方向。

又如现代流行一种功利式教育模式，美其名曰为成功智慧之学，其实质也是为了迎合一部分人的功利之心，如此方式之下，通过功利性的诱导，把人的思维意识牵引到一种功利欲望的胡同之中，加剧人的利欲之心，于是，在利欲意识的驱使之下，更多的人都把取得和满足视为目的，以为成功，形成为狭隘的功利意识，而误引扭曲人心及人性，也成为导致社会浮躁丑陋的一种因素，于人于社会危害不小，然而，此类教育机构竟然大行其道。

如何走出迎合的教育模式，迎合的模式一个主因是为了经济利益，所以，要走出迎合的模式，一个重要的途径就是需要去除教育机构利益化，去利益化的一个重要方式即是去商业化，因商业化，以赚钱谋利为主要目的，则难于走出迎合的模式。如能不以赚钱盈利为主要目的，才能够不去迎合某些人的要求和需求，也是保持教育独立和方向的一个重要条件。

去商业化，则走向公益化，教育公益化则更为符合教育的本质属性，因为教育关乎社会文明，也关乎每一个人，即是个人的需求，也为社会文明的发展要求，所以，教育的本质属性当为公益性质，而非商业性质，所以，主流的教育机构当去商业化，可使得教育的本质属性得以回归。

四

现代社会，无论是家庭教育或社会教育，又具有一个共同点：即注重培养（孩子）竞争意识。限于现实环境和自我的局限，不少人却认为这是一种正确的教育方式，不少的家长和老师都以为孩子需要具备较强的竞争意识，才能够立足于社会，才会进取，实际上，这是一种认识的误区，因人的竞争意识是与生俱来的，也属于一种动物本能，就如小鸡小狗之间，也会经常相互的争食打斗，小孩子从小也会打闹相争，这种源于动物本能的竞争意识，其实无须培育就已存在。

　　接受教育是为了完善人性，是为了培育文明的人，于文明人和文明社会，这种与生俱来的动物本能（竞争意识），不应是去强化它，而应弱化它，则为本能之上的提升。而由人构成的社会体系，从未缺少竞争，而是竞争过甚，强化竞争意识，即是把合理的竞争推向于不合理，不合理的竞争和意识，也是导致人与人之间关系恶劣紧张及社会混乱不安的主因，这与文明的人和文明社会的发展方向是不相符的，也会对于构建合理的环境氛围形成阻碍。

五

　　现代的教育模式通行学历教育，学历教育的主要方式为文凭认证，而许多人接受教育的目的即是为了取得文凭，这与迎合式教育模式其实也是互通的。如何取得文凭，则是从小学到大学，通过一级一级的考试来取得，于是，就形成了接受教育是为了考试，考试是为了获取文凭的模式。在商业化的教育背景之下，学校为商业化运作模式，也是文凭的制造者，如有更多的学生来到学校就读，就能够赚取更多的金钱和利益。当然，这需要得到大家的认可，而如何得到认可？即是培养学生在考试之时能够取得高分。于是，学校就十分的重视考分和成绩，如何能够让学生考得高分，一个重要的方式即是书山题海，有做不完的试卷题目和不堪重负的书包。这对于学生们，尤其是那些尚且年幼的小学生和初中生，书山题海的模式给他们带来了是什么？不难以想象，带来的是与他们年龄极不相符的重负和压力。就如一颗颗刚刚发芽的小苗，却要施加与承受力所不相符的肥料，表面上是为了让其更好的生长，实际上，却已危害了正常健康的生长。而在书山题海之中艰难成长的孩子，以这种方式培养出来的孩子，也许很会做题目，也许考试成绩会很好，但是，却过早的泯灭了孩子自由的心性和创造力，给孩子们幼小的心灵带去阴影和阴暗。

　　过早的泯灭自由的心性和创造力，这样的孩子长大之后，可以适应常规的社会事务，但是很难从事富有挑战性或开创性事务。另一面，不断的考试，以成绩的高低来定位，实际也在强化他们的竞争秉性，与生俱来的竞争秉性如过于强化，则必然走向扭曲。如一个很会考试，却缺乏思想及创造力的人，却又具有很强的竞争意识，必将心智狭隘和残缺，而形成为人性上的割裂和扭曲。如某个人，并不具备参与某项富有挑战性事务的能力，但竞争意识却很强。不具备能力，却有较强的竞争意识，一定会采取一些与工作事物本身无关的手段和关系来参与竞争，这一定是不正当的方式，这不只是个人的恶劣，也扭曲了社会环境。所以，考试加文凭的模式，难于达到合理教育的目的，也难于培育出更为文明的人。

六

有人会说："如不通过考试和文凭认证，有何方式来确定接受教育的程度？如何来保证公平？这也是一种公平的方式。"其实，一个人接受教育，不应只是为了得到一张接受教育的证明而已，应是为了真正的增进学识和懂得道理，如只是为了取得一纸文凭，也许并没有真才实学，则会产生一种虚假的结果。从现实来看，一些人热衷于高文凭和高学历，可能其中只有极少数人是为了学识或学术的理想，更多的人，则是为了取得一张更为有效的社会通行证，实际上，也是一种利益变通的心理和行为。当然，我们不能完全否定人的利益之心，合理的利益，合理的取得，当属正常范围，但是，如过于热衷于文凭和学历，恰恰说明了一些人的利益之心已经超出了正常的范围。当然，这不只是教育的问题，也不只是个人的问题，与社会环境也密切相关。

谈到公平，通过考试而取得文凭，多数人都以为这是一种公平的方式，实际上，这种方式并不如大家想象的公平，因为大家觉得这是一种公平的方式，所以也更具蒙蔽性。首先，考试加文凭的模式，并不能真正的起到合理的培育和教育作用，也已偏离了合理教育的属性，而为了一纸文凭，让更多的人参与其中，把文凭来作为进入社会的通行证，热衷于文凭的取得，这对于一些本在社会之中处于优势地位的人来说，他们可以利用手中掌握的资源和关系，更为

社会部

轻易的获取文凭，依靠更容易得到的文凭，又能够进一步巩固和维护他们的优势地位。而对于那些处于劣势中的人们来说，要取得文凭却更为不容易，也更为艰难，也只有通过一级一级艰难的考试才有可能取得，而在这一过程之中，如没有通过某个阶段的考试，就剥夺了他们继续接受教育的公平权力。实际上，看似公平的考试加文凭模式，却阻挡了更多人公平接受教育的机会，也阻挡了真实才能的显现，变相的加大了社会的不公，甚至成为一种变相的等级产物，事实上，一纸的文凭，也难与真实的学识品质等同。我曾经在网络上见到几个人在讨论一个问题，有一人被另一个人说的词穷了，于是就说："你什么文凭，没有文凭有什么资格讨论这个问题。"然后又说："没有文凭，都是下等人。"这时，又有一人出来说："以文凭说事的人肯定是个没有真才实学的草包。"确实，把学历文凭当成了一种炫耀的资本，或为变相的等级意识，而走向了真实才学和品格的反面。

七

要走出不合理的教育模式，即需要环境制度等条件因素配合，也还需要结合人的本身特点。从个人而言，不同的年龄阶段，经受教育的方式当有所区别，而不是每一个阶段都是一个模式，只是深浅难易的差异而已。就如同一个人从小到大，每一个阶段所吃的东西和所需的营养也不一样，当有所区别。如婴儿期以吃奶为主，到了长身体的阶段，则需要加强营养，成年之后，清淡则更利于健康。教育也一样，需要根据不同的年龄阶段和特点来展开。如少儿时期，孩子的智力和心身尚处于稚嫩阶段，这个时期，当注重于心智和爱的引导，让孩子们相互学习和体会关爱，理解，宽容，合作，也要让孩子知艰困，并逐渐的了解丑陋阴暗的一面，如此，才能够给孩子的心中带进阳光，才能健全孩子的心智。

过渡了基础知识的学习阶段（小学到高中），由于社会分工的需要，产生了技能和专业学习的必要，这属于后期教育阶段，由于已经完成了基础知识的学习，后期教育，当以自主选择为主，每个人都可以根据自我的兴趣和特点，来选择学习不同的专业和技能。但是，对于专业技能的等级衡量，也不应该由学校来决定，或由一纸文凭来衡量。在某个学校学习，学校只需要提供一个学习证明即可。事实上，学校只是一个提供学习的场所，而不应该成为确定学识等级的机构，学校发放的文凭与才学品格其实并不能等同，则会产生一种虚假。

另一面，学校制造文凭，以文凭来确定学识，则会形成一种扭曲的权力，而异化为利益机构，由于老师和学校掌握着发放文凭的权力，那么，学生为了取得文凭，就会和老师及学校之间产生一种微妙的扭曲关系，通过传导，又成为扭曲人心及社会的因素。学校具有培育文明的责任，如扭曲和异化，则是对于文明的摧残，而偏离合理教育的方向。事实上，由日后的实际发展和真实才能来决定则更为合理。而许多的杰出人物，其中有不少人并没有高学历和文凭，而是通过自身不断的奋发努力而取得。只对于极少真正取得杰出成果的人，为社会创造和贡献较大价值的人，才授予与学识品格相当的荣誉称号，此为荣誉的授予，而不等同于不具有实际意义的文凭，才符合真实，才呈现公平。

八

前面主要谈到的是学校和社会教育，当然，家庭教育也同样重要，甚至更为重要，因为父母的态度和价值观念，对于孩子的影响是最为直接的。要培育孩子成为文明的人，那么，首先要让自己成为文明的人。成为更文明的人，则重于开智，如自己都不能开智，又如何合理的教育和引导孩子。许多的父母长辈，教育孩子多以约束的方式，约束往往带有强迫，如他们认为一些事情不能去做，就会以强迫的方式来约束孩子，但是，如只是一味的约束，只会让孩子感受到束缚，却难以真正的明白一些道理和原由，也更容易激发内心的叛逆。所以，对于孩子，合理的引导实为重要，合理的引导，同样重于开智。开智，并不是让孩子们去做很多题目，去考很高的分就可达到，而应去培养他们独立的思想能力，培育客观公正的认知能力，如此才能懂得更多的道理，才能具有客观公正的态度，才能开阔和健全心智，才能成为更文明的人。

补：常见一些少年儿童，以成人化的方式装扮说话和表演节目，并赢来阵阵掌声，这究竟是值得叫好，还是应该感到悲哀。

如说现代教育最大的失败在于何处？在于培养了一批懂得一些技术和技能，而心智狭隘的利己者，然后利用掌握的技能和技术，损公肥私，欺诈诱骗，其中一部分还被称之为所谓的社会精英。

教育的问题，不只是教育的本身，也是一个综合的问题，也需要社会环境制度等条件因素的配合，从教育之合理也可见社会之合理。

环境意识

于人而言，因个体差异、禀悟不同，而各具特点，各有长短，于环境的适应和影响也不尽相同，有人适应这样的环境，有人适应那样的环境，适合你不一定适合于他，适合他又不一定适合于你，这是指小环境而言。

大环境，主要是指社会环境，每个人都会受到社会环境的影响，而多数人，为环境的被动接受者，环境对于多数人的影响是巨大的，有些人也几乎完全接受环境的影响和塑造。所以，不能过于强调主体的作用，而忽视了环境的影响力。过于强调主体的作用，则属于片面的观念，就如一颗种子，如处于贫瘠恶劣的环境当中，则更难于成长，如土质和环境适宜，则更容易长成大树。

但是，也需要认识，虽然环境对于人具有很强的影响力，但人不是种子，人具有主体能动性。还是有不少的人，能够一定程度的抗拒环境的影响，甚至影响和改变环境。当然，影响和改变，绝非是容易的事情，往往需要付出很大的代价，但是，如处于恶劣的环境当中，这种付出往往是值得的，能够产生更高的价值和精神。

所以，当知道，自我主体与环境的联系。自我主体作为社会体系的组成，属于社会的构成细胞，细胞的好与坏，决定了社会环境的好与坏，由许多个体构筑的环境氛围，又会对于其中每一个体产生影响，好的环境则产生好的影响，反之则产生不好的影响，所以，环境与个体之间，是一种交互影响的关系，而不是完全从属附庸或割裂的关系。

明白自我主体与环境的关系，则可构成为合理环境意识的基础，既然每一个人都会受到环境的影响，而每一个人都希望拥有良好的生活环境，那么，就当意识到，自我主体作为社会和环境的组成部分，就有责任去承担和构筑良好的环境氛围。

也当知道，适应环境，不等同于附庸，如只是环境的附庸者和从属者，则难于体现自我主体之作用，则可能产生负面的影响。所以，如处于不良的环境当中，当知改变或改良，先从自己做起。如处于相对良好的环境当中，当知保持和朝向更好的方向，如此，才能体现自我主体之良性作用，才能显现价值，也为责任。

补：人的社会属性，决定了每一个人不只是属于自己，也不只是属于家庭，还是社会的组成部分。所以，构筑起合理的环境意识，即为责任，也是构筑良好环境氛围的基础。如此，则有利于社会，利于他人，也利于自己。如多数人都能够建立起合理的环境责任意识，那么，就能够形成为良好的环境氛围之基础，也为推动社会发展的进步力量。

恶劣的环境当中，没有赢者，也包括那些得利者，至少他们在内外的交互作用之下，失去了做一个清白的人和清醒的机会，失去了恒久精神完善的机会。

（参看《养鱼》《本能、本真》等）

一类世故的人

社会之中，本存着丑陋的一面。而每个人在年轻之时，在未真正见识丑陋一面之前，都会把社会和未来想象的更为美好，而在逐渐接触和认识诸多丑陋现实之时，则会对于内心造成较大的冲击，因为现实的另一面，常常超出了自己的想象，在不断经历类似的冲击之后，逐渐成长的年轻人，会以不同的态度和方式来应对和适应种种冲击，这一阶段，也成为认知和价值观念重要的塑造成型阶段。

几乎每一个人，在年轻的时候，都会怀有一颗理想的心。理想为意识的反映和表达，但理想和意识也可能会出现偏差。这也无须担心，因为年轻人大都具有一个共同点，也是一种趋于向好的特点，他们对于未来充满了希望和美好的憧憬，怀有希望和美好，则不会过于的世故庸俗，而不会把金钱利益看的最重要，至少他们会认为：金钱替代不了理想，替代不了爱情，也替代不了美好的未来……或者认为金钱只是实现理想的一种媒介物。有理想的心，年轻的心，怀有希望和美好的心，也是能够超越现实利益的心。

然而，现实的力量是强大的，强大主要来源于现实利益的缘故，因为，一个人的生存和生活，离不开基本的物质需求，这种现实的利益需求，一旦转化为利益关系，某种意义上，就等同于把一个人和利益捆绑了起来，同时也捆绑了一个人的生存和生活。

对于具有理想的年轻人来说，一开始并不会屈服。但是，大多数的人，这可能仅仅只是一个时间的过程，由于现实的压力，生活的压力，许多人终究难以抵抗。而后，一些人由不屈服逐步转变为被动的屈服，但是强大的现实力量，不会只是让人被动屈服而已，又经过一段时期，一些人由被动屈服逐渐转化为屈服，一旦屈服了，就会服从，服从了，就会逐渐趋于认同。这是一个逐步转化和同化过程，由不屈服到认同，完成了一个人由理想到世故的转变。

服从和认同了，意识也会随之转变，于是，就会认为人生和社会即是如此，人生和社会即是利欲竞遂的表演场。从前哪位尚有些理想和热血的青年，今日竟会觉得昔日的一些想法和行为，只是幼稚和可笑。

从此，他们完全变了，他们忘记了过去的理想和热血，而成为一个个世故利益的同化者，于是，他们的思想和思维，从此局限于世故的利益之中，为利欲所牵引，再也难以摆脱。于是，对于事物，首先只是考虑利益得失，以此为衡量。他们也会否定曾经一些超越世故价值的想法，此时，如有人表现出一些超出世故利益的想法和行为，只会认为那是幼稚的，或觉得无知，无用，或是愚蠢的，他们以为走向了理智和成熟，而对于理智成熟的认识完全局限于世故的利益格局中。

他们几乎完全忘记了过去，忘记曾经的理想，对于世故利益之外的事情再无兴趣，也无感知，还会感到不屑，形成了利益等同于价值的观念，而形成为狭隘，而为局限。于是，他们再也无法超越，也不再认同超越。也更难于意识自我的狭隘和局限；于是，这样一些人，不再具有任何超出世故利益之外的追求和表现，成为了世故利益的同化者、附庸者，也成为执着于利欲的贪图者。

如果说因不合理的利欲纠缠，让环境变得如同一个浑浊的池子，那些执着于利欲的世故同化者，就如同浑浊的池水中，又增加了一滴滴污水，而更为浑浊。即使有些人在其中得到了利益，满足的欲望，但是，这样所谓的成功或成功人士，只不过是让水变得更为浑浊的那一滴而已。

（参看《利益》《畏惧与成熟》《一段谈话》等）

社会部

礼的文明

礼本为美好，然而，即使为美好的事物，也可能被一些人扭曲和利用为不良目的，于是就产生了蒙蔽性。就如有毒的蘑菇，往往会长成鲜艳的外表。

礼也本为文明之体现，相互以礼，可体现出人与人之间的平等尊重，这当然是美好的，也是文明的。然而，在（古代的）等级社会，本应体现文明和美好的礼，很大程度之上，却被一些人扭曲，或利用为等级划分工具，也异化为蒙蔽人的工具。

等级意识如何产生？简单地说，就是利益竞逐格局之中，胜者则自尊为上，而那些没有赢得利益的输家，则成为被欺压奴役的群体。于是，形成为所谓尊上卑下的观念，实为利益格局使然。然而，一些利益格局中的赢者，真正值得尊崇吗？实际上，利益之争本为低级动物的秉性表现，愈低级愚昧，愈喜欢无理争斗。

人虽也是一种动物，却已具文明意识，人类行走至今天，虽社会文明已经有了较大的发展，但是，至今尚不能摆脱一些低级动物的秉性，那些沉迷于利益相争的人们，就如同一群动物在争食。而一些竞逐中的赢者，他们自以为是胜利者，是成功者，是强者，这种心理也促使自我膨胀而自大，真以为当受人尊崇，实际上，就如同一只多争得一块肉的动物一般，低劣而蒙蔽。尚不能摆脱低级动物秉性的蒙蔽者，又岂能为尊。也如有一群猴子，为了争夺地盘而相互打斗，其中的胜利者也会表现出洋洋得意之态，而在高于猴子的人类看来，又是多么的滑稽和可笑。

而由利益格局当中所形成的尊卑观念，产生所谓的"礼"，又岂能真正体现出"礼"的涵义和文明的涵义。这种所谓的"礼"，本是建立于不平等之上，不平等又源于利益之争，由于利益的关系，彼此之间形成为一种虚假的礼敬关系，实为利欲使然，又岂是真正发自内心，也成为导致人性虚假扭曲的一个重要因素，也是对于天赋人格平等的否定。既已不平等，又何来真正的礼？也如有一人，一面欺压侮辱他人，却要求被欺压侮辱的人礼敬他，别人岂会心甘情愿和心悦诚服。所以，真正的"礼"，建立于平等之上，没有平等，就不会有真正的"礼"。

"礼"也应为自然的表现，而不应刻意而为，传统的观念则往往强加于人，或刻意为之，所谓"尊卑有别，长幼有序"等，即属于此类观念。"尊卑有别"为等级观念的体现，"长幼有序"表面上体现出一种人伦观念，实际上，小孩子本天真无邪，而不能过多或刻意的向他们灌输这种所谓"礼"的观念，强加于人或刻意而为的"礼"，实际也是一种表面的形式，而非实质。如一个尚小的孩子，每天见到长辈就一定要求鞠躬作揖，对于一个孩子自然健康的成长和心理塑造，一定是恶劣的，他们也会把这种虚假强迫的行为观念带到以后的生活行为中去。

所以，真正的礼，当重于实质而非形式，只注重形式的礼，往往产生虚假和虚伪。又如有一人，表面上对你礼敬有加，而背后却不屑于你，或在背后算计你，实际只是迷惑人的。而人与人之间正常的交往，如过于注重于表面或形式上的虚礼，比如见面需要如何示礼，见到不同的人要以何种不同的方式示礼等，此等流于表面形式的虚礼，不只是让人觉得繁琐厌烦，实际也扭曲了人与人之间正常自然的关系，也是导致人心和社会虚假的一种原因，也是传统等级社会的不合理留存。

所以，真正的礼，当为自然和真实，是建立于平等尊重的基础之上，是平等之上的相互尊重，是人与人之间真诚自然的互应，而不只是流于形式。如此，才能体现出"礼"所具有的真实内涵。也只有具有真实内涵的"礼"，才能真正起到文明的促进作用。也只有人与人之间能够建立起平等尊重及真诚自然的关系，才能产生更文明的人和更文明的社会。

关于企业的一些观点

　　企业生产商品和提供服务，流通的环节之中可能产生利润，于是，就产生了经济功能，利润即是高于成本的交易差价。由于企业具有产生利润的经济功能，在以经济利益为主导的社会体系当中，自然有不少人经营企业，是抱着赚取利润的目的而来，于是，产生了一种观点：认为经营企业的目的，即是为了追求利润的最大化。

　　企业赚取的利润，一部分为企业经营者所得，但是，经营者同样也需要承担企业经营可能出现的亏损和风险，所以，经营企业为收益和风险并存，也当如此，如没有风险，则反而不正常，或为不合理的因素影响。企业持续经营和发展，也需要一定的资金保障，利润则是主要的来源，所以，以这些角度，经营企业赚取一定的利润是应当的，也是劳动价值的一种体现，但是，也不能成为支持"企业经营是为了追求利润最大化"合理化的理由。企业的经营定位，如只是为了追求利润的最大化，就是说，创办和经营企业，只是以赚钱为目的，或只是把企业作为一种经济利益体来看待，恰恰忽视了企业存在的重要价值。

　　在人类社会进入工业时代之后，企业和社会大众的生活已经逐渐形成为息息相关和密不可分的关系，可以这么说，如果没有众多企业的出现，就不会有工业文明的大发展，也就不会有大家已然习以为常，或已觉得不可或缺的一些工业产品，如电视电脑，手机冰箱，车船等日用工业产品，如此来看，企业于现代文明之中，已经占据了显著的位置。

　　另一面，企业为社会及民众提供各种商品和服务，但是，也需符合民众的需求及社会的发展要求。民众需要怎样的商品和服务，当然需要优质的商品和服务。如一个企业只是为了追求利润，只是作为经济利益的谋取单位，那么，只是为了赚钱的企业，就会缺失为社会民众提供优质商品服务的理想和动力。如只是为了赚钱，在经济利益的驱使之下，一些无良的企业也由此而生。如那些生产伪劣产品的企业，如毒奶粉、楼脆脆、桥塌塌，地沟油，膨胀瓜果，激素养殖，打蜡米，骗子公司，圈钱公司等，都是一些只为了赚钱而走向无良的企业所为，而对于社会和民众的生活产生了严重的危害，则走向了企业价值的反面。所以，如只是把企业作为一种赚钱的工具，或只是作为谋取利益的经济体，则难于实现企业的真正价值，而走向了反面，走向扭曲，也是一种狭隘的行为观念表现。

狭隘的行为和观念，必将局限企业经营者的视野。如只是为了赚钱，利益充斥了内心，就会缺乏长远经营发展的心胸和眼光，则缺失了创造企业价值的理想和动力。缺乏理想和短浅的企业经营者，当然创造不出真正优秀的企业。所以，真正具有理想和心胸的企业经营者，则不会把追求利润视为企业经营的最大目的，而是为了创造社会价值和实现企业价值。也只有如此，才会具有理想，才会努力的提升商品服务的质量和品质，才会诚信的经营。如此，才能够得到更多社会民众的信赖和支持。能得到更多人的信赖和支持，企业自然能够发展壮大，而带来更多的利润回报，也为企业经营之正道。

也曾听一位经营者说："不是我想赚钱，也不是我不会赚钱，而是有些钱不能去赚，也不当去赚。"这是一位具有责任意识的经营者，也只有具有这样的意识才能创造出真正优秀的企业。真正优秀的经营者和企业，不是赚了多少的钱，也不是把企业做得多么大，而是坚守着企业该具有的那一份价值和内涵，承担起社会所赋予的责任。结合社会的发展趋势，企业未来的发展方向，当朝向专业和精深化的方向发展，朝向集成化的方向发展，而不是发展成为庞杂的企业集团，或为垄断。如此，才能保持经济和企业的正常发展与平衡。也如同体内的细胞，只有均衡协同的代谢和生长，才能保持康健。

未来企业的经营观念，也一定会从追求利润到追求价值的转变，如此，才符合社会发展的要求，也为社会文明提升的表现和结果。追求价值，为社会民众提供优质的商品和服务，也是企业存在的真正立足之处，也是企业彰显价值和荣誉之所在。

补：欧洲有一家知名的糕点店，已传承了十几代，这家糕点企业有一个长

社会部

久以来的规定，每天只烤几百箱糕点，卖完了，即使还有很多人要买，也不会再卖了。如以这家店的知名度，如要赚得更多，销量再扩大十倍也是容易的事情，这家百年传承的老店却不这么做。

而有些人，有些经营者，却想要抓住每一个赚钱的机会，如今天能卖十个，绝不卖九个，否则就会觉得还有一个怎么没有赚到，本可卖十个，怎么只卖了九个？

（参看《人与科技》等）

不该的相帮

如因某种关系或利益的原因，而去帮助一些品性不善的人，品性不善者，稍纵之则必将危害于人及社会，如此相帮，并非善举，也是一种失德的行为。

要看清楚一个人的品性，也不是容易的事情。判断一个人，不能只看表面，不能只看表现，还需看内因和秉性。不能只看如何对待己，更应看其如何待人。不能只看小处，而不看大处，或只看大处，而不看小处。也不能只看一时一事。

二代人

一

父母和孩子，二代人之间，是一个不断重复和延续的话题。父母和孩子是天然的血缘关系，当然，也有少数非血缘的收养关系，也同样适合于二代人之间的话题，因为养父母对于孩子的抚养，与亲生父母对于孩子的抚养，并无多大的区别，只是前者是生育的，而生育之后即是抚养。

抚养孩子，当然不只是给孩子穿衣吃饭即可，实际上，一些父母对于孩子的抚养观念就停留于此，这种观念，产生了一种误区，如抚养孩子，只是让孩子穿衣吃饭而已，那么，一些孩子，身体和生理上虽能够长大成熟，但其他的方面，如孩子的思想和精神，是否能够得到健康的成长和发展？实际上，思想精神的健康，丝毫不亚于身体的健康，身体若不健康。不只是自己痛苦，也会让一些亲近和关心的人苦累。若思想精神不健康，不只是危害自己，也可能会产生更大的危害。所以，任何的人，思想精神的健康，同样不能被忽视。对于父母们来说，抚养孩子，不只是把孩子养大，培育孩子健康的思想与精神，也是合理培育的重要部分。

二

孩子渐渐的成长，就如从大树上落下的种子，逐渐生根发芽。这些不断生长的树苗，如总是笼罩于大树的荫底下，就会得不到正常生长所需要的阳光和空间，则不能健康生长。而一些父母，总是习惯把已逐渐长大的孩子笼罩于自己的范围，这样的父母，当知一个道理，孩子已渐长大，需要有属于自己的空间，如过于的笼罩和控制，则遮盖了健康成长所需的阳光和雨露，如此，也更容易激发孩子的叛逆。孩子到了一定的年龄，都会产生一些叛逆，而在一些父母看来，是孩子不懂事或不听话了。其实这是正常的，也是很自然的事情。就如同羽翼渐丰的小鸟，跃跃欲试总想飞向天空，而大鸟却总是担心小鸟飞不起来，担心小鸟会掉落树下，于是就会阻止。可是小鸟却不会这么想，那种跃跃欲试想飞的感觉，让小鸟兴奋，让小鸟激动，让小鸟期盼，这与父母的想法可能会产生冲突。

每个孩子都会经历这样一个阶段，到了这一阶段，如何的引导孩子，如何减少和化解与孩子之间的矛盾，方法很重要。然而，不少的父母，想到的方法就是强力的控制，这也是传统的方法，小鸟想要飞，就不能够让它去飞，以为

社会部

控制住就行了。实际上，这容易造成更深的矛盾，产生愈远的距离，于是也愈难以理解和沟通。孩子想要飞，本为自然的反应，如果父母不能从这种角度去理解，而是强迫的控制他们。一些孩子，为了摆脱控制，为了寻找自我，就会以愈为叛逆的方式来回应。其实，这并不是孩子想与父母为敌，只是试图通过某种反叛的方式来摆脱父母对于自己可能过份的笼罩和控制。于是，就可能出现几种情况，一些孩子经过痛苦的叛逆过程，一定程度之上摆脱了对于自己不合理的控制，虽然摆脱了，但是心灵上所受到的创伤，却不是那么容易修复和弥合。也有一些孩子，随着长大，依能不能摆脱，这样的孩子则更为不幸，所受的伤害也将延续下去。还有一些孩子，则更容易把在年少时期所受的伤害和痛苦带到以后的生活和行为中去，他们也可能变得强迫和暴力，则会产生更大的危害。

所以，对于父母们来说，面对叛逆的孩子，更应该思考引起孩子叛逆的原因，以及自我的原因。也当思考，如何正确的引导和减少孩子的叛逆。孩子在成长的过程之中，本有许多不懂的事情，也会出现诸多的问题，但是，对于孩子所发生和存在的一些问题，首先当视为正常，因为他们本只是孩子，还没有学会更强的理解力、包容和自我控制等，这对于不少的成人来说也同样不容易做到。孩子也不可能完全达到自己的心意，而且，也不能把养育孩子，以达到自己的心意来作为目的，那是很狭隘和自私的想法。

更为正确的处理方式，当从孩子的角度去理解和了解孩子，如此，在理解的前提之下，才能更为容易和孩子之间建立起沟通的渠道，如只是通过强迫或控制的方式来对待，那只能阻碍相互之间正常的交流，如正常的沟通交流渠道阻塞了，那么，相互之间只会越来越远，而更难于沟通和理解，产生愈深的矛盾。

理解孩子，也需要平等的看待和对待孩子，一些父母们，总以为孩子小，对待孩子的方式，总习惯以训斥的口吻，而不能平等的对话。其实，虽为父母，但与孩子之间也当为平等的关系，而不是把彼此看成为不可逾越的二代人，也只有在平等的基础之上，才能够平等的对话和交流，才能够建立起信任。有了信任，才能建立起沟通理解的渠道。如此，即使与孩子之间发生了矛盾，但彼此之间具有信任的基础，能够平等的对话，能够相互倾听各自的意见和想法，沟通的渠道还是通畅的，那么，即使发生一些问题，也能够更为容易的化解，这也是减少孩子叛逆的重要方式。

三

二代人之间，存在着一种天然的属性，也是一个绕不开的话题，这就是爱。无论是父母爱孩子，还是孩子爱父母，本出自于天性，天性之爱本为自然，因自然，而显真实，而无条件。所以，有人赞扬父母之爱的伟大，当然，如此赞扬是有道理的，确实，难有什么能够超越父母对孩子的爱。但是，有一种现实的现象，人们往往赞扬父母对于孩子的爱，却大都忽视孩子对于父母之爱，在许多人的意识之中，此为一种非对等的关系。也有人会说："只是小孩子，哪里懂得什么是爱。"其实，爱主要为一种天性的情感反映，与智商有关联，却也不能对等。而这种天性，不只是在人类身上存有，自然之中，许多智力相对较低的生物，也同样存有天性之爱，它们也和人类一样，疼爱自己的孩子，我曾经在电视上看到一个动物节目，一只受伤的小猴子已死去了，它的母亲，一只母猴，抱着死去的孩子整整一周而不愿放手，直到小猴子的身体已经腐烂还不舍丢弃。

小孩子的智商虽尚未成熟，但这并不妨碍他们天性的表达爱和感受爱，而他们的爱，一定是给予最亲密和最信任的人，而最亲密和最信任的人，当然是养育自己的父母。孩子对于父母的亲密和信任，不会因为父母是怎样的人，不会因为父母的贫富智愚而改变。小孩子最快乐的事情就是在父母的怀里撒娇，小孩子最开心的笑容是和父母一起玩耍，有的时候，父母也会感到不耐烦，也会呵斥孩子，但是，在哭过闹过之后，马上又会扑到父母的怀抱，全无芥蒂。孩子对于父母的信任，对于父母的依赖，对于父母的牵挂，如与父母分开，孩子那依恋不舍的眼神，孩子对于父母的亲昵和撒娇，孩子在父母面前的顽皮，孩子和父母一起讲故事，看星星……其实都是孩子在表达对于父母的爱，而这是多么纯真的爱，是多么的美好和自然。于是，父母和孩子之间，就形成为一种自然的爱的交流，交融成为最温馨幸福的体验。这种体验，对于父母们来说，也许感受会更深，因为成人除了天性之外，还具有更为成熟的意识，能够感受更深。虽然父母辛苦的抚养孩子长大，是一种付出，但收获的，却是孩子多么纯真自然的爱，这是无法替代的，也是无法以物质衡量的幸福和满足。

四

　　然而，现实之中，虽父母们都能够感受和享受来自于孩子纯真自然的爱，孩子带来的幸福和快乐，但一些父母，虽能感受，却不能如此理解，他们忽视了孩子对于自己爱的回馈。于是，就会认为，只是自己对于孩子的付出，是单方面的。如把养育孩子，视为一种付出，当然会想要得到回馈和回报。于是，就产生了一种意识：认为抚养孩子，孩子长大以后，理当回报父母的养育之恩。这看来是合理的，尤其在伦理道德方面得到了强化。一些持此观点的父母们就会对孩子说："我辛苦的养育你长大，付出了那么多，你应当要懂得感恩和回报。"这看来也无可辩驳，长久以来已形成为大众思想。但是，这种意识产生了一个问题，每一个父母都会认为自己爱自己的孩子，但如果把养育孩子视为一种付出，而想要得到回报，其实已经在爱的前面预设了前提，难道养育孩子的前提是为了得到回报？这种意识其实也已扭曲了天性之爱。父母爱自己的孩子，本出自于天性，如预设了前提，这种天性之爱还那么纯粹自然吗？还那么伟大吗？于是，因此而产生了一些问题，如有些父母，有意或无意的以爱的名义来要求孩子，来控制孩子，这些想法和行为，却往往事与愿违，不但不能拉近和孩子之间的距离，还会越来越远。所以，作为父母当知道，父母和孩子之间，爱也是对等的，而不是单方面的，也应体会和理解孩子给予的爱，爱也不是强为而来的，如以爱的名义来要求孩子，或预设了某种前提，那已失去爱的真义。

不对等的意识之下，只是强调父母对于孩子的爱，却忽略了孩子对于父母的爱，也成为父母和孩子之间建立正常自然关系的巨大障碍，也会直接导致了情感上的疏远。而这种结果，是任何父母都不愿意看到的，孩子们也不愿意如此，但是，由于意识上存在的误区，往往成为了现实。

另一面，一些父母却过于的溺爱甚至放纵孩子，以为这是爱孩子的方式。过于的溺爱，就如同把孩子长期浸泡于糖水之中，虽然很甜，却得不到健康成长所需的各种元素和营养，也是让孩子不见真实，这样的孩子，难于健康的成长，也难于建立正确的人生观及生活态度。放纵孩子的父母们则当知：有所生，则当有所养，有所养，则当有所教。放纵孩子，置孩子的问题和错误而不顾，实际也是对于孩子的不负责任。如只是给孩子吃穿长大，却不知正确的引导和教育孩子，这样的孩子，往往在思想和精神上更容易出现问题，难于知事和自我管理，也是把孩子推向愚昧和丑恶的方式。所以，每一个父母，都应当去思考和理解，都当去理解与孩子之间的爱，这多么的重要，也为责任。明白了责任，才有承担责任的意识和动力，既是对于孩子的责任，也是对于自己的责任，也是对于社会的责任。

五

小鸟渐渐的长大，大鸟却日渐衰老，已飞不高远。曾经撑起一片天空的大树，日渐凋零，已经不起风雨。曾轻易能把孩子举过头顶，现在连走一段路都气喘吁吁。孩子在长大，父母在老去。曾经强大的一方日渐衰弱，曾经弱小的一方日渐强壮。当然，这种强壮与弱小，不是对应的关系，而是一种自然的角色转换。

随着孩子逐渐的成长，到了某个时期，一定会有某个阶段希望脱离父母的怀抱，就如羽翼渐丰的鸟儿，迫切的想要飞向天空。但是，父母们不同，从内心来讲，每一个父母，都希望自己的孩子能够留在身边，从孩子出生的那一刻起，最大的希望和期盼，就是看着孩子能够健康的成长，幸福的生活。于是，孩子的快乐就是父母的快乐，孩子的痛苦也是父母的痛苦，孩子的幸福就是父母的幸福。但是，无论从现实或自然发展的角度，已然长大的孩子，都需要去寻找自己的天空，也需要属于自己的天空。这对于父母们来说，却是一种缺憾，但正因为缺憾，而使得父母和孩子之间存在的天性之爱，更显得真实自然。

当然，孩子去寻找属于自己的天空，父母和孩子之间的分离，只是形式上的分离。孩子走的再远，飞的再高，他们的背后，都有永远不变的牵挂，都有对自己永远不变的人，都有对于自己永远不变的爱，那就是父母，那就是父母对于孩子的爱和牵挂，在这个世界上，难有比拟！无论自己的孩子以后成为怎样的人，无论孩子的贫贱富贵，在父母的眼里，都不是最重要的，在父母的眼里，永远只是自己的孩子，而不是其他，只要平平安安就好。父母永远牵挂自己的孩子，及至生命最后的意识和记忆，也都是自己的孩子，这是一种难以改变和超越的自然情感。

父母一生都牵挂自己的孩子，当然，孩子同样也会牵挂自己的父母，因为那里有自己的根，那里有最真的爱，那里有不变的人。所以，无论自己走的多远，飞的多高，无论自己失意或得意，无论悲伤或欢乐，无论孤独或喧嚣。有一个地方，永远可以回去，有一个地方，总能得到安慰，有一个地方，永远都在为自己守望，那就是父母。所以，无论飞的多高，走的多远，都不会那么孤单，都不会那么害怕，因为在背后，有永远不变的爱，有爱自己永远不会变的人，这也是力量的来源。我认识一位朋友，他随着妻子落户到了外省，有一次，我在他的博客里看到这样一段话："我想念我的父亲，想念母亲，你们都去了，就留下我一人。"这是一个与父母分离多年的孩子对于父母真切的思念。

六

当然，每个人都会有自己的局限，父母也不会例外；每个人都会犯错，父母也不会例外，也包括父母对于孩子的错。但是，需要知道，不会有父母会故意或恶意对于自己的孩子犯错，那只是因为他们的局限。所以，对于父母出现的错误，也需要理解，也需要包容，就如自己无心的错误，也希望得到谅解一样。包容是一种态度，也是一种容量和胸襟，如你连父母并非故意更非恶意而出现的错，都不能理解，都不能包容，那只能说明你见识的短浅和心胸的狭隘。由于缺乏见识及狭隘，一些儿女就会对于父母表现出不该有的恶劣态度，他们也如一些父母，把抚育孩子视为付出一样，而认为父母生育自己，就具有爱的义务，如果以为爱是一种义务，本已产生了偏差。于是，他们的内心，就会以为父母当无条件的满足自己的心意和要求。这样的人，不能容许父母有任何违拗自己的感觉，不能容许父母对于自己出现的错误。如有违拗自己的感觉，或不能满足自己的要求，就会认为父母没有尽到责任，就会认为父母不爱自己，就会以为都是父母的错。于是，就会对于父母产生不满，产生怨恨。其实他们不明白，自己已然成人，当具有更为成熟理性的意识和态度，来对待父母，来处理与父母之间的关系。如只是抱怨，如只是要求父母能够达到自己的心意，这是一种不成熟和不理智的心态表现，也是对于父母的一种强迫行为。也当去理解，父母不可能能够满足自己所有的要求，不可能达到自己任何的心意，当知父母也有他们的局限，也有他们的想法和自由，也有属于自己的空间；也当知爱为自然，而不是义务；也当知他们的不易，他们是抚养自己成长的人，是已然衰老衰弱的人，他们也需要爱，也需要关心，也需要理解，也需要包容，也如同自己小的时候需要得到父母的爱和温暖一样的，为何不能够理解和包容这个世界上唯一的、无条件的爱自己和牵挂自己的人。

其实，一些儿女认为父母的错误，也许并非真是错误，而是由于自己的狭隘和偏见。所以，父母和孩子之间，都需要相互的理解和包容，如此，才能体现出至亲之爱的涵义。所以，二代人之间的爱，源自于天性，也需要理性，相互之间需要建立起自然和理性的关系，这相对于只是强调抚养责任或孝道伦理，则更为合理。

补：曾经的孩子已然成人，或为人父母，都当学会识错，知错和改错，当知相互理解，此为二代人之间建立起理性自然关系的基础。

（参看《爱情与婚姻的观念》《释爱》等）

社会部

感恩

社会之中，"感恩"一词常被一些人说于嘴上，记于心上。古时的主子对奴仆说："我给你吃的喝的，你当知感恩。"有人觉得恩惠于人，内心总是恋恋不忘，或总在期望报答。一些父母也对孩子说："我辛苦的养育你，你当知感恩回报。"于是，"感恩"成为施恩而求报答的心理源流，也成就了一些人的高高在上，成就了坚固的孝道伦理，也成为冠冕堂皇的口号。

主子对奴仆说："你当知感恩。"如社会之中，人与人之间，存在着主子和奴仆的关系是合理的，那么说明，人格和尊严都是不平等的。如果连天赋平等的价值观念也被否定，如此人心和社会，必定丑陋扭曲不堪，也是源自于传统等级观念的余毒。而谁养活谁？是劳动者养活一些不劳而获的人，养活一些寄生恶劣的人，还是这些人养活了劳动者。

养育孩子，本是辛劳的事情。但是养育孩子，不应是为了得到回报来作为前提，而是爱。

有些人把帮助他人，视为对于人的恩惠，而恋恋不忘。如帮助他人，是为了得到报答，只不过是一种利益交换的心理而已，实际已是多么虚伪的情感和行为。

总是强调感恩的社会是多么的虚假，总是强调感恩的人是多么的虚伪。如果说存在着一个必须感恩的对象，那只有一个，即是那容纳万物，化育万物，给予我们一切，却永远默默无言的自然，而在任何时候，自然都不会存有得到感恩回报之意，而是永远默默的奉献，奉献阳光、空气、水、食物等。

然而，一个人当怀有感恩之心，当知感恩，无感恩之心的人，也是无真情之人。无论是容纳和化育我们的大自然，还是养育我们的父母，还有那些不记回报，给予你帮助支持的人，一定要记于心里。因为他们给予你的，不只是帮助，也是最为难得、最为珍贵的真心和真情。对于任何人来说，还有什么比得上真心真情更为珍贵，你也许能够易得黄金万两，你也许能够倾闻天下，但是，却难于人待你真心，予你真情，如在苦难之时，则更有体会。所以，不要被一些外在的东西，蒙蔽了你的眼，蒙蔽了你的心。别人给予你最珍贵的，你当知珍惜。也要感恩许许多多你所不认识的陌生人，你的吃穿居用识等，都有许许多多你所不认识的人在默默的付出，在默默的奉献。

也不要把感恩一定等同于物质回报，很多时候，别人并不需要你的物质回报，物化的情感，往往可能扭曲珍贵情感的本身。所以，别人给予你最难得的真心和真情，你当感知，当知珍贵，当知珍惜。珍惜的最好方式，就是做好自己。做好自己，保持你的真心和真情，也如人待你予真心和真情。你感知了真情真意，你珍惜了真情真意，就是一个眼神，别人也能感受到真心的回应。真心源于内心，是人与人之间真情的互应。

（参看《奉献》《二代人》《释爱》等）

一家人

生活在地球之上的人类，有不同的肤色，说不同的语言，也有民族地域之分。其实，无论是什么肤色，说什么语言，住在什么地方的人，都具有相似的情感和感受，相似的习性和喜好，相似的思维和习惯，都具有一样的共性，都有一个共同的名字：人类。

其实，无论是肤色语言或民族地域的差异，都只是表面的，如说人与人之间存在着差异，真正的差异，只存于个体与个体之间。任何肤色种族，任何地方的人，即有善，也有恶，即有智，也有愚，既有你所喜之人，也有你厌恶之人，既可成为朋友，也可能遭遇敌视，各有所长，也有所短……所以，人与人之间，个体之间的差异而为差异，而不是肤色语言或民族地域之表面差异。

　　人类社会发展至今，种族地域观念仍然深入人心，这种观念，一直以来给人类带来了无数的灾难和罪恶，也是相争相害的主因之一。而这种带来无数罪恶和苦难的观念来自于哪里？它的更深层之处则来自于人的愚劣之性，如愚昧狭隘，贪婪自利等，愚劣使人蒙昧，使人无度无制，无理暴力，往往只会考虑和顾及自我的利益得失。如有一个人，或一群人，本拥有属于自己的东西，本拥有自己的领地，而不去思考如何合理的运用自己所拥有的，却想要去掠夺别人的东西。也如一个人的手里，本有面粉、鸡蛋、盐和糖等，不去思考如何做蛋糕，如何做更美味的蛋糕，而是盯着别人手里的蛋糕，想要抢夺别人的蛋糕，实为卑劣和愚昧，也为人性之缺陷，从而引起相争相害。于是，就以不同的肤色语言，或民族地域等，划分成为一个个大大小小的利益体，相互争夺和争斗。在相互争斗残害的过程中，积累了越来越深的恩怨情仇，使得相互之间愈为仇视和敌对，愈难以相容，愈为争斗不休，愈为阻隔，而难以弥合，而带来无数的灾难和罪恶。

　　所以，当认识到种族地域的区分观念，本源于愚劣之性，本为落后的观念，带来了巨大的危害。任何以种族地域为名义而侵害或伤害他人的行为，都是不合理和不正当的，都是制造灾难和罪恶的源头，如利益集团，狭隘的民族主义者，狭隘的国家主义者等，都为如此。

　　而不同的肤色，说不同语言的人们，也如诸多多姿多彩的自然造物一样，具有不同的美，不同的内涵，也如不同颜色的花朵，缺少一种，就会缺少了一种美，就会缺少了一种内涵，这是自然的抉择，也是自然馈赠给人类的礼物。而人类，不能愚蠢的把自然馈赠的珍贵礼物，却用以糟蹋和残害自身。

　　放眼人类社会前进的步伐，将是不断融合之趋势，而不是相互孤立和分割，孤立和分割为愚昧与落后的产物，也必要淘汰。孤立和分割总是带来灾难与罪恶，而融合则可带来希望与和平。

　　所以，生活在地球之上任何一个地方的人，都应当知道，地球是大家共同的家园，在这个大家园之中，不同的肤色，不同的语言，都增添了美，增添了内涵，也增添了精彩，都是其中不可或缺的珍贵组成，不能因为一些表面的差异，不能因为自我的愚劣之性，而长久的阻隔了大家，长久的伤害大家，因为大家本是一家人。

（参看《未来的人》等）

成功的观念

一般而言，人们对于成功的认识和观念，主要有几种表现。第一种为追求个人的成功，追求个人的成功，主要以满足私欲私利为目的，而现实之中，不少人的成功认识观念只停留于此，他们只关心自己的得失和感受，并以此来衡量成功与否，限于金钱名利之内，追求自我的满足，这也是一种功利性的欲求表现，源于本能，而无提升，实属一种低级的本能欲求反映。人如果只是为了自我的满足，只是关心个人的利益得失，把个人欲求的满足与成功与否等同起来，这样的人，就会千方百计，或不择手段的去谋取利益和追求满足，则会伤害他人及更大范围的利益。如此，则走向狭隘，则会给他人和社会带来危害，也成为扭曲人心和社会的重要因素，其危害不言而喻，所以，也是一种低劣有害的行为观念。

第二种则是把个人成功与社会价值结合起来。一些人追求个人成功的同时，也自觉或不自觉的创造了一定的社会价值，以此为衡量，则属中性。

如一个商人，为了谋利，却不能够诚信经营，而通过不良的方式和手段去谋取，那么，就走向了价值的方面。如果商人能够诚信经营，为社会民众提供优质可靠的商品和服务，得到了大家的信赖和支持，而赚到了钱，那么，商人在经营得利的同时，也把个人的利益与社会利益结合了起来，实现了一定的社会价值，而为中性。如能够更进一步，依靠诚信经营，赚到了钱。商人不是把赚来的钱用来挥霍炫耀，而是用来创造更大的社会价值，如可关注社会的不公现象，可推广某种有益的思想理念，可关注自然环境生态，可关注弱势群体等，那么，商人的价值就得以提升。

第三种最难于做到，也难于产生，与追求个人的欲求满足不同，而是怀有更高的理想，为创造更高的价值。存于现实，而高于现实，怀有更高的目标，如要去实现，则需要更大的付出，需具有常人难以企及的勇气和信念，也包括放弃和牺牲个人的利益得失。存于现实，而放弃和牺牲自我的利益得失，这对于任何一个人来说，都是艰难的，也难于做到，不只是自我舍弃，也是以个人之力量与丑恶愚劣抗衡，但是，也因为如此，才可为常人之不可为，才可能产生常人无法企及的精神和力量。

如一些先行者、引导者、开创者，多属于此类；一些为人类社会进步发展贡献出巨大价值的人，多属于此类。这一类人，奉献自我，创造价值，具有非凡的才能，铸造非凡的品格与精神。因此，也成为人类前行的主要拉动者及精神铸造者，而为社会之脊梁。然在世故现实之中，一些追逐更高价值和真理的人们，他们在奉献和创造的同时，却还要遭受多少世俗愚劣的折磨和苦难。

当然，也还有其他的选择，如以平凡的心态，来感悟和顺应平凡的生活，感悟平凡之中的简单和真实，快乐和感动，这更接近生活的本质，放下成功，何尝不是一种成功，而又有几人能够做到。从人们对于成功的认识和观念，也可见社会环境之合理。

补：成功，不意味着享受美好的生活，或满足了利欲。愈成功，愈需具有责任感，需要承担更大的社会责任，如此才能产生正向的社会价值。

成功也是一个人们喜欢讨论的话题，有人说成功需要胆略，有人说需要才能，有人说需要德行……如大家都喜欢谈论成功、崇拜成功，实已失去了德行。浅薄之人，如成功，或太早成功，难有真正的领悟，而被追捧，或被鲜花掌声包围，则更难于分辨，易于迷失，或成为无制无度的狂妄之辈。

（参看《平凡》《由价值谈起》《能者》等）

未来的人

　　小孩子总是喜欢模仿，尤其一些不良的习性，更容易去模仿，于是一些小孩子模仿大人们抽烟喝酒，模仿暴力，不讲道理，欺负小伙伴小同学等。一些这样的孩子，让人觉得没有教养好。但是，小孩尚小，尚不知事，尚不懂得明辨是非，如成人也还不能明辨是非，还不懂得道理，或如小孩一般缺乏自控之力，那么，不只是个人修为的欠缺，也容易给自己和他人带来危害。

　　不良的习性，往往是由于无知无制而引起，本为愚劣。暴力行为也不只是指短兵相接，拳脚相加，如为私欲私利而害人害众，狡诈算计，也为暴力，只是更为阴暗卑劣而已。诸多此等低劣愚昧的意识行为，与人类和社会当不断的发展进化也是不相符的。

　　人类的进化，不只是肉体的进化，不只是肢体外形的变化，更重要的是思想与精神的进化。从人类发展的历程来看，经历了几次进化和飞跃，人类的先祖们曾经历过一段血腥而残暴的野蛮时期，而后逐渐建立起文明意识，此为一大飞跃，为人类步入文明打下了基础。尔后又产生了文字，文字的产生，对于人类来说，意义非凡，也是人类文明进化的一次重大飞跃，让人类步入了文化知识和智慧的积累阶段，而为文明持续发展提供了条件。在物质方面，人类历经了漫长的农耕发展时期，到了近代，科技异军突起，又翻开了社会发展新的一页，让人类步入了能够运用外力的科技时代。然而，无论是理想时期，还是野蛮时期，或氏族社会，或由古代至现代，这些社会变化过程的实质是什么？即是人类和社会在不断的发展和前进，在不断的演化和进化。但是，从前的几次进化，除了文字的产生，多为跟随着外部世界而变化，多为物质层面的进化，但是，人的自身，内部，人的思想精神，是否也随着外部世界一道发展演化？是否也得以合理的进化？如外部世界在不断的变化，不断的进化，而人类自身却停滞不前，那么，是否能够适应变化，是否能够驾驭不断变化的外部世界。所以，人类不能只是关注外部的变化，也还需把目光转向自身和自我。

从事实来看，自人类步入文明以来，自有史记载的几千年，人的自身和内部，虽也有些改变，但是，整体而言并无出现较大的变化或进化，现代人与几千人之前的古人相比较，在思想意识和情感精神的表现上，其实并没有出现较大的差异，这说明人的内部，思想精神，也更难于进化，更难于提升。当然，这不是悲观，相对而言，内在的变化更难于外在的变化，无形的变化更难于有形的变化，也无须悲观，因任何事物的变化发展都有一个累积的过程。而从人类社会的诸多表现及现象来看，虽然缓慢，但是，也在逐渐的积累能够发生质变的诸多条件，时至今日，诸多的条件也愈为显现出来，实已处于转折的前段，可以预见，在不远的将来，人类又将要步入又一次重要的进化大门，而这一次进化，其意义不亚于人类历程的任何一次进化，因为这一次，不只是跟随着外部的世界，不只是限于物质层面，而是人类的自身，内部及思想精神，将要出现一次前所未有的重大质变和提升，也属于人类本质层面的进化，也是人类自步入文明以来，又一次真正的质变和飞跃，其重大的意义不言而喻。如人类能够顺利的完成此次进化，那么，预示着人类将要步入更为高级的生命状态。那么，那一天到来，人类虽然还是人类，但是，未来的人类与现在的人类，已有较大的不同和差别，不只是表面，而为内在，为思想精神的差异。

相对来说，未来人会具有哪些特点？从大的方面来说，未来的人更为智慧，更为文明，具有更为完善的人性，现代人注重物质与利益，未来的人则更重于精神与智慧。

随着物质供需的密码被逐渐的破解，人类也将逐渐的摆脱物质之困。那么，未来人类的思维意识，也将逐渐淡化以物质为主导时期所形成的物化意识，逐渐转变为思想精神的提升。思想精神得到了提升，那么，由物性思维所引发的诸多愚劣扭曲之性，一些具有物质时代鲜明特征，人们已然习以为常，或认为不可改变的一些恶性劣行，如贪婪、功利、虚荣、虚假、欺弱、附恶等，也将逐步的减少和得以修正，这是人类思想精神提升的结果，也是人性不断完善的结果。

不断的提升思想精神，不断完善的人性，此为条件，则可不断的激发人的智慧，人的真性和善良，此为基础，无论是对于自我、或对于他人，社会，都是重要的，也是建立更为合理的环境必不可少的条件和基础。所以，人性不断完善的未来人，更为智慧，也更具精神，更为友善、也更为真实，由此而促成为更为良好的社会环境，良好的环境又与自我形成为良性的交互作用，则可促成人与社会不断的朝向更为高级的状态前进。

未来的人类，也将具有更强的自律和自觉意识，自律和自觉，也属于智慧品格的一部分，为精神提升的表现，则可使得人性愈为完善。相对而言，当今的人类还缺乏更强的自律和自觉意识，缺乏主动的完善意识，诸多的问题和缺陷，诸多的愚性和劣行，往往需要外力作用而改变，也是诸多不合理事物长期存在的一个主因。由于具有更强的自律和完善意识，未来的人，对于诸多不合理的存在与事物，也就具有了更为主动的修正意识和改良动力，此为基础，则可促进人的自身和社会朝向更为合理的方向发展，成为人类与社会不断进化和提升的动力。

未来的人将更为厌恶暴力，这不是体能的问题，而是人类的历程已经遭受了太多愚昧无理的暴力伤害，更为理智的未来人，能够更为清晰的认识到暴力所带来的伤害和危害，因具有更高的智慧和自律意识，则能够更为有效的减少和避免诸多的无理和伤害。

未来的人也会具有更强的外力掌控能力，寿命也会更长……但是，也会产生新的问题，将要面对新的秩序构建。如一个长寿的人，具有良好的精神和品格，则能够带来有益的价值；如品行恶劣的人也长寿，则会带来更多的危害。所以，未来的人必须具备更高的智慧与精神，如此，才符合文明的发展方向，才符合未来社会的发展需要，才能与外部世界进化相匹配，才能驾驭自我及外在，才为合理的进化，才会有美好的未来。

（参看《预言》《一家人》《人与科技》等）

人与科技

一

人一睁开眼睛，就好奇的望着外面的世界，好奇，已种下了科技的种子，科技这颗种子从萌芽开始，就得到了人类的喜爱，因为它一开始带来了不少的方便，满足了人的一些欲求。科技源于好奇和探索，而后被视为技术和运用为技术手段，人类一直为科技的发现和创造而感到骄傲，也为发现和运用一种新的力量而感到沾沾自喜。科技所要发掘的力量。也总是静静的在那里，等待人去发现，去碰触，去为它开锁，而一旦打开，就再也难以锁上。

人类发现和运用科技的力量，于是科技的力量也随着这种传导而对于社会产生影响。随着科技愈为发展，影响也越来越强，而人类在感到沾沾自喜之时，是否意识到科技的力量只是一种物性的力量，之所以称之为物性力量，是因为这种力量不具情感，也无精神意识。而人类是具有精神意识和真实情感的。以人的力量，一种具有意识情感和精神的力量，为无情感精神的力量开锁，而随着这种物性的力量不断的释放，不断地奔涌而出，人类有限的智能和精神之力是否能够驾驭和控制呢？

二

有一天，一些科技产品也会如人一般具有智能和情感的表现。但是，需要理解，这并非是这种产品真正能够生出智能和情感，而是人类的思想情感对于科技产品的注入，是科技产品对于人类智能情感的模仿。而人类本身是存有缺陷的，包括思维情感上的缺陷，那么，人类对于科技产品注入智能与情感的同时，是否也会一同注入思想情感之中的缺陷，这对于人类来说，是难以控制的。如是这样，则可能产生一种不具真实情感，又具有强大力量的智能怪物，这对于人类来说，意味着什么？

另一种发展思路，可以把智能化产品视为人类智能的外延，也如同科技产生之初，人类发明和使用简单的工具来达到省力和提升效率之用，外延了人类自身的力量。同样，也可以运用科技产品来外延人类的智能，来弥补思维情感之中存在的缺陷和不足，使得智能情感进一步得到发展和完善，这是一种看似乐观的方向，但是，也同样需要面对相应的代价，科技在发展，看似人的力量得以延伸。但科技愈发展，所释放的物性力量愈为强大，于是，人的本身，在由科技及其产品充斥的社会体系之中，愈为弱化，愈微不足道，个体也将在科技产品组成的世界中变得愈为透明，失去个性的空间和自由，而为物性的力量所笼罩。而这种代价可能是很难阻止的，则需要去理解这种代价所具有价值和意义，然后去寻找更为合理的方式，控制于合理的方向。

三

无论科技朝向哪个方向发展，都需要明白一个道理：科技产品对于人类的替代和外延，只是部分的，而不能完全替代，也不能完全替代。因为人类所具有的真实情感和精神，是物性的力量所无法替代的。所以，人与科技的关系，人对于科技的态度，在于人，而不在于科技。在于人的运用，决定了科技的价值和性质。而是否合理的运用，则在于人的智慧与精神。

如可以建造高效率的机器来建造建筑，也同样可以制造出大型设备轻易的摧毁更多的建筑。如电脑电视，汽车手机等日用机械电子产品，给人们的生活带来了诸多的实用和方便，但是，人们在使用这些机械电子产品的同时，是否能够克制自我情感性情之中的缺陷，不过于依赖和沉迷，不至于无度，否则就为一些科技产品所束缚和捆绑。如生物基因技术，逐渐的破解生命所隐含的密

社会部

码，而随着密码逐渐的揭示，生命之中存在的一些致命缺陷也将呈现出来，这既可造福于生命，也是可怕的威胁。如制造尖端武器，名义上都是用来保护家园领地，但愈发展却愈不安全。当某种武器能够轻易的摧毁一座城市，甚至更大的地区，如发生大规模的冲突或战争，人类就有可能遭受巨大的灾难，甚至存亡只在一瞬之间。即使认为最为有益的科技产品和手段也是如此，如粮食增产技术，应有益无害（假设某种粮食增产技术产出的粮食是安全的）。产量增加，可养活更多的人，但是，粮食增产的同时，如不能合理地控制人口的数量，那么，增产总是有限度的，人口却可以无限增长，如粮食增产跟不上人口的增长速度，依然不能够解决贫困和饥饿的问题，更多的人口，还需粮食之外更多的资源，则会进一步恶化环境资源空间……

所以，科技作为人类运用和发展的一种技术手段，具有双重的作用，既可外延人类的能力，也可能把人类带向相反的方向。总而言之，如人类自身的进化跟不上科技的发展，人类的智慧精神跟不上科技释放的物性力量，那么，人类就将驾驭不了科技的力量。

所以，科技在发展，人类自身的智慧和精神也需要同步发展，需要超越物性的力量，愈为高深的科技，则需更高的智慧和精神而能驾驭。智慧和精神也包含着道德意识，如道德缺乏，则无底线，则蒙昧愚劣。如是愚劣蒙昧的人掌握了强大的物性力量，则可能带来巨大的危害。所以，人类只有不断的提升智慧和精神，不断地完善自我，不断的进化，才能驾驭科技，才能善用科技，才能产生有益的价值。

四

有一种认识，认为科技是一种可超越自然的力量，此也为误识，其实，科技的力量即是自然力量的一部分，是自然之中存在的物性力量释放，也是自然力量的一种展现，如何处理人与科技之间的关系，也是人与自然关系的一部分。

对于人类来说，发现和运用科技的力量，就如坐上了一辆只能前行而不会停止的列车，这辆列车已徐徐加速，它要去向哪里，要把人类带向何方，人类是否能够驾驭，它的终极在哪里，是朝着人类所希望的方向前进，还是把人类带入黑暗之中。无论朝向哪个方向，一定会超出所有人的想象。如有终极，那是人类愚劣之性使然，也是人类的智慧精神之力不能驾驭愚劣之时。

补：某种意义上，科技产生的技术，但技术只是技术，是平行的，都可以掌握，而超越物性的情感精神之力却因人而异。

（参看《未来的人》《自己动手》等）

三大文明体系

人类文明的三大体系，一为思想，二为艺术，三为科技。

不要把艺术理解只为一些专业艺术家的事情，也不要以为只有专业的艺术家才能创造艺术。其实，艺术无处不在，一幅画是艺术，一首诗是艺术，一首曲子是艺术；一方天然神韵的石头也可为艺术品；远处那郁郁群山，那遥遥无际的日月星辰，都可欣赏；拉纤船夫的号子是艺术；老奶奶用麻线钉的布鞋也可为艺术品……艺术显于形，而生于心。

"显于形，生于心"，而动人心弦。动人心弦，则不可缺乏一种重要的元素："美"。如能把丑变为美，可为艺术，把美变为丑，则走向了反面。所以，艺术重于美，重于发现美，表现美，创造美，欣赏美和感悟美。美来自于哪里？"真与善"为主要来源。如不能真实的表达，则走向假，虚假和虚伪，常生丑陋。如何真？当有善，当有自由。如缺乏善，则缺乏真性真情，则虚假虚伪；如缺乏自由，则难于真实的表达。如都是一个样子，都为一致，则往往为假，也不为美，也不能产生丰富内涵的艺术表现，所以，艺术也不能缺乏自由。

由于艺术所具有的这些特质，产生了一种美好的力量，即能够完善感官世界，也能够触动人的心灵，则可为人生增添内涵和趣味，也可为世界增添意义和美。

科技，则是一种发掘和运用万事万物存在内在规律的技能和方法。发掘和运用规律，使得人类能够获取到自身之外的一些力量，使得人类的力量得以延伸。

无论是科学、艺术、或是其他的文化形式，都离不开思想的引导，只有不断的完善思想，只有更完善的思想，才是照亮人类前行的明灯。

补：美为艺术所具有的重要特质，美也是艺术具有的重要内涵。但是，不能浅显的理解只是表面的和形式上的美。美即有感观之美，也还有更深的内涵之美，也包涵了美好和完善的涵义，而如何去完善？如何更为美好？则需具有更高的智慧与精神。

有人问："有一种观点，为艺术而艺术，是否缺乏思想？"我说："为艺术而艺术，也是一种思想，却有些盲目。有人问："繁复还是简约更为美？"我说："都可为美，从美的表达来说，同样的条件，能够以更为简约的形式表现出来，需要更为高超的技艺和思想。"

赏析艺术，不应只是关注其外在的形式，更应感受其背后聚集的精神。

（参看《遂渐消失的艺术》《人工与自然》《人与科技》等）

人工与自然

一个大家比较喜欢讨论的美学话题：关于人工与自然之美，孰高孰低？其实，都为美，为不同形式的美和表现，各有特点。也如苹果和梨子，各有味道，各有所爱，如争论哪一种更为好吃，意义不大。也如平常，有时想去热闹的地方凑凑，有时想去清幽山野之中走走。

如从本质而言，自然之美则更接近美的本质，最神奇瑰丽的风景只存于自然，最入目清心的神韵也为自然。人也本为自然的产物，对于美的感受和理解，其源头也来自于自然。人虽具有一定的创造能力，从属性而言，则属于一种间接的创造，也如同人制造出电脑和机器，也能够创作出一些作品。通过创造和创新，则可获得一种新的体验和价值。

（参看《三大文明体系》等）

逐渐消失的艺术

过度的商业化氛围之中，人们对于艺术的态度，不是去感受艺术的内涵，不是去欣赏艺术的形式与思想，不是感悟美与精神，而是习惯于把艺术看成为商品和金钱。

于是，艺术化为利欲之物；于是，真正的艺术难于见到；于是，能见许许多多所谓的艺术品或艺术家；于是，真实的艺术感受却与人心愈为远离；于是，人们找不到美的方向；于是，人心也愈为浮浅和虚假。

（参看《人工与自然》等）

对于传统文化的态度

文化的生命力来自于哪里？来自于传承和创造。传承而延续，传承文化的态度在于吸收精华，弃其糟粕，而不断的完善。创造则是拉动文化前行的重要动力。

如传统的国学，其中即包涵着传统的智慧精华，也由于时代及其他一些条件因素的影响和局限，其中一部分，已然不再适合于当今社会的发展和需要，就如一件旧衣裳，已不再适合于天天长大的孩子。其中有一部分，也属糟粕，

社会部

如不加分辨的传承和吸收，则害大于益。所以，对于传统文化，当有所辨识，既可领悟欣赏，也要认识其中局限，更无须刻意拔高。

以儒学为例，儒学产生于二千年之前的春秋战国时期，从时代特征来看，战国时期，诸国林立，各据一方，相互窥觊，都怀有吞并崛起之意，国之崛起，重于人才。于是，各国的统治者们也都怀有求才若渴之意，以求得良才而崛起。因诸国之纷争而求良才，才智的价值得到了认可，得到了发掘，也得以推崇，于是，成就了诸子之百家争鸣，此为春秋战国时代的大背景。所以，春秋战国，即是一个纷乱的时代，也是一个思想和人才迸发的时代。

而后，儒家于百家之中逐渐脱颖而出，为何能够脱颖而出？一个重要的原因在于：其中既存有智慧的思想精华，也有一部分思想观念，与封建统治者们的治理观念，具有诸多幽深共通之处。此后，儒学不断的发展，又被一些为统治者们服务的文人政客们更为强化和附加了此等内容。于是，在封建统治阶层的推崇之下，其影响力越来越大，逐渐而被奉为经典之学。

古时的制度，为家天下统治，最高的统治者是帝王，号称拥有天下。号称拥有天下的帝王当然希望江山永固，绵延不断。但是，这需得到天下百姓的拥护和顺从。既然认为"天下"属于帝王之家，那么，天下的"人和物"有何理由属于帝王之家？于是，就有了"普天之下，莫非王土，率土之滨，莫非王臣"之说，这当然是一个本无逻辑，却具欺蒙的说法。天下属于某一人或某一家，在今天看来是多么的荒谬，然在古代社会，这些说法却似乎冠冕堂皇。为了进一步使得此类说法能够得以巩固，又衍生出"君权天授，君为臣纲"等此类观念，这当然符合封建统治者们的心意，因是为他们服务的，所以，封建统治者们推崇此类思想和观念，也就理所当然了。

当然，此类思想观念的形成，即有思想观念创造者本身的因素，但是，更需要结合时代的特征背景来认识。那时的天下，确实都是由大大小小的帝王之家所掌握和控制，而在之前也是如此，这是一种长久以来已然存在的社会形态。无论是从现实或是由来已久的认识，绝大多数的人们，已然习惯，已然认同，也很难会去怀疑天下属于帝王之家的合理性，只是觉得该属于哪一家，哪一家才是拥有天下的真命天子，人们的期望，就是希望能够遇到一个明君，而不是昏庸荒诞的帝王。所以，处于那种时代环境当中，很难跳出时代环境的局限和影响。而大多数的人，也不会去妄想天下还会有另外的形式，确实也是妄想，因为在那种社会状态和条件之下，能够产生和出现不同的社会形态，其几率几乎为零。如以今天人们的认识，天下属于人们，属于国家，在那个时代即属于痴心妄想，如真有人存此妄想，所面对的是什么？是号称拥有天下的所有帝王及众多的附庸者，如成为帝王的共同敌人，在家天下制度之下，几乎无路可走。当然，也包括那个时代所有的思想家，改革家，改良家，他们也会受到时代环境的局限和影响，也同样很难逾越。那么，他们会如何去做，而其中的大多数，就选择在附庸的前提之下而去改良和改变，这成为一些人的理想，也成为他们的局限，也为多数百家思想所具有的共同特质。所以，今天的人们，对于传统思想文化，当理解和认识其来由，认识其中存在的局限和缺陷，而有所辨识和辨别。

当然，也不能因为传统思想文化存在的局限和缺陷，而完全的否定其的价值，因为其中，也包涵了几千年以来积累的诸多精华和无数前人的智慧，就如《论语》之中"己所不欲，勿施于人"的观念，这是多么经典的人性引导和解析。而对于传统文化，你是愿得其糟粕？还是愿得其精华？

有一种现象，一些人宣称一些传统思想文化是不可置疑的，甚至美化为可以解决任何事情的大智慧，这是一种典型的夸大和误引，也是不认事实或不顾事实的表现，哪有完美的事物，也无完美的思想，如传统思想文化真有那么的完美，如真有那么完美的思想和智慧，那么，历经几千年的过程，岂不早已成就理想的社会。而任何一个具有正常理智的人都可知道，事实上，社会之中还存有诸多的丑恶和愚昧，存有诸多的缺陷，而其中，既有一部分为传统之糟粕而带来。所以，只有不断的辨识，不断的完善，才能减少误引。刻意的夸大和美化传统，则具有很强的欺蒙性，因为大多数人，并不具备更为深透全面的了解和理解一些传统思想文化的意识和条件，他们更容易受到社会风潮及舆论影响，如有人误导，很可能难以辨识。对于一些文化学者和推广者们来说，当意

社会部

识到该具有的责任。合格的文化传播者和继承者，首先当具有正确辨识和理解传统思想文化的能力，如自我都不明，又如何能够正确的引导他人。而一些刻意夸大和美化传统的人，是出于何种目的？从现实表现来看，多为出于利益的目的，或为品格的问题，或真为不明不辨。

有所辨识的传承和吸收，不是对于传统思想文化的否定，而是为了更好的传承与发展。否定传统文化之糟粕，也不是否定思想文化的创造者们，如老庄，孔孟，墨韩等先哲人物，他们在所处的时代和环境当中，已是走在时代前面很远的理想者，开拓者和引导者，也是影响深远的思想者和精神铸造者。

补：对于外来文化也当如此。宗教也是一种传统文化，应去感悟其中蕴含的智慧与精神，而不是迷信和蒙蔽。

一类人

有一类人，因缺乏独立的思想能力，而缺乏思想，所以遇事常无见识，做事随波逐流，或如提线木偶。他们存在的主要意识和目的，大都只是局限于自我的生存和生活。对于生存和生活的态度，即是养活自己，养活家庭，或享受的更好一些。除此之外，很难于去发掘和感受生存及生活之中更多的价值与意义。

这类人附庸社会而生活，环境好些他们则好些，环境恶劣也会随波逐流，他们难于具有真正的社会责任意识，把存在的价值和目的，只是定位于自我或小范围的家庭，对于自我及家庭之外的其他人，其他事，都难有热情，难以关注，只注重自我的感受和情绪，难于付出一点真心和真情，或意识之中把他人都视为潜在的对手和敌人，于是，他们成为了狭隘的利己者，只是顾及自我的利益得失和情绪感受，难于为他人考虑及顾及全面，只有觉得自我和利益受到损害之时，才能激发对于自我之外的事物产生反应和关注，他们难于意识到自我的狭隘和麻木。他们狭隘的意识中，还会嘲笑一些和他们不一样的人。

看待事物的几个层次

看待事物，一般可分为几个层次："表面、里层、深层、本质"。事实上，不少人看待事物，往往只限于表层，或仅为深入一点。如此看待事物，往往并不不可靠，更难见真实，则容易被蒙蔽和误引。

法国著名作家雨果所著的《悲惨世界》，里面的主角冉阿让，因为偷几块面包而被抓入狱，如从表面来看，偷东西是小偷，如一些天真的孩子说："他偷东西，他是坏人。"

而再做了解，原来他的妻子和孩子，已经几天几夜都没有吃东西了，他为了让妻儿不再挨饿，为了挽救妻儿的性命，逼不得已而去偷几块面包。从认识的层次，这更为深入了一些，而许多人的认识，可能就止于此了，以为这就是冉阿让偷面包的原因和真相。冉阿让偷面包这是事实，冉阿让为了妻儿不再挨饿而去偷面包，这也是事实，然而还会有多少人会更深入的去了解和思索，这个事实的背后隐藏的更为深层的原因？如他的妻儿为何会挨饿？为何会几天几夜都没有东西吃？是冉阿让的原因？是贫困？或是其他的原因？

那么，首先应该了解，冉阿让是怎样的人？冉阿让平常是怎样的人？他不畏强暴，帮助弱者，嫉恶如仇。这可都是一些优良正直的品性，一个平日里正直善良的人，怎么会成为偷面包的小偷呢？更为深层的原因在于哪里？这还需要结合冉阿让所生活的环境来深入思考和了解。因为冉阿让生活在一个丑陋邪恶的环境当中，丑陋邪恶与正直善良是不相容的，就如同水与火的关系，也因如此，拥有优良品质的冉阿让而为邪恶所不能容，他的正直善良与邪恶形成为对抗。但是，在恶劣的环境当中，邪恶的力量愈为强大。冉阿让仅仅依靠个人的力量与之抗衡，终究很单薄。于是，他被一些真正丑恶的坏人，逼得背井离乡、一无所有，为了挽救已饿得奄奄一息的妻儿性命，逼不得已而去偷几块面

社会部

包，如此境况，偷几块面包是为了救命，足见未失内心的良善之性，他真是坏人吗？所以，隐藏于偷面包这个事实背后更为深层的原因，更值得深思。

作为一个社会人，也应培养更为宽广深远的思想力和辨识力，如此才能尽量减少为诸多的表象和假象所迷惑。无论是谁，个体或群体之中的多数人，如养成了只看待表面的习惯，久之，则会出现辨识能力退化的现象。辨识能力退化，就会渐失深入思想探寻的能力，由这样的人，或由这样的人组成的群体，一定混乱丑陋不堪。如长期处于混乱扭曲之中而不自醒，久之则会退化为蒙蔽愚劣的人或群体，这种退化，与人类当不断进化和完善是不相符的，也带来罪恶。虚假丑恶的环境氛围当中，真实被扭曲，真相被掩盖，成为诸多社会问题产生的主因，也是诸多罪恶的来源。

传统的认识，自古以来许多的统治者们，往往惯于以愚民的方式来助于统治，以为民不智则更利于统治，于是总是通过各种方式来阻碍民智的发展，这当然是不对的，既阻碍了民智的正常发展，也阻碍了社会的进步，也是力而不达的不智做法，当知："民不智则愈乱，乱则国不强"。

（参看《中肯的态度》《理解事物》《几种意识的表现》等）

台面的原则

常见一些人，在不同的场合，大谈所谓原则的问题。

某个部门，发布一项公共办事制度，并在办公室的墙壁上公示出办事原则：需要三个证件，需本人亲自办理。而后不久，就出现了代办的中介，俗称"提篮子"。只要给中介一定的费用，即不需要三个证件齐全，也不需要本人亲自来办理，就可通过。原因何在？原来这些代办中介人员都有所谓的内部关系，通过某种不能见光的关系手段来操作和收取代办费用。而那些没有通过中介来办理的人员，就需要按墙上公示的程序办理，而且收取的费用也更高，也更难于办理。如有人质疑，这个部门的办理人员就会说这是按墙上公示的办事原则处理，于是，所谓的原则，成为了利益勾结的托词，成为了规则漏洞的掩盖。

某个单位，是一个公认的好单位，所谓的好，不是这个单位能为社会和民众创造贡献多少的价值，而是这个单位的福利待遇好。于是，许多人都想要进入该单位。累积了一些年头，这个单位的人员已经很多，一个人能干的事情，还有三四个人在一旁闲着，迫于一些社会舆论的压力，该单位的主任有一次就在会上说："单位的人员已经严重超编，这几年不能再进人了。"

可是没有过多久，该单位又悄然的多了一批新的面孔，其中还有一个就是这个主任的亲戚。于是这个主任又说："一些新来的人员，都是一些关系户，都有人打招呼，送条子。"

这是一些人所谓的原则，只是在台面上讲给人听的，或只是糊弄人的。制度设计的缺陷和漏洞，如弹性过大或模棱两可等，则成为扭曲原则和规则的重要原因。

补：见一个工作人员对人说："此事可大可小，就在于我的操作。"由此可见规则的漏洞所带来的扭曲。

（参看《原则性与灵活性》《规则》等）

一段谈话

一次，和几位友人围席而坐，清茶淡酒，菜素小碟，随意而饮，随意而斟，即无客套，也无虚礼，随性之处，大家畅快所言，时有思想撞击交汇，虽于夜店昏灯之下，却实为快意，其中有几段对话，印象深刻，就记了下来。

友人：这个社会。人人都很明白，不过有些聪明人，喜欢装糊涂，不肯说出来。

我：能够部分认同，确实有些人会装糊涂，但为何装糊涂？大都是出于世故现实而考虑，其实多为利益权衡罢了。另一面，过于世故的人，眼界往往只能局限于世故之中，很难超出，难于思想和理解更为高远深刻的事物实质，这类人不过只是让自己在现实生活中，变得更为世故圆融一些而已，而他们的明白，也限于此。

……

友人：世界的发展，是不断的重复过去。所谓的创新，就是重复原来已经存在的东西。

我：即使重复，也非简单的重复，而是重复中变化，变化中重复，过程就是从开始到消失，然后又是新的开始。

……

友人：万物有始有终，灭亡是一定的，其实说的过分一点，人类来到这个地球，没有任何的意义。人类的存在，一切的人工环境、科学技术和改造，都是对于自然和环境的破坏，地球和自然几十亿年的存在，自然循环，或生或灭，都有它的规律，可是人类带来了什么，就是捣乱自然，破坏、毁灭地球和环境，也就是我们所说的害虫、寄生物。

我：意义产生于过程，而自然也赋予了人类去创造意义的条件。就如你的存在，至少对于家人和孩子是有意义的，如让生命更有意义，当去友善世人，友善万物。

友人：我还是不认同，好好想想，其实每个新生儿和孩子，来到这个世界做什么，一样是消耗资源，破坏自然，毁灭一切，哪个人类生命对于自然和地球有意义。

我：变化之后是改变，毁灭之后是重生。如无变化，就不会有改变，也就不会有存在。所以，不要担心变化和改变，而该如何运用变化，就如核能，能够产生巨大的破坏力量，如运用得当，也可用来发电，用来做有益的事情，有益的运用变化才是重要的。

……

（参看《理想的谈话》等）

方圆与偏见

一些事物和道理，在特定的条件之下，可为正确，但是，需要确立某些前提，否则，就可能扭曲，而产生很强的蒙蔽性，更难于发现其中存在的偏见，如"没有规矩，不成方圆"。

如要成方圆，当然需要规矩，此为前提。但万事万物，并非只有方与圆，或只是方与圆所能概括。无论是神奇无比的自然造化，还是人类社会的思想文化等，大都不只是限于方圆之内而能创造和出现。

固于方圆，多为一些思想僵化者，或出于某种目的而刻意为之。一些人，由于思想僵化，而固隔方圆。于是，固隔方圆，而限于方圆，惯于方圆，则难于跳出其外，如让他们跳出方圆之外去见识更为宽广的世界，反而会觉得不习惯，或认为不应该。如在古代的等级社会，一些人做惯了奴才，竟会觉得做奴才也是天经地义的事情，如不让他们做奴才，反而会认为不应该，或不合理。类似的思维方式和习惯，也容易被人利用，一些人就用带有偏见性的观念来达到蒙骗人的目的，而提供了条件。

也如诸多的事物，包括社会事务，不只是限于其内，还需跳出其外才能见得更为清楚。如只是固于方圆之内谈改变，陈规之内谈超越，利益之中谈公益，金钱之中谈经济，扭曲之中谈价值等，都不是真正解决问题的正确方法和方向，往往都是片面的、狭隘的、局部的、扭曲的。也如一个已然破烂的物件，如不能从本质上去改变，只是修修补补，层层叠叠，终究越修越破。也如同头痛医头，脚痛医脚，终究不得根本，甚至错上加错。

所以，知晓方圆，而不固于方圆，方能见方圆之外的无限世界。

社会部

酒性

一

有一个关于酒的传说，夏禹时期，一个叫仪狄的人会酿酒，禹的女儿就请仪狄来酿造美酒，并献给自己的父亲，禹帝饮过味道甘洌的美酒之后说："后世必有饮酒而亡国者。"于是就疏远了仪狄。果然，后世不乏因酒而昏庸误国之人。禹尝酒味即知其性，不只是酒性，而从酒性之中见人性，足见禹具有常人莫及之智。其实禹的话还隐含着另一半涵义没有明说，禹之圣明当然不会因酒而亡国，然后世的帝王，能有几个如禹帝般识见圣明，因酒亡国弃家也就不足为奇了。所以，酒只是酒，不过因人而异，这也适于每一个饮者身上。

人们的生活，离不开衣食住行，酒属于食类，然而，酒又很特殊，其他的食物多为果腹营养为主，如辅以好的味道，则称之为美食。而酒作为一种食用之物，它即不为果腹之用，也不可依靠酒来摄取营养，如称之为美味，不好酒之人闻之掩鼻，尝之涩口，然而对于好酒之人来说，美酒的味道，却胜过任何的美味，真正让许许多多的人为之欲罢不能。所以酒独具魅力，又独具个性，也是其他食物与酒不可类比之处。

二

独具个性的酒，通过人的饮用，也能够激发人的秉性和张扬个性，而在人的身上显现出来，于是，无制者因酒而乱，收敛者饮而有度，才智者因酒而抒怀，真诚者因酒而率真，心计者因酒而算计，悲伤者因酒而痛哭，欢乐者因酒而恣意，怯弱者因酒而勇，勇者因酒而豪……于是，也就有了酒如其人一说，这确实具有一些道理。然事实上，如仅以此来估测人，却又往往靠不住，为何靠不住？因为现实中的饮酒者，大都非真性而饮，只有真性之下才能激发真性。真性而饮，是为了品其味而得其性，在他们看来，酒只是酒，而不是其他，而这时的酒是真实的酒，饮酒的人是真实的人，相互的真实，而能通过酒性把人的真性激发出来。于是就产生了许许多多如痴如醉，似颠若狂的酒中故事。于是，有才情者因酒而激发了才情，如号称酒仙的李太白斗酒诗百篇；性烈者激发其暴戾，如三国时的张飞好酒，与部下饮酒，稍有不从者便棍棒相加，结果因此结怨于人，趁其熟睡而割了他的人头；有一惧内之人，平时在家里对于妻子事事听从，从不敢违拗。但有一次，他在外面喝多了酒，醉醺醺的被人送回家里，妻子见他喝成这样，已然生气。然而酒壮人胆，他见妻子就说："某某（他妻子的昵称），拿酒来，再陪我喝几杯。"见他这样，妻子把手里的东西一扔，正待发作，他又嚷道："我才不怕你，你不就是要揪耳朵，揪吧，揪吧，我正想你揪揪……"妻子听了，逗得笑了起来，气也消了，就打水为他洗脸，扶他休息去了。真是幸福的家庭，即使有人醉了，也还是幸福的。而你是怎样的人，酒就会让你呈现出来，这也是真性而饮的表现。

三

酒桌之上，最常见的莫过于敬酒和劝酒，为何人们饮酒之时喜欢相互劝饮，这也与酒性有关，因为酒可使人兴奋，有助兴之效，而其他食物一般不具有这样的效果，所以，人们喝酒之时，相互劝敬即为酒性，也为助兴，这本是觉得自然的事情。然现实之中的一些酒局和饭局，敬酒劝酒，往往成为一种让人觉得很不自然和不舒服的事情，如把劝酒演变成为逼酒，一桌之人，酒量当然有大有小。而大家喝酒之时，有些人往往会过分的劝饮，也许是热情，也许是借着酒性，也许还有其他的原因和目的。别人如不能喝，或不愿意喝，也会找出各种理由来要求人家喝，如不喝是不给面子，不讲感情，或瞧不起人等，如此实为逼酒，也是一种很不尊重人的表现，人与人的尊重当是相互的，酒桌之上，也当体现互为尊重，否则反而不愉快，坏了喝酒的兴致，也为饮而不真。

非真性饮酒的另一种原因是由于利益的缘故，因为利益关系，酒桌之上常常呈现出杯光筹措的景象，求利者为了达到目的，而显得十分殷勤的劝酒敬酒，看似热闹。然而，无论是敬或劝，如从表面理解，都有恭敬或尊敬之意，既为尊敬，当为真诚，而敬酒或劝酒，如是怀着利益或其他的目的，当然非为真诚，只是利益或目的使然。而另一面，即为恭敬之意，也当敬可敬之人，如一酒局之中，明知对方品性恶劣不端，还要满脸堆笑的向其敬酒以示恭敬，即是违心的，也是虚伪的，而在现实的酒局之中，往往很常见。如此饮酒，当然不见真性，席上的饮酒之人，大都怀着不明之心或带着面具，此等也助长了虚假丑陋之风，如此虽不可从酒中见人，却也可从酒中见风气，见社会，酒风正则社会正，酒风不正则社会不正。

虽如此，酒还是酒，酒只是酒，酒虽能够把人的一些性情显现出来，却也未必见真。席上的豪饮者并不一定就是豪爽之人，少饮者并不一定就是淡薄之人，酒桌上的感情未必就是真感情，酒桌上的话也不必太当真……所以，以酒论人也并不可靠。而本为个性显著的酒，成为了利益关系的媒介物，成为了虚情假意的掩盖物，而沦为庸俗恶劣的杯中之物，如果酒会说话，也一定不会答应。而无论何种场合饮酒，都当相互尊重，当相互真诚，能饮则饮，随性随意，如此也不乏酒性。如要表现礼节，大家只需共同举杯示意一次即可，此可为酒饮之礼。自然而随意的饮酒，即为真实，也会觉得自在。

（参看《礼的文明》等）

爱情与婚姻的观念

一

对于恋爱中的青年男女来说，相互之间会产生一种吸引力，会有一种羞涩感，这属于一种原始的情欲吸引力，其中包涵了朦胧的性意识，也正是这种朦胧，而显示纯真。纯洁美妙的爱情，往往是具有朦胧的性意识而又不破那一层关系中产生。

原始的情欲吸引，是不附加其他现实条件的，则可能成为纯洁爱情的基础。纯洁的爱情，体现了情感的纯真，也需要强调，爱情是在双方之间产生，如只是单恋，则不能称之为爱情，那只是一种爱恋的感觉。

纯洁的爱情，是恋爱中的男女所追求的，因为纯洁的爱情来自于纯真的情感，也是彼此相爱的对象，拥有最真的爱和最爱的人，这是多么幸运的事情。如果纯洁的爱情之花，又能结出美丽的婚姻之果，又是多么幸运和幸福的事情。这也是理想中的爱情追求和婚姻观念。

二

然而在现实之中，爱情与婚姻，却很难真正的达到统一。那种理想中不附加现实条件的纯洁爱情，在现实的面前往往显得那么脆弱，因为现实中的爱情，主要目的是为了婚姻，也是为了找到合适的婚姻对象。于是现实之中，经常会出现爱情与婚姻难于一致的情况，这就如爱情是花，婚姻则是果，开了花不一定会结果，结了果也不一定都是甜蜜，也有酸甜苦辣。而有些男女之间，虽然缺乏爱情的过程，却因为某些现实因素的影响，也可能产生婚姻，即使不开花，也可能结果，所以在现实之中，爱情和婚姻往往难于统一。然而，虽难于统一，却又不能割裂开来看待和对待。

如把爱情和婚姻割裂开来对待和看待，就会产生爱情只是爱情，婚姻只是婚姻的割裂观念。但是，无论如何也不能忽视，如爱情只是爱情，爱情的目的如不是为了婚姻，不是为了婚姻，那么所谓爱情是为了什么？是出于何种动机？难道只是因为情欲的吸引？如仅仅只是因为情欲，那么，还是真正的爱情吗？也就失去了爱情所追求的纯真和纯洁。从社会道德和人性的角度，也是一种庸俗低下的表现，只是一种低级动物的本能欲望吸引而已。所以，还是需要肯定爱情的目的是为了婚姻的前提，只有这样的前提，才能产生高于情欲的爱情动机，才能避免情爱的庸俗和低下。

那么，如何来协同爱情与婚姻之间这种既难于统一，又不能割裂的关系？其实只需稍微转变一种思路："肯定爱情的目的是为了婚姻，又不把爱情等同于婚姻。"那么，爱情的目的虽是为了婚姻，却也不一定产生婚姻，这与爱情婚姻的统一其实并不矛盾。可以把爱情视为婚姻的一个前提，通过爱情的过程，让恋爱中的男女之间来相互加深了解和认识，来相互判断可能产生的婚姻关系是否能够达到契合，虽然通过这种过程的判断也并不一定就完全可靠，但是，至少也可以成为婚姻关系的重要心理前提，也是一种成熟对待爱情婚姻的态度。而在现实之中，因为某些原因，有些婚姻关系缺乏爱情的过程，不排除有些缺乏爱情过程的婚姻关系也能够幸福，但是，也只能作为特例来看待，绝大多数不开花的树是难以结出甜蜜之果。那么，对于爱情与婚姻之间的关系，可以得出这样一个结论：它们之间是即独立又统一的关系，而不是割裂或者完全统一的关系。

三

爱情与婚姻即独立又统一的微妙关系，也如同许多事物一样，都是难以确切的。有现实的因素，也有偶然的因素，有可控的因素，也有不可控的因素。虽然说什么花结什么果，也可能因为各种原因而发生改变，甜蜜的爱情可以成为美满婚姻的基础，但是，这并不代表甜蜜的爱情就一定会产生美满的婚姻。

对于处于危机中或不和谐的婚姻关系，首先应该认识到，这本为正常，不要认为婚姻就只有甜蜜，婚姻是一种生活，生活难免会有酸甜苦辣。婚姻也如同已然生长的果子，果子的生长，同样需要精心的培育和呵护，需要去施肥，浇水，灭虫等，这就是婚姻的经营。婚姻经营是一个长期培育与磨合的过程，也包括直面婚姻关系和存在的问题，而不应对于婚姻之中产生的任何问题都视为不正常，或逃避。如只是一味的逃避和抱怨，这就如果子遭受了病虫害，不是去想办法治疗培育，而是消极的对待，那么，果子只会走向腐烂，而无法修复和挽回。

即使婚姻关系出现了不可挽回的状况，也同样应视为正常，就如同树上刚结的小小果子，难以预知哪个小果子会长的好，那个果子长不大，哪个果子会焉了，小果子会受到各种先天或后天因素的影响，或成长，或缓慢成长，或难以成长。既然如此，当具有理性的态度，应尽量减少婚姻危机给彼此及家庭带来的伤害和痛苦。如何来减少婚姻危机带来的伤害，一个重要的方法，就是不应只顾及自我的感受和立场，也须知顾及对方的感受和立场。

对于爱情与婚姻的理解，也需要明白一个道理，爱情是为了婚姻，婚姻是爱情的延续，还是为了建立幸福美好的家庭，但无论是爱情或婚姻关系，男女双方及家庭成员之间都应该拥有相对独立的个体自由和空间，不要把婚姻关系视为一种捆绑式的关系，没有人可以以任何的自我理由而捆绑另外一个人，这关系到基本的人格和自由。

谈到捆绑和自由，又涉及婚姻之中一个很敏感的话题，关于忠诚，无可否认，相互忠诚是婚姻关系的重要基石，而同样，也不能以婚姻关系及忠诚来作为捆绑的理由，婚姻关系的忠诚体现了婚姻的责任和道德，但是，捆绑式的婚姻关系和认识，却是一种极端的表现，这恰恰是不道德的，也可能带来更大的伤害。就如同已然腐烂的果子，如果还要强吞下去，当然不会带来更好的结果。

婚姻中的男女都希望能够幸福，如果幸福的基因已然不能延续，或不可修复，不相互捆绑，任何一方不成为彼此的枷锁是明智的选择。

四

因婚姻而产生家庭，家庭不一定要有孩子，如具有更为理想的社会环境及一些条件之下，没有孩子的家庭依然可以幸福温馨。但是，如要生孩子，就需要考虑到一个重要的责任，对于孩子的责任。不只是爱护孩子，还要尽量避免和减少因为大人们的原因而给孩子带去的伤害。爱情需要选择，婚姻需要经营，生育养育孩子，则需要具有更成熟的思想和责任。而传统的婚姻及生育观念，则缺乏成熟的思想和责任，包括对于孩子的责任和社会的责任，主要只是为了传宗接代和养儿防老，这其实显得多么的自私和狭隘。

五

谈及爱情与婚姻，也不可避免的要涉及到一个话题，关于性，无论是对于那些恋爱中的男女，还是已经步入了婚姻关系，都应该认识到，性不应只是一种肉欲的关系，而需要更多的交流和了解，通过更多的交流与了解，才有可能彼此逐渐来达到更多性格、心理及精神上的契合，才能产生更为成熟的情感基础。所以，成熟的爱，是建立在彼此心灵精神契合的基础之上，只有心灵和精神上的契合，才能把性转化为爱，而不只是为了欲，如此，情爱才能得以升华，或契合相依。

补：人们也常常歌颂爱情的伟大，其实，爱情也并没有那么的伟大，即使轰轰烈烈。真正的伟大归于平淡，归于平淡之中的真情。

后　记

本书稿主要分为三个部分，一为"自然部"，二为"自我部"，三为"社会部"。

"自然部"重于人与自然的关系，人对于自然的认识和理解，人于自然之中的定位，以及如何从自然之中得到启示，获取智慧而展开。自然部也为其他部分的基础，清晰融汇自然部的内容，也助于理解其他的部分。

"自我部"主要是围绕着自我及与人性相关的一些话题。谈及自我与人性，当认识到，人性本为自我的一部分，人性提升，则自我提升；自我提升，也助于人性提升。所以，自我与人性互为一体，互为影响，是可塑的，可修正和完善。如何修正完善？当自我明晰，当认知缺陷。"自我部"的主要内容，则重于自我认识及认知缺陷，只有认识到自身存在的问题和缺陷，才能更为明晰，才能构成为自我提升和完善的条件。

"社会部"则重于认识和挖掘社会之中存在的一些问题和现象，尤其是大家已然习以为常或形成为习惯，更容易被忽视或认为不可改变的一些事物和道理，提出认识和观点，以达到提升认识，更为清晰的看待和理解一些社会问题及现象，也为本稿占比最多的一个部分。

本书稿从初写到结稿，陆陆续续三年有余，初写之时，就想到一个问题，既为表达思想，应尽量让人易于理解，所以写的过程之中，就以精简明了的表达方式为目标，避免繁奥玄虚，或过于堆积辞藻，力求以更少的文字表达更多深刻的思想和道理。但是，事物总有利弊，力求更为精确的表达，则会去除一些枝叶，而失去一种闲适的趣味，也如看见构造精密的机器内部一样令人目眩，这也许也是受了物质时代的影响；同样，要用更为简洁的文字来表达复杂的事物和道理，就如要在一堆纷繁缠绕的麻线堆中理出一根清晰的主线，则更不容易，需要更为清晰的思路，需要更为准确的表达，需要更为精密的逻辑和结构，但我还是认为这是值得的。因表达思想道理，当注重事实和真实。如过于堆砌辞藻，或过于玄虚繁奥，难免华而不实，或臃肿缠绕，或故弄玄虚，或玩弄文字，或为不明。言之百句不如一语而中，则让人更易于理解，避免如坠云雾之中，失去对于思想本身更为清晰的理解和认识。这虽然是表达思想的难于之处，但是，也应是一种合理的表达方式，也为求真的一种方式。

求真，当为表达思想的基本要求，但万事万物，许许多多的事物如仅只是依靠求真的方式，是难于理解和揭示的。对于此类事物，该如何来表达和理解，我认为可为求善和求美，因求善、求美，都是为了美好的方向。因何而求真？也是为了美好，是为了揭示和去除一些虚假丑陋。所以，无论是求真、求善、求美，方向其实都为一致。

本书稿中较多的篇幅在于发掘人性及社会之中存在的一些问题和缺陷，其中有些用语较多，如"愚昧""蒙蔽""扭曲""虚假"等，此为真实表达之意，因为有些问题，如不直观表达，则更不易于理解，也想以此能让读者更为直观的感受和理解。而其中的诸多篇章，既为独立，又相互关联，涉及的诸多方面，形似散，而意聚，主要都是围绕着"物质时代"所造就的人性及社会特征而展开，其中包涵了：真、善、美、智慧、精神、辨识、家庭、经济、文艺、教育、未来等诸多主题。

读者在阅读的过程之中，也可结合自己的兴趣特点，采取不同的方式来阅读，不必想一次读完，那不易于消化和理解。如可选取一些自己想了解的，或与自己经历相近的一些篇章进行阅读，而后逐渐展开；也可先看标题，想一想之后再看正文，寻找差异和交叉点；也可根据不同的主题点来展开阅读。如关于做人，则可参看《四个不》《日常生活的尺度》等；如理解和感悟自然，则可参看《自然的意志》等；如关于荣誉，则可参看《荣誉》《能者》等；如关于传统文化，则可参看《对于传统文化的态度》《礼的文明》《酒性》等；如关于文化科技，则可参看《三大文明体系》《人与科技》《人工与自然》《教育与文明》等；如关于家庭，则可参看《爱情与婚姻的观念》《二代人》等；如关于人性，则可参看《兽性规则》《利益》等；如关于环境和自由，则可参看《养鱼》《环境意识》《自由的感觉》等；如关于真善，则可参看《本能、本真》《善道》《欺善惧恶》等；如关于工作与生活，则可参看《工作与休闲》《合理的工作意识》《《正道与职业》等；如关于智慧，则可参看《教人以巧》《智慧与狡诈》《何为智慧》等；如关于未来，则可参看《谈人口》《预言》《未来的人》等《人与科技》……

　　本书稿诸多的篇章，多为简练之表达，其字表易于理解，实际上，每一章句，都为结构严密之浓缩思想，意表之外还可细细体会。总之，希望每一篇章，都能更为真实深层的揭示和展现出一些事物及道理，也希望所表达的思想，不只是具有如机械一般的理性和逻辑，还有温度，还有情感，能够感受来自于心灵的律动。同时也希望读者能从所揭示一些的事物和道理之中，能够更为清晰的认知缺陷和明晰视野，如此，自我才能更为清晰，社会和世界才能更为清晰，形成为提升智慧与精神的基础。也只有更多精神智慧提升的人，才能不断的修正缺陷，才能不断的自我完善和完善环境，才能构筑更为合理文明之未来基础。

2015 年 1 月 23 日